透析病房

吴礼木 著

北方文艺出版社

图书在版编目（CIP）数据

透析病房 / 吴礼木著. -- 哈尔滨：北方文艺出版社，2023.12

ISBN 978-7-5317-5953-9

Ⅰ. ①透… Ⅱ. ①吴… Ⅲ. ①中篇小说-小说集-中国-当代 Ⅳ. ①I247.5

中国国家版本馆 CIP 数据核字（2023）第 095618 号

透析病房
TOUXI BINGFANG

作　者 / 吴礼木

责任编辑 / 赵　芳　　　　　　　装帧设计 / 书香力扬

出版发行 / 北方文艺出版社　　　网　址 / www. bfwy. com
邮　编 / 150008　　　　　　　　经　销 / 新华书店
地　址 / 哈尔滨市南岗区宣庆小区 1 号楼
发行电话 / (0451) 86825533

印　刷 / 四川科德彩色数码科技有限公司　开　本 / 880mm×1230mm　1/32
字　数 / 218 千　　　　　　　　　　　印　张 / 10.375
版　次 / 2024 年 1 月第 1 版　　　　　印　次 / 2024 年 1 月第 1 次印刷

书　号 / ISBN 978-7-5317-5953-9　　定　价 / 68.00 元

生命的绽放

　　《透析病房》大概属于非虚构文学创作，对基层劳动者生活的叙述并试图使之传记化，是我写作的初衷。五月中旬，在接到付印前最后校样稿时，我感染上重症新冠肺炎，经广水市一医院同仁及武汉市金银潭医院医生护士精心治疗，得以转危为安。这次患病经历，让我对医务工作者满怀敬佩和感激，更加深了对透析病人这个特殊群体渴望生命、热爱生活的理解。

　　文学作品的来源是生活。《透析病房》里所叙述的故事，大多是我从医生涯中的经历。需要长期透析的病人时刻面对着死亡的威胁，透析病房里的医务人员用爱和技术让这些靠机器维持的生命同样绽放，某种意义上，医患之间已形成了骨肉相连的命运共同体。

　　虽然社会对透析病人这个群体给予了一定关注，但因其相对封闭的特性，人们并不了解他们艰难的人生，因而在创作时，我尝试三重叙述的写作手法——对透析病房相关联的场景进行叙述；对透析病房相关联的人和事进行叙述；对透析病房前景进行叙述。以透析病房为基点，将现实生活中发生的事例串联起来，加以升华，让读者在分享一个个动人故事的同时，获得精神层面的共鸣。

透析病房的医生和护士与透析病人朝夕相处，良好的医患关系离不开一个"情"字，日常医疗活动中，医务人员可以做到对病人如亲人，但面临危险需要用自己的生命去保护病人时，则是对人性最大的考验。

我经历了两件难忘的事。第一件事发生在 2008 年 5 月 12 日中午，医院病房大楼出现震动摇晃，混乱中，各科室医务人员纷纷把住院病人往安全地带转移，但透析间有三位正在透析的病人坚决不同意下机转移，他们要求护士长李巧萍和护士李桂林不能停止治疗，两位护士劝说无效后只得陪着他们继续做透析。当时，在不知震源、病房大楼随时可能倒塌的情形下，我们的护士为了病人，不顾个人生命危险，一直从容地寸步不离地陪护。事后，这三位病人为护士舍己为人的精神所感动，也为自己的自私行为而内疚，向院领导递交了为两位护士请功的申请书。

另一件事是庚子年的那场疫情阻击战。我供职的医院是全市的主战场，面对来势汹汹的新冠疫情，血液净化中心全体医务人员签下请战书，特别是那群 00 后护士，纷纷向党组织递交入党申请书，大家决心以命相许，共克时艰。那场面让人动容，令人激奋。

这就是现实生活中的医患情深，为了再现生命之花的别样绽放，我以此为素材和动力，创作了《透析病房》。文中多达 80 个有名有姓的人物，大多有生活原型，在此基础上，通过对政府和社会各界及医务人员与透析病人之间"情"的描述，让这些鲜活的人物形象更加丰满。

六月，阳光明媚，花香四溢。在书房，大病初愈的我再次面对付印前《透析病房》清样稿，不由得心中一阵激动，书中的五个中篇小说，二十余万字的习作集结了我的创作心血，那里面的人物原型，有我的同道和病人，有我的同学和至亲，还有众多善良的平凡人，正是这些小人物，与千千万万劳动者一道，在共同创造着这个伟大的时代。

这些带温度的文字，把我带进曾经熟悉的生活，思绪也随着文字走向人性深处，去感受生命的绽放，感悟生命之美。

2023 年 6 月 13 日于应山南门医院杏林小区

目　录

CONTENTS

透析病房

长升之行

云水火车站是楚北省云水市内位于京广线上的一座二等站，建成于 1905 年，地处大别山与桐柏山之间的重要隘口风灵关南麓。风灵关是中原和楚北两省交界处，也是北方和南方的分水岭，历来为南北抗衡之地，行师必经之道。

风灵关一带，山势陡峭，地形复杂，铁路修建时坡大弯急，在那个火车还靠蒸汽机车牵引的年代，所有南下北上的火车，均会在云水车站停靠，以加煤加水和加牵引机头。云水是座千年古镇，因其独特的地理位置，曾经很辉煌，火车站的建立，更是使云水焕发了勃勃生机。当年中央专列停靠云水站加水加煤期间，国家领导人亲切接见地方官员和群众代表的故事至今仍在民间流传。云山县撤县建立云水市后，火车站更成了全市几十万农民涌向外界打工的重要通道。

丁丑牛年正月十七，神州大地到处还留有过年时的节庆气息，云水火车站候车室却挤满了外出打工的农民，在重重寒气下，那一个个漂浮不定的眼神，充满彷徨，但也流露出对未来生活的向往。

此时，夹杂在候车人群中的三个公务员着装的人，脸上露出了焦急的神态。其中一位大约五十岁，戴着一副高度数眼镜，他叫徐泉善，是云水市南山医院副院长，主任医师。中间的那位身材略微发福者是医院设备科主任付泽江，他正在观看墙上的列车时刻表。旁边站着的是医院年轻的主治医师周云南，修长的身材看上去有点单薄，眉清目秀，透着一股书生气。他们此趟出差的目的是去中原省长升市考察血液透析机的使用性能。

这是京广线上由南开来的一趟普客，徐泉善一行于上午八时上车，因沿途停站较多，预计下午五时左右才能到达长升站。乘车者实在太多，上车后，付泽江就被挤散了。徐泉善年纪较大，身体状况也不太好，加之又高度近视，周云南就一直紧紧拉着他的手。车厢过道挤满了人，十分嘈杂，他俩被人群推拥到餐车前才停下，因没到吃饭的点，餐车是禁止入内的。周云南尽力把徐泉善扶至过道，让其腰部靠在座椅背边缘，这样才不至于被挤倒。

看着徐泉善十分疲惫的状态，周云南也只能用双手紧紧扶着他，再择机在列车过道上找坐着的地方。

车过风灵关后，车厢广播突然响起："各位乘客，列车还有少量卧铺，有需要者可到餐车席补票。"这条消息虽然反复播出，却因硬座车厢里大多为外出打工的农民，补票者寥寥无几。听着广播，周云南则动了心，心想还有八个多小时才能到达目的地，持续在过道站立，老院长的身体恐怕扛不住，他想去补张卧铺票，但以老院长的个性是断然不会同意的。于是周云南借口上厕所，到餐车去办理了补票手续，徐泉善见事已至此，也就没说什么。

卧铺车厢在餐车后面，因只补了一张票，所以只能徐泉善一个人入内。周云南向乘务员说明了具体情况，乘务员知道原因后说道："你们也不容易，我最尊重的人是医生。"于是她很客气地让二人进了卧铺车厢，周云南反而对这种优待有点不好意思。

找到卧铺位后，在乘务员帮助下，通过广播寻人，付泽江也来到了卧铺车厢。

当年的绿皮火车虽然很简陋，但卧铺与人满嘈杂的硬座席之间的差别还是很大，车厢里乘客不多，环境相对安静。徐泉善躺在下铺很快入睡了，与周云南对坐在临窗便凳上的付泽江在打瞌睡，周云南则无心观赏窗外的沿途风景，在想着心事。

三年前，周云南在普济医科大学读完五年本科和两年硕士研究生，导师刘志坚教授推荐他去南方一家三甲医院就职，但父亲坚决要他回家乡医院工作。父亲早年曾在云南边防部队服役，和同乡战友结成了生死之交，转业回乡后又同在市直机关工作，战友患慢性肾衰竭并死于尿毒症这件事，对父亲刺激很大。还有一次半夜，父亲的腰部剧烈疼痛，立即到医院看急诊，虽然最后诊断为肾结石诱发的肾绞痛，没引起严重后果，但接诊医生当时那种急诊不急的态度，在父亲脑海中留下了深深的记忆，后来父亲对还在读高中的周云南说："你一定要考医科大学，将来回云水工作，好好为家乡百姓服务。"鉴于父亲的这种家乡情结，周云南回到了云水市南山医院，供职于肾内科。

虽然是二级甲等医院，技术力量还是相对薄弱，有很多项目没条件开展。因尿毒症严重危害着人民群众的生命健康，且患病者逐年增多，血液透析是有效的替代治疗方法，科室向院方提出了成立血液透析室的建议，而领导考虑到进口血液透析机价格昂贵、患者终生的治疗以及不确定的疗效，还有难以承受的治疗费用等客观因素，暂不打算引进这项先进技术。面对严峻的医疗现实和专科病人就医压力，在科主任武嘉宁的授意下，周云南完成了向院方申请成立血液透析室的详细论证报告。院方经慎重考虑，同意购买国产血液透析机，根据厂家提供的信息，才有了这次去长升市的考察之行。

下午五时许，火车到达长升火车站。徐泉善一行下车后，看到车站除几栋房子外，四周没有任何相应配套建设，与家乡火车站相差甚远。询问当地人才知道，此处离城区约十里地，没有公共汽车，主要靠人力三轮车接送来往乘客。果然，周云南见不远处停有数辆脚踏三轮车，车夫们在频频向下车旅客招手。

他们上了其中一辆，已加长的车身两边仅有简陋的条凳，每边上可坐五个人。人员坐满后，车夫熟练地踏着脚下的三轮，迎着夕阳西下的余晖，在充满尘灰的乡间公路上艰难地向城区进发。而坐在车上的周云南，心中充满了忐忑，似乎感觉有某种不确定的东西在脑中飘荡……

进入城区，已到掌灯时分，该地刚由县改市，建筑布局与普通县城无异，加之刚过完春节，街上行人很少，好多临街店铺也都大门紧闭，显得很冷清，迎面吹来的飕飕凉风，不免使人心生寒意。

他们找了好几家旅店，均因新年刚过还没有开门营业。好不容易碰上了一家愿意接收的旅社，虽然条件很差，既没热水，也不供应餐食，但三个人已经感到很满足了。

安顿停妥后，几人早已饥饿难当，按照旅馆服务员的指点，他们找到了一处有米饭的小店，要了几个炒菜，来了半斤老白干，才填饱了肚皮，徐泉善幽默地说："多亏了这几口白酒，润了骨头，驱散了身上的寒气。"

第二天早上，八点钟刚过，周云南与付泽江去前台结账时顺便询问了去市中医院的线路。值班女服务员四十岁左右，人很和善，十分热情地详细介绍了行走路线，并强调步行十多分钟就到了，不需要乘坐人力三轮。

虽说仍是寒冬，初升的太阳却驱散了凝重的霜雾，给大地披上了一层霞光，使这座城市透出了生机。徐泉善一行人走在陈旧的街道和狭窄的马路上，擦肩而过的是行色匆匆，为生计而奔波的人们。

突然，一辆人力三轮车来到周云南和付泽江侧面与之并行，踩三轮的中年人用本地话问："你们上哪里去？请坐车，省力又便宜。"因有服务员的嘱咐，他俩很干脆地拒绝了车夫的请求。车夫又把目标对准了后面的徐泉善。

"老先生，请坐车！"

"请问师傅，到中医院有多远？"

"三里多地，那地方不好找，俺可把你们送去。"

"车费多少？"

"便宜，每人一块，共三块钱。"

徐泉善见车费不贵，决定乘这个当地人的三轮车。周云南打量了一下车夫，此人长得粗壮，皮肤黝黑，蓄着小平头，心想虽说面相有点不善，但在光天化日之下，他又能干什么违法之事？况且，车费已谈妥，明码标价。于是，三个人就坐上了这辆人力三轮车。

车夫正值盛年，踏车毫不费力，道路又熟，不一会儿就将三位异乡客送到了市中医院门口。因要赶时间，下车后徐泉善带着周云南先进医院与有关科室接洽，留下付泽江与车夫结账付费。

在当地医院领导的热情接待下，徐泉善和周云南参观了血液透析室，见付泽江还未进来，徐泉善示意周云南到外面去看看。

周云南一走出医院大门，只见一堆围观群众的中央，粗壮的车夫正紧抓着付泽江的衣领，凶狠地说："坐车不给钱，还想赖账？"

"你怎么不讲理？先讲好的价是每人一元钱，共计三元，而你现在却要三百元，这不是明摆着宰人吗？"付泽江据理力争。

"就是要宰你们这些外地人，你能怎样？今天不给钱就别想走人。"说罢，车夫揪住付泽江的衣领不放。付泽江面色通红，显然人身安全遭到了威胁，但围观者没有一人出面劝解。

这种混乱的场面，简直把周云南惊呆了！怎么办？冲上去与车夫理论？不行，势单力薄不起作用。于是，周云南飞快转身进院内把发生的情况告诉了徐泉善，寄希望于当地医院领导能出面摆平此事。

中医院一名副院长对车夫进行了劝说，但对方完全不听，仍用右手紧紧扣着付泽江衣领。此种对峙，使付泽江处境更加危险。这时，血气方刚的周云南挺身而出，要车夫放人。车夫见有人来硬的，仗着是本地人，在斗狠的同时左手伸向衣袋准备掏刀子，见此状况，徐泉善当机立断，示意付泽江给对方三百元现金。车夫接钱后哈哈大笑，并用当地方言骂了句"傻蛋"，然后踩着三轮扬长而去。

经历了此事，三人心有余悸，徐泉善委托那位副院长向警方反映情况，并留下了联系方式，然后搭班车到兴昌转乘回云水的列车。

在车上，周云南不甘心地问徐泉善："徐院长，这种行为是明显的敲诈，当安全受到威胁时怎么不报警？"

徐泉善则认为在那种情形下，人生地不熟，报警是来不及的，当地医院帮忙打电话给派出所，也需要时间。此时对方很激动，有可能行凶伤人，如果打起来了，后果就严重了。不就是要钱吗？相对来说给他三百元钱，危险就明显降低，经济损失也在可承受的范围内。当然，这种霸道行为国家是不允许发生的，可能该市刚撤县建市，各机构处于衔接阶段，管理不到位，治安形势还不好，相信这种光天化日之下的敲诈行为，一定会得到处理。

这样的解释，并未能使周云南释然，他对这种社会乱象有着潜在的担忧。

几天后，云水市南山医院院长办公会议批准了肾内科关于成立血液透析室的请示报告，成立了血液透析室，组建了透析病房，并选派年轻的硕士研究生、主治医师周云南和主管护师吴巧红去华川医科大学附属华川医院血液净化中心进行血液透析技术进修学习。

当副院长徐泉善来到肾内科，宣布周云南和吴巧红的进修决定时，得到了医生护士们的拥护。对周云南来说，成立血透室的梦想成真，这次长升市考察不愉快的经历也就不算什么了。

早春二月乍暖还寒，周云南和吴巧红迎着飘舞的雪花，带着全市人民的希望搭乘上了去西南的列车……

年前重案

五年后的云水城区。

路边枯枝上的积雪还未完全消融，大地透着寒气。而返乡过年车辆的增多，各大商场人流的拥挤，街道旁卖挂历、春联、灯笼摊位的红火，无不向人们昭示着一个祥和喜庆的春节即将来临。

云水市南山医院病区九楼透析病房一片安静，住院病人大多出院。楼西一隅的主任办公室里，周云南正在为春节间透析病人增多，不能保证每位患者都能够顺利进行透析感到为难。恰逢年关，本地慢性肾衰竭的病人要求增加透析次数，以利透析充分，好舒服地过个年；很多外地回家过年的透析患者，要求春节期间临时安排透析。这几天，周云南的手机几乎被打爆。但场地窄，机器少，医护人员人手不够，实在是难以安排周详，这让周云南很伤脑筋。

这时，周云南接了个电话，神情变得严肃起来，他瞅了一眼办公桌上的台历钟，此刻显示为农历腊月二十七下午四时，立即拨通了护士长吴巧红的手机。原来，市南边的泉口河镇发生了严重投毒事件，院方通知他们做好抢救病人的准备。

当年，周云南和吴巧红去西南最大的华川医科大学附属华川医院进修学习，学成归来后，提升了血液透析室的专业技术水平。随着透析病人逐年增多，医院又分批派遣了医生和护士到省城大医院进修学习，血液透析机也扩充至二十多台进口机。一年前，透析室扩展成为血液净化中心，担负着全市尿毒症病人的血液透析治疗重任。医院任命刚晋升为副主任医师的周云南和副主任护师的吴巧红担任中心的主任和护士长。病房大楼九层东端为透析间，西端为透析住院病房，由于中毒的病人大多需要进行血液灌流治疗，故中毒这个病种也归口透析病房住院管理治疗。

很快，周云南和吴巧红在病房做了抢救病人的周密安排。一小时后，中毒患者被陆续送至医院急诊科，经洗胃后转入病房。先后入院有五位病人，两例患者呈昏迷状态，医生们边抢救边了解病史。

六十多岁的刘老汉，喜得孙子，中午在家置办了一桌庆满月的酒席，进餐时众人突然出现恶心、呕吐，甚至有人出现口吐白沫、抽搐等症状，村里连忙组织人力把他们送到镇医院就诊。在送医途中有两例症状严重者已经死亡，医生考虑是食物中毒，立即向公安机关报警，并通知市防疫站对呕吐物采样进行毒物分析，结果显示是"毒鼠强"中毒。刘老汉全家，除产妇、婴儿和大儿媳未上餐桌，其余九人全部出现症状，死亡者为刘老汉二儿子和小女儿。两例轻微中毒者留镇医院治疗，另五例转至市南山医院。

骤降的大祸，对刘老汉一家来说无疑是灭顶之灾，这起投毒案引起了云水市政府的高度重视。胡市长第一时间来到南山医院看望了就诊的病人。在病床前，他拉着刘老汉的手说："对你们家的不幸我们深表同情，请相信政府一定会尽全力为你们治病，也一定会尽全力缉拿投毒的凶手，希望你们安心配合治疗。"他边说边从衣袋里掏出了五百元钱递给刘老汉，请老人收下，以表示个人的一点儿心意。见此情景，他身旁的工作人员也纷纷掏出钱，二百元、三百元不等地捐给刘老汉。此时的刘老汉什么话都说不出来，只是默默地流着眼泪。

当晚，胡市长在透析中心医生办公室召开了由卫生局局长、公安局局长、泉口河镇镇长参加的有关案情讨论的紧急会议，云水市南山医院汪明新院长和周云南也参加了会议。胡市长认为这起投毒案件性质恶劣，后果十分严重，目前正值春节来临之际，要稳定人心。他要求公安机关把紧全市各个出口，严防犯罪嫌疑人外逃，力争在年前破案；他要求南山医院要全力救治病人，尽量做到再不死人，至于救治病人所花费用，先由医院垫付，市政府统筹结算；他要求泉口河镇做好所有中毒者的善后工作，负责住院病人的陪护和死者的安葬，给人民群众一个满意的交代。

市长"全力救治病人，尽量做到再不死人"的这个要求，犹如千斤巨石重重压在周云南的心上。毒鼠强毒性剧烈，比氰化钾都要强一百倍，五至十二毫克即为人的致死量，食用达致死量的毒鼠强，最快可在五分钟内因全身强直性抽搐继而呼吸衰竭死亡。因此，毒鼠强也有"剧毒之王"之称。目前又无特效的解毒药，对危重症的治疗特别困难。

刘老汉全家多人发生中毒，已经死亡两人，还有两位生命危在旦夕。病房对所有入院的病人采用了洗胃、导泻、输氧、抗惊厥、护肝等治疗措施，对重症给予加压吸氧及抗惊厥药物的应用，并准备行血液灌流治疗，以清除血液残存的毒物。因两例重症病情越来越严重，经请示医务科，周云南电话联系在省人民医院进修的江春潮医生，邀请省人民医院急诊科主任陶教授来云水紧急会诊指导治疗，由泉口河镇政府派车连夜去省城接会诊教授。

一切安排妥当后，周云南来到病区走廊尽头，深深地出了口长气，以舒缓心中的压力。窗外寒风呼啸，走廊内倒很宁静，他突然感觉体内有股寒气在流窜，不由得快步向透析间走去。

赶来加班的医生护士预冲了水机，对透析单间和透析机进行了消毒。周云南立即示意吴巧红开始对两位重症患者进行血液灌流治疗，因这项治疗进行得越早，清除体内尚未吸收的毒物效果就越好。

两位重症患者分别是刘老汉的小女婿和大女儿，在毒素的作用下，患者皮肤下血管不好找，粗大的针头直接穿刺连接透析管道，技术要求很高，护士长吴巧红一次性完成了穿刺操作。

重症中毒患者前七十二小时内的治疗十分关键。病人上了透析机后，周云南不敢有丝毫放松，他一直守在透析室观察患者病情变化，指导抢救用药，直到病人抽搐次数明显减少，生命体征趋于稳定，才拖着疲惫的身子去办公室打了个盹。

子夜时分，一辆小轿车停在住院部楼前，江春潮陪着陶主任下了车，匆匆来到透析病区。陶主任先听了周云南介绍相关情况，然后查看了两位刚下血透机的重症患者。

在病情汇报会上，陶主任肯定了入院后所采取的治疗措施，他认为虽然患者生命体征平稳，但中毒刚过二十小时，还未度过危险期。他要求周云南继续严密观察病情变化，如患者有呼吸衰竭的迹象，要尽快上呼吸机；血液灌流至少在七十二小时内每天进行一次，以尽快清除体内尚未吸收的毒素；增加给氧的浓度，有条件时可进高压氧舱治疗。

陶主任还对周云南说："患者中毒很深，惊厥还会频繁发生，长时间持续抽搐易导致大脑缺氧，造成对重要脏器不可逆的损害，甚至死亡，可加大镇静剂的应用。二巯基丙磺酸钠对毒鼠强引起的剧烈抽搐有较好的治疗作用，止痉效果很好，可给两例重症患者使用。药我带来了，正好江医生进修已结束，可由她具体掌握该药的应用。"

因陶主任第二天还有工作任务，泉口河镇政府安排司机连夜开车送他回省城。送陶主任上车后，周云南不由得对这位老教授的敬业精神感慨万千，也增加了对中毒者治愈的信心。他立即回到了透析病房，制订两位重症患者下一步的治疗方案。

两天后，重症患者病情明显好转，神志均渐渐清醒，轻症患者生活可以自理。农历腊月三十下午，周云南接到了警方的案情通报，得知投毒犯罪嫌疑人已自杀身亡，案子已破。

刘老汉有两个儿子，大儿子结婚多年妻子一直未生育，老两口对大儿媳颇有微词，为此，大儿子夫妻间经常吵嘴，一气之下大儿子外出打工一年多未回。当得知过门不久的小儿媳有了身孕，老两口十分欢欣，把小儿媳伺候得很周到。上个月小儿媳生了个大胖小子，老两口更是喜上眉梢笑在脸上，决定孙子满月时邀上亲友在家摆上酒席好好热闹一番。而对大儿媳，老两口则成天没给个好脸。这巨大的反差时时刺激着大儿媳的神经，于是恶向胆边生，她要报复这个家庭，几天前偷偷去镇上买了几袋毒鼠药。故腊月二十七中午，在孩子庆满月酒席上，发生了多人中毒的严重事件。

确定此事件系人为投毒后，警方在第一时间锁定刘老汉大儿媳为犯罪嫌疑人，组织抓捕时人已不见踪影，警方立即在各交通要道布控，严防嫌犯外逃，同时电告深圳警方，严密监视在此处打工的嫌犯丈夫的动向，并组织力量搜山，力争在除夕前破案，让全市人民过个安稳的春节。

大年三十中午，警方在泉口河镇九仙山半腰处一座废弃房子中，发现了刘老汉大儿媳的尸体，现场见她嘴角边有遗留的白色粉末和装毒鼠药的纸袋，这些粉末经检验分析证实其成分为毒鼠强，商店老板也辨认死者正是那天购买鼠药的农妇，警方认定已服毒鼠强自杀身亡的刘老汉大儿媳为投毒者，宣告案件破获。

案件的破获和重症病人的好转，使公安干警和医务人员放松了紧绷的神经，但对刘老汉来说，丝毫减轻不了他心中的悲痛，只有默默地吞食那自酿的苦果。

除夕夜，透析病房的住院病人大都出院，偌大的西病区显得有点空荡，周云南逐个巡查了留下的病人。

刘老汉住重症室的女婿和女儿尚不能下床，住普通病房的三位中毒者处于恢复状态，生活可以自理。

8病床的戴自强，二十二岁，患慢性肾衰竭，在行肾移植前的血液透析治疗。父母离异多年，父亲为了儿子不菲的换肾费用，在外跑生意不能回家过年，他只身一人住在病房继续做透析。

15病床的杨庆芳，五十三岁，患尿毒症已行血液透析五年，因心衰还没完全纠正不能出院，老伴柳真坤在医院陪伴过年。

17病床的盛晓青，三十岁，患尿毒症透析两年，丧偶，因还有不适症状，加之无家可归，留在病房。

24病床的贺先明，七十岁，患尿毒症透析一年，曾反复住院，目前症状缓解，待女儿接其出院。

26病床的宿家友，五十五岁，重度农药中毒，住院一个月，来院时曾出现心脏骤停，抢救后恢复。现在继续治疗中，由老伴和女儿陪护在医院过年。

春节期间透析病人增多，连日来东端的透析病区拥挤喧哗。此时，医护人员正在忙碌晚班透析病人的上机操作。

晚七时，医院食堂送来了热气腾腾的饺子和点心，周云南和值班医护人员轮流到病房陪病人及家属吃年夜饭，吴巧红也安排护士给尚在透析中的病友送去了点心。这浓浓的人情味，使病房和透析间充满祥和，这一特殊人群在这个特别时段有了过年的感觉。

刚过晚上十一时，外面就断断续续传来了迎新年的爆竹声，随着最后一名透析病友的下机，时钟已指向了夜里十二时。此刻，四周震耳的密集鞭炮声，伴随着新年的到来，仿佛驱散了医护人员身上的疲劳，他们尽情享受着这段美好时光。

新春的温暖

俗话说"年小月半大"，云水市农历正月十五的夜晚十分热闹。天还没完全黑下来，大街小巷人来人往，位于市中心的大世界广场更是聚集了欢庆的人群，城区高楼顶上和阳台也站满了男女老幼，人们在等待观看不远处的云台山上发射烟花，以及每年一度的舞龙舞狮大游街。

路边小商贩摊位旁，大人们在忙着为孩子挑选气球、鞭炮和手提灯笼，家家户户门前悬挂的大红灯笼里闪着烛光，整个城区洋溢着温馨祥和的气氛。

此时，在城北一座独栋小院里，周云南正和双亲一块吃汤圆。望着周云南吃汤圆的模样，周母回想起二十多年前的元宵夜儿子等待吃汤圆的那种猴急样，眼前浮现出当年带着儿子去看花灯的情景，当提着灯笼的小云南第一次在那种热闹场面兴奋地跑来跑去时，她吓坏了，急忙追上去把儿子紧紧搂在怀里，生怕一松手就把儿子弄丢了。如今儿子长大了，有出息了，自己也老了，看着儿子一脸的疲惫，她感到心疼。

"云儿，你知道今天是什么日子吗？"

"妈，今天是正月十五。"周云南突然意识到除夕夜不在家是否让母亲有想法，于是又说道，"年三十科室实在太忙，没能在家陪您和爸过年，元宵夜怎么也要在家陪您二老啊！"

"妈不是这个意思，你忘了，今天是你三十二岁的生日。"

"云南是个孝顺的儿子，平时把我们的生日都放在心里，他倒把自己的生日给忘了。"老父亲边说边把一个大生日蛋糕端到了桌上。

"你爸说年轻时在部队当兵，亏欠我们母子太多，今天特意订个大蛋糕给你过生日，我也跟着沾光。"

面对这场景，周云南眼中含满了泪水，他说："谢谢爸妈！都说儿过生，娘过难，父母的恩一生都报答不完，应该我孝敬你们才是。"

"一家人嘛，不说这个话，只不过我和你爸都老了，家里冷冷清清……"周云南立即明白了母亲的意思，急忙说："妈您别说了，儿子今年一定给您娶个贤惠的儿媳，明年给您添个大胖孙子。"

"快吃蛋糕啊！放烟花的时间快到了。"周云南的父亲切开了蛋糕，点燃了蜡烛，一家人尽情享受着这份浓浓的亲情。

晚七时整，突然两声炮响，一朵美丽的烟花从云台山上像火箭似的射向天空，霎时向四周扩散，五彩缤纷恰似天女散花。接着每隔三五分钟就有一枚烟花升空，一个个闪着金光的火球在隆隆的炮声中直冲云霄，散开后形成了各种图案，有的像金菊怒放，有的形似孔雀开屏，还有的像红珊瑚，更有火树银花的图像，这天空的绚丽画面，简直美极了。

短暂沉寂后，天空中又有五颜六色的花朵在不断绽放，把夜空点缀得花团锦簇，流光溢彩，让人目不暇接。将近一个小时，烟花燃尽，人们则余兴未尽地奔向广场和街边，接着观看民间玩龙灯和舞狮表演，感受着元宵节的欢乐。

周云南陪父母在院子里观赏烟花后，又一起观看了央视的庆元宵文艺晚会，当晚会最后一个节目演完，四周时隐时现的鞭炮声不知啥时也没有了，大地一片沉寂。他突然意识到这个新年已渐渐远去，春节期间的多彩繁华已落下了帷幕。

临近子夜，父母早已休息，周云南躺在床上翻来覆去难以入眠，多年来经历的艰辛只有自己知道，所受的委屈只能自个承受，也只有回到父母身边才能感受到家的温暖。今天父母为自己过生日，他感到很惭愧，父母年岁已高，在以后岁月中要多尽孝道，自己的婚姻大事也该考虑了。还有科室的那些事，现在病人面临最大的困境是无钱维持透析，而作为医生又得无条件抢救病人，尽管他改变不了这个社会现实，但必须尽量想办法帮病人减轻负担。24 病床的贺爹爹，有儿有女，但没有人管，住院两个月，一分钱的住院费都没交，17 病床的盛晓青也欠费很多。开年后医院将升级达标，透析中心要改造，要做的工作太多……这些揪心的事如同一团乱麻，实在理不出头绪来。他猛然想起，今晚值班的医生和护士入职时间都不长，有点放心不下。于是，周云南悄悄起身去了医院。

病房值夜班的是年轻医生上官云慧和年轻护士苏雯卉。夜间没有入院病人，刘老汉家三位轻症中毒患者两天前已出院，两例重症好转后也转入了普通病房，倒是上午入院的 9 床让她俩头痛。

十八岁的患者殷文放，有肾炎病史，加重两月入院，两月前曾到外省医治。患者本人拒绝任何治疗，只同意做化验检查。肾功能结果显示，血肌酐、尿素氮明显升高，已达尿毒症标准。当管床医生上官云慧向其母亲和本人交代病情并建议进行血液透析时，殷文放一口拒绝，他怀疑化验结果是假的，还说上官医生人虽长得漂亮，服务态度一点儿都不好，说话也不温柔。见此情形，性格开朗的苏雯卉动员同病房 8 床的戴自强和 17 床的盛晓青，一块去劝说殷文放，但也吃了闭门羹。

周云南的到来，让上官云慧有来了救星的感觉，她委屈地说道："主任，您来得正好，9 床的新病人肾衰指数很高，已达尿毒症的标准，好心建议他进行透析治疗，他不但拒绝，还出口伤人。"

"是呀，可能病人情绪不好，说话比较冲，作为医生要尽量包容，同情病人，更要适应这种医疗环境。以后工作中你将会碰上更不顺心的事，要学会克制，化解自己的焦躁情绪。你今天对 9 床病人的处理方式比较妥当。"周云南的这番话，顿时使上官云慧心中的委屈消失了许多，心中对这位年轻又帅气的主任充满感激。

安慰了上官云慧后，周云南仔细看了9床的病历，认为患者情绪反常，必有隐情，他向患者的母亲详细询问了近期病况。

（吕露绘图）

殷文放的母亲五十多岁，典型的农村妇女，朴实憨厚的外貌下透露出了一丝精明。她对周云南不停地道歉，说上官医生态度非常好，都是儿子鬼迷心窍，让这么好的姑娘受了委屈。接着她叙述了带儿子去蓝海市看病的过程。

"一年前，儿子面部有点浮肿，到医院检查说得了肾炎，就在家断断续续喝中药，去年 10 月份复查，尿中加号增加，血中肌酐也高了，医生建议住院。我们见电视广告介绍蓝海市现代肾病医院用新方法治疗各种肾病，可包治断根；也打听了在外跑生意的熟人，都说这家医院可以。儿子治病心切，一心要去蓝海，于是，向亲戚朋友东借西凑带了几千元钱，我就和儿子搭乘了去鲁西省的火车，在鲁西省城又坐长途班车到达了蓝海市。

"在蓝海长途汽车站下车后，就迎上来两位年轻的姑娘，很热心地问是不是到现代肾病医院看病的，我问她们怎么晓得我们是来看病的，那女孩笑着说她们医院是一切为了病人，全国各地到医院看病的人很多，医院安排专人来接站。见是大白天，就上了她们的面包车。

"这个医院在市区的边缘地带，占地不大，一栋主楼，外加几栋平房，但很整洁，里面的人也很热心。儿子被安排住一个单间，管床的医生和护士都是年轻的女孩，人长得蛮干净，她俩把儿子跟得很紧，特别是那个姓温的护士，把儿子哄得团团转。治疗上每天就一服中药加几粒药丸，每次化验都说好转，而我感到儿子病情越来越重。一个月过去了，儿子对温护士很依赖，我感觉这个医院有点不对劲，悄悄问了其他病人家属，他们也有同感。于是就对儿子说，带的钱不多，要出院回云水，儿子虽没反对，但看得出满脸不高兴。当日下午，我去了长途车站想提前买票，工作人员见我是外地口音，料定是现代肾病医院住院的，说为了对病人负责，必须要有医院证明才能预售到省会的车票，我当时心中就很不舒坦。

"回到病房时，温护士正与儿子说着什么，见我进来就突然止住了话，走出了病房，这是她唯一一次没喊我阿姨。我对儿子说，钱已花完了，家里也没钱了，儿子要我卖掉家里的那头水牛来治病。我很吃惊，孩他爹一辈子就窝囊没有本事，全家只靠种田为生，如果卖了耕牛，以后用什么去犁地？全家怎么生活？但现在是要尽快离开蓝海，加之儿子的病也要继续治疗，我答应了他回去后卖水牛治病的要求。第二天，儿子对温护士说所带的钱已花完了，要回去筹钱再来蓝海，她就帮忙办理了出院手续，并送我们去汽车站，还帮忙买了车票，说是医院对病人的福利。

"回家后，儿子与温护士通了两封信，就逼着要我卖牛再去蓝海，和孩子他爹合计后想到家里已没有经济来源，为了治病也只得卖牛，往后生活就靠政府救济了。

"虽说卖牛有几千元钱，但我不愿去蓝海，要儿子来你们市医院看病，儿子却坚持要去现代肾病医院，就这样僵住了。年前温护士又来了一封信，也不晓得信上说的什么，年后儿子在家就成天不说话，病情也逐渐加重。我和他爹很着急，要儿子先去城里大医院化验检查，然后再决定去不去蓝海，儿子这才同意往你们医院做进一步检查。刚才上官医生好心来告诉检查结果时，儿子又闹着要去现代肾病医院，拒绝透析治疗，对上官医生说了一些不好听的话。现在我给你们赔不是了，请主任不要见怪。"

听了患者母亲的讲述，周云南心情很沉重，上官云慧也感觉这件事有些不可思议。周云南安慰了这位母亲，让她放心，科室会帮她儿子解除心结。他没有对现代肾病医院的做法进行评价，只嘱咐往后看病要多留心。

周云南在内心认为蓝海这家医院实际上是在欺骗、坑蒙病人，完全背离了医院救死扶伤的本质，是违法行为。不过，他不想过多谈论这个话题，对上官云慧的疑惑，也只是要求她要善于观察和思考，做好自己的工作。

翌日，周云南查房时看了殷文放，患者面色苍白，呈贫血貌，面部及双下肢轻度浮肿，结合生化肾功能等检查，尿毒症的诊断是成立的。好在 B 超检查双肾还没缩小，存在病情逆转的一线希望。目前需尽早透析，清除体内的毒素，以控制病情的进展，然后再查原发病。但患者对那个现代肾病医院依赖太深，拒绝配合治疗。他猛然想起年内到图书室查资料时，发现《健康报》上有篇揭露几家医院做虚假宣传骗取病人钱财被处理的报道，其中好像有蓝海市的一家医院。于是，他去了医院图书室，找到了那张《健康报》，蓝海市现代肾病医院的名字赫然入目，利用美女以谈恋爱的名义吸引年轻的男性病人，是这个医院的欺诈套路，而殷文放就是受害者之一。找到了打开患者心中纠结之锁的钥匙，周云南感觉到一阵轻松，看来解铃还得系铃人！

回到办公室，周云南有些犹豫，感觉到自己与殷文放交谈不太合适，他想起了护士长吴巧红，她性格中具有刚毅和泼辣的一面，当年作为全院分配来的第一位护理系本科生，放下不到一周岁的女儿，去华川医院血液净化中心进修，以顽强刻苦的精神在短短三个月的时间掌握了血液透析操作技术，参与组建了医院血透室，加之出色的管理水平，她被任命为血液净化中心护士长，破格晋升为副主任护师；她又有温情的一面，善于与人交流，能使同事和病人感受到亲切和温馨。她通过自学获取了心理咨询师的资格证书，病人的一些心理问题和矛盾由她去沟通均有较好效果。周云南忘不了一起在华川医院进修期间吴巧红对自己生活上体贴入微的照顾，这种情谊，使他情不自禁认吴巧红为姐姐。如今，严格来说殷文放还是个孩子，患了这样的重病，更需要人间温暖，这个心结由充满大爱的吴巧红去解开最为适合。

早上七点钟，吴巧红来到病房透析间帮助病人上机，上官云慧给她讲了9床的情况，故周云南要她去与殷文放沟通时，她感到这个工作很难做通。

"姐，你不必担心，《健康报》上刊登了有关部门对几家医院欺诈病人行为的处理通报，我刚去图书室找到了这张报纸，点名的就有9床病人去的这家医院。"周云南把报纸递给了吴巧红。

"这些人无异于谋财害命，真是丧尽天良，国家处理得太好了，不但要关停这样的医院，还要抓他们坐牢，罚款要罚得他们倾家荡产。"看完报道，吴巧红十分气愤，她收起报纸就去了病房。

半小时后，吴巧红来到办公室对周云南说："我先跟殷文放谈了约二十分钟，他一直没说话，看了报纸后他哭了，流着泪点头同意透析，江医生已准备跟病人插管，下午上机透析。"

"姐，谢谢你！不仅解决了他透析的难题，更是给了他春天般的温暖。"周云南对吴巧红伸出了大拇指。

"孩子实在太可怜了，最终还是国家那张报纸起了作用……"吴巧红话未说完，值班护士就来电话说，24床贺爹爹的女儿意见很大，要见主任和护士长。

在医生办公室，贺先明的女儿一见周云南和吴巧红就恶狠狠地说道："主任、护士长来了正好，你们医院真有意思，老头病重是我送来的，他有儿子，为什么出院不通知儿子来接，还要村干部逼着我来结账出院，你们这是恶的怕、善的欺。"

面对这位穿着花枝招展，涂着鲜艳口红的泼辣女人颠覆三观的言论指责，吴巧红并未动怒，她笑了笑说："你父亲住院快两个月了，包括过年期间，你们家一直没有人来陪伴，更不用谈缴纳住院费的事。医生和护士不仅帮助他进行了透析治疗和护理，还照顾了他的生活，现在老人病情稳定可以出院了，仍然联系不上你们兄妹。听说你母亲过世早，你们兄妹由父亲抚养长大，非常不容易，今天你能来医院接父亲出院，还算是有孝心。"

贺先明的女儿只想来应付一下，将老父亲继续丢在医院，然后随便找个理由向村干部交差。哪知，护士长的这番话，点到了她的痛处，她也是为人母者，这老者毕竟是生她养她的父亲，于是，她对护士长说："我只把老头接回去，住院费还欠着，应由他儿子来交。"碰到这样的子女，吴巧红还能说什么呢？

一番话就能把这个不孝的女儿说服，在场的医生、护士对护士长由衷地敬佩。年逾七旬的贺先明被不孝儿女抛弃的现实，让周云南心中有了难以抹去的心酸。

灵魂的救赎

云水市历史悠久，自隋开皇十六年（596）就已设云山县，在绵延的岁月中造就了灿烂的文化。城南片区上了年岁的老人记忆中，仍存有南门转盘不远处那截古城墙的模样，他们能清晰讲述四君路的来历及渡虹桥的变迁这些厚重的历史传说。因时代的烙印太深，老人们仍习惯把楼房林立、设备先进、现代气息浓厚的云水市南山医院，称之为"南门医院"。

南山医院所处的社区，早年是一片郊区，以种植蔬菜为主，菜农们的生活虽不富裕，却大大超过了当年的农民生活水平。随着市场经济的繁荣，南门一带渐渐繁华起来，转盘旁的杨柳街道形成了一个大的自由贸易集市，每天买卖鱼肉、家禽、蔬菜、水果，各种农产品、生活用品、副食品的吆喝声此起彼伏，十分热闹。云水特色美食——民间小吃刘婆子热干面、王麻子拐子饭、钱胖子牛肉粉、吕大姐滑肉汤、正宗武氏鱼面等摊点生意火爆，就餐的都是来此地进行交易的农民和本地市民。这种市场繁荣，给发财心切的人带来了商机，一夜之间整条街道就冒出了数家发廊和洗脚店，夜晚的街道出现了另一种灯红酒绿的景象。不久，有人举报发廊、洗脚店有违法行为，引来了公安机关的扫黄行动。经罚款、拘留和关闭等处理后，剩下的门店就规矩多了。

（黄莹绘图）

农历二月下旬的一个早晨，杨柳街春风发廊门口停了一辆救护车，两名医务人员从屋里抬出了一位口吐白沫的男人，发廊女老板和一名女技师帮着把担架抬上了车，随同去了南山医院。

俗话说，好事不出门，坏事传千里，春风发廊出人命的消息迅速传遍了山城每个角落。"喂，春风发廊出人命了，听说一个男人被小姐按摩死了。""那个男的平时与老板有矛盾自己喝的农药，发廊没有责任。"总之，说什么的都有，越传越玄乎，很快就流传成为几个不同版本的桃色命案，更有人去要求公安机关给市民一个真相。

病区接诊者是主治医师江春潮，她向发廊女老板简单问了病人的病史：患者秦传刚，二十二岁，与春风店女技师肖桃花是男女朋友关系。昨晚因产生矛盾，女方提出分手，今天早晨男方来店沟通无果，拿出一瓶"敌敌畏"农药在店里一口气喝下，女老板眼疾手快，一把夺下了瓶子，发现五百毫升装的瓶里只剩小部分药液，她意识到事态严重，立马拨打120，十分钟后喝药者被救护车送到医院，急诊科经紧急洗胃立即送入病房。

江春潮检查病人时发现，患者面色苍白，神志恍惚，生命体征不稳定，处于垂危状态，经化验，胆碱酯酶活力明显下降，符合重度有机磷农药中毒诊断。此时除按抢救流程操作外，还必须尽早进行血液灌流治疗，以清除还未被机体吸收的毒物，但血液灌流治疗过程本身也存在风险，按规定必须家属同意并签字才能进行。江春潮向在外开会的周云南主任电话请示后，同护士长吴巧红一道与女老板和肖桃花进行了谈话。

"患者喝的敌敌畏属剧毒类农药，而且量比较大，目前病情危重，随时可能出现呼吸心跳停止而死亡。我们会尽全力抢救，但仍不能保证抢救成功，为了尽快清除体内还未吸收的毒物，需要进行血液灌流治疗，在这个治疗过程中也有风险。病情必须向家属交代清楚，你们要尽快通知家属前来。"

此时的女老板心情可谓是五味杂陈，秦传刚喝农药自杀，她虽然没有直接责任，但如果闹出了人命，不但店开不下去，还要背负官司，这是她绝对不能接受的。只要人不死就好办，也能择机脱身。于是面对江春潮医生的问话，她回答道："虽说秦传刚与肖桃花在谈恋爱，我们认识他的时间短，并不知道他是哪里的人，不过现在救人要紧，肖桃花作为他的女朋友愿意签字承担责任，我是桃花的老板，也愿意附带签名。"说完她望了一下身旁不知所措的肖桃花。

那女孩连声应道："我愿意签字。"女老板又说道："至于抢救的费用，你们不用担心，我会垫付的，也会安排专人陪护。"

女老板的这番承诺，使吴巧红和江春潮多少有点感动，尽管她们感到事情有点蹊跷，也不便多问。两人交换意见后，认为在一时找不到家属的情况下，也只能如此。于是江春潮向她们详细告知了对病人的抢救措施，预后和进行血液灌流过程中的风险，肖桃花和女老板按要求在家属知情同意书上代签了名字。

血液灌流进行得很顺利，加之特效解毒药的及时应用，下午病人就清醒了。躺在病床上的秦传刚一只手在打吊针，另一只手被坐在床边的肖桃花轻轻握着，他想用力抓紧她的手，无奈身体虚弱使不上劲，只有两眼紧紧盯着肖桃花那白里透红略显疲惫的脸庞，渐渐进入梦乡，嘴角边露出了一丝微笑。

此时，在医生办公室，江春潮正在向公安人员介绍秦传刚的病情。原来，春风发廊"喝农药"事件发生后，闹得满城风雨，城南派出所也接到多人举报，因人命关天，所长特指派严警官带着一名协警调查此事。严警官先到春风发廊门店看了现场，向几位发廊妹了解有关情况，然后来到了医院住院部。

江春潮个性豪爽，她向严警官介绍病情后，认为这是年轻人恋爱纠纷出现的矛盾，她的责任是治病救人，不便也没有精力顾及其他，至于有无别的什么原因导致这位年轻人喝农药轻生，就不得而知了。严警官又询问了春风发廊女老板和肖桃花，去病房看了一眼熟睡的秦传刚，综合各方面调查情况，认为不够立案标准，让有关人员做好笔录后，回单位交差去了。

当天晚上，肖桃花陪护得很是尽心，对秦传刚十分体贴。他们时而窃窃私语，俨然是热恋中的女生在陪护生病的男友，看不出有半点淡漠疏远。经值班护士提醒后两人才安静下来。

第二天早上，秦传刚醒来没见到肖桃花，感到很失落，忙问刚来病房的女老板。

"陶姐，桃花呢?"

"昨天服侍了你一天一夜，回店里睡觉去了。"

秦传刚尽管一分钟也不愿肖桃花离开自己，但女老板的答复也在情理之中。"陶姐，那下午你一定要让她来哈!"他无力地哀求道。

女老板笑了笑，未置可否地说道："人心都是肉长的，你也要心疼一下桃花啊!"

整个下午秦传刚望眼欲穿，肖桃花一直没来打照面，甚至连女老板也没来病房。秦传刚催促管床护士打电话，回复说店里忙，夜晚十点钟过来。

晚上十点钟，还未见到来人，秦传刚又叫护士打电话，但女老板的手机一直处于无人接听状态。此时的秦传刚才意识到事情有变，他怕从此失去肖桃花，于是在病房又哭又闹，非要去春风发廊面见肖桃花。

病人住院期间如果出现意外，医院是有责任的，何况秦传刚还未完全脱离危险。值班医生见阻止不了秦传刚的哭闹，便找来了护士长。

护士长吴巧红见秦传刚哭得一把鼻涕一把泪，对肖桃花那么痴情，不由得对这孩子产生了一丝怜悯。她安慰了秦传刚，并承诺明天上午亲自去门店找肖桃花问个究竟，才止住了他的哭闹。

翌日下午，吴巧红和江春潮来到春风发廊，受到了女老板的热情接待。门店位于东西朝向的杨柳街西头，面积不大，两间三层。店里有技师四五人，都是农村来的二十岁左右的女孩子。光临的顾客主要是来市场做买卖的小商贩和在城区做手艺的"匠人"。洗头、剪头、洗脚、捶背等服务项目收费并不高，来的客人不多，平时生意不好。

女老板姓陶，店里的姑娘们习惯喊她为陶姐。她虽然已年过四十，但因面部皮肤保养得好，加之身材苗条，又经过精心打扮，看上去只有三十出头，可谓徐娘半老、风韵犹存。此时，江春潮眼中的女老板与那天护送秦传刚入院时神情紧张、头发凌乱、衣着不整的她判若两人。

女老板知道吴巧红一行是为秦传刚而来，于是讲述了她们认识秦传刚的详细经过，最后女老板对吴巧红说："护士长，你想想，在当前的市场经济社会，他这样的智商和情商，这么贫穷，漂亮的桃花姑娘会与他谈朋友嫁给他吗？为了救命我们才替他签了字，出于同情我们才替他垫了住院费，桃花也陪护他度过了危险期。我们做到了仁至义尽，他的一切与我们无关了。他喝农药自杀害了他自己，还影响了店的声誉，这两天都没有顾客光顾了。"

吴巧红想如果女老板的陈述的确为事实，秦传刚还真的找不上她们。于是，二人就同女老板告辞后回到了医院。

这是件很棘手的事。秦传刚明显已坠入情网之中，虽然吴巧红不认同他的所作所为，但他人还年轻，加之仍在住院治疗，如果出现不测，医院也有责任，她决定拉这孩子一把。同周云南商量后，她来到了秦传刚病床边。

见护士长一人独归，秦传刚不由得一阵心慌，潜意识感觉到肖桃花不会来了，情绪一下子跌落到了冰点。吴巧红跟他讲了女老板说的话，明确告诉他肖桃花不会来了，但愿意帮助他，希望秦传刚告诉自己实情。

护士长的真诚、热心、善良使秦传刚仿佛看见了最后一根救命稻草，他流着泪向吴巧红讲述了与肖桃花的相识过程。至此，吴巧红终于明白了事情的来龙去脉，不由得为他感到心酸。她缓缓地对秦传刚说道："在这件事上你也有不对之处，说假话这是虚荣心在作怪，是要付出代价的。以你个人条件，不可能与肖桃花这样的女孩谈朋友，更不可能与她结婚，为此殉情是不值得的。你这么年轻，双亲都健在，又有一门手艺，完全能凭双手劳动发家致富，到时还愁娶不到能干漂亮的姑娘？"

护士长的一席话，使秦传刚明白了自己目前的处境，彻底死了那份痴恋的心，又燃起了对美好生活的向往。此时他十分想念母亲，于是就把家庭住址和父母电话告诉了吴巧红，希望母亲能尽快来到身边。

秦传刚的母亲五十多岁，是一位精明的农村妇女，她和老伴在村里开了间代销店，平时与乡民相处和睦。这天，她接到医院的电话，留下老伴看店，就急忙赶到了南山医院。见到躺在病床上的儿子，禁不住泪流满面，她心疼地抚摸着儿子的身体，当得知儿子已脱离危险时，才略放下心来。她认为儿子的不幸都是那个乌七八糟的发廊导致的，她要去找发廊老板算账，要控告她们，要她们承担儿子的治疗费和精神损失费。

见秦传刚的母亲不听劝阻，执意要去发廊找女老板，吴巧红只得说道："大婶子，这事如果闹大了，就必然要打官司，有多大胜算，谁心里都没有底。正好，医院的法律顾问右律师有事在科室，我们可以去咨询一下。"

这大婶虽说未见过大世面，打官司得听律师的意见，她是懂的，也明白吴巧红的善意。于是，她随护士长来到了病房西端的主任办公室。

周云南正在就医疗实践中有关的法律问题咨询右玉仁律师，当右律师知道秦传刚母亲的来意后，吴巧红又将从三方所了解到的情况，向右律师还原了整个事情的经过。

半月前的一天傍晚，在城区做油漆工的农村小伙秦传刚，从包工头那里领了工钱后，想放松一下，就漫无目的地在大街小巷闲逛。洗脚城和歌舞厅招牌上闪烁的霓虹灯不断地刺激着他的双眼，当看见穿着光鲜的男人们进入这些灯红酒绿的"人间天堂"时，他心理失衡了："同是男人，为什么我就不能进去呢？"于是他走进了一家规模较大的洗脚城，在前台看了各项服务的报价，摸了一下干瘪的衣袋，不由得愣在那儿，一股自卑感涌上心间。囊中羞涩使他不得不离开这个使他好奇而向往的地方，去了价格低廉的杨柳街春风发廊。

发廊内很冷清，女老板见来了客人，十分热情，秦传刚看了一下张贴的服务项目和价格表，选了洗脚项目。女老板从他的言谈举止中，就知道这位不是光顾洗脚店的常客，她把秦传刚带到楼上三人洗脚间，告诉他"这里很正规，现在客人少，安排一位最漂亮、技术最好的技师为您服务，包您满意"。秦传刚听了这话，脸一下子红起来了，一阵心跳加快。

不一会儿，一位技师端着装有洗脚液的木桶来到了房间，很礼貌地问秦传刚："先生，服务可以开始吗？"

秦传刚打量了一下这女孩，个子高挑，皮肤白皙，秀发顺耳，穿着店里统一的紧身装，样貌很好看。他不由得点了下头。

女技师二十岁出头，她娴熟的洗脚按摩手法有力却又不乏温柔，使秦传刚感到了身体前所未有的放松。特别是她那充满青春活力富有磁性的声音，使秦传刚感到温馨。通过聊天，他知道她叫肖桃花，中原省雨山县人，家中条件不好，外出打工已有两年，还没有男朋友。门店是做正规生意的，收费不高，客人也不多，她们提成就低，一月下来没多少收入。很快，四十分钟的洗脚时间到了，秦传刚不愿就此离开肖桃花，于是加了她的捶背钟。

回到工地简易住处，秦传刚还余兴未尽，这次洗脚按摩是他人生的第一次享受，想着肖桃花的轻柔，一夜辗转难眠，以至于第二天上工时还有些迷糊，晚上一收工就又去了春风发廊。

俗话说，一回生二回熟，女老板见小伙子又光顾生意，十分高兴，态度很是热情。秦传刚又点了肖桃花的钟，他欢天喜地地享受着这舒心的服务。既然是熟人了，聊天也不再那么拘谨。

"你这么有钱又大方，怎不去洗脚城享受？那里技术又好，技师长得又漂亮。"肖桃花笑着问道。

"有人说那里服务不正规，加之我爸也不准我去那些地方。"

"你爸？现在是什么时代了，还这么封建？"肖桃花笑着说。

秦传刚突然意识到，在这种场合不该提起自己身为农民的父亲。但大男子的面子和自尊在他思维中占了上风，口中一下子就冒出那句话："我爸爸是邻县的公安局副局长，他对我要求很严。"这句话连他自己都感到吃惊，脸上一阵发烧。

"从你穿戴和言行看不出你是'官二代'呀，是骗人的吧!"

"怎么会骗你呢! 老爸要我保持低调，多做实事。我在税务局开小车，很辛苦的，你闻闻我衣服上还有汽油味。"秦传刚只得硬着头皮继续编。为了掩饰做油漆工身上那种难以消失的汽油味道，秦传刚随口编了职业是司机的谎言。

他这样一说，肖桃花心中也拿不准，转念一想，这人还本分，只要他肯花钱消费，就是店里的财主。于是她说了很多奉承他的话。秦传刚心中的一块石头才落地。

接着几天，女老板对频频来消费的这个"公安局副局长"的儿子很是上心，他一来就点肖桃花的钟，几天的相处，更是让他迷上了这位洗脚妹。为了博得肖桃花的芳心，他出手大方，每晚请肖桃花外出吃夜宵，店里所有姐妹作陪，当然还少不了那位风姿未减的女老板。

很快秦传刚手中所领的两个月工钱所剩无几，他实在是喜欢上了肖桃花，甚至愿为这朦胧的爱献出一切，为此他打起了父母的主意。

这天，秦传刚匆匆地回到了离城六十里路的秦家大湾，他对父母亲说工地工期紧，半月后才能回家，老板还没发工钱，向母亲要了两百元钱做生活费，临走时他又悄悄拿了父亲开代销店准备进货的两千元现金。

返城后，秦传刚向建筑老板告了十天假，咬着牙去商场花三百元钱买了套西服，配上一件白衬衣和一条红领带，另外借了一位工友相亲时穿过的皮鞋。然后，去大众澡堂美美地洗了个澡，把身上那股油漆味彻底去除后，迫不及待地穿上西服打上领带，快步向春风发廊走去。此时，青春的燥热在血液中流动，他恨不能一下子飞到肖桃花身边。

在店中，秦传刚的一身穿戴使那群洗脚妹惊呆了。只见他一头黑发梳得油光水滑，虽然面部肤色不够白皙，年轻的脸庞却分外英俊，配上白色衬衫、红色领带很是得体，活脱脱的一位白马王子，没有半点小车司机的影子。

这样一来，肖桃花才彻底相信秦传刚是位"官二代"，对他有了进一步的好感。秦传刚说这几天休月假，就住在店里了，他整天与肖桃花卿卿我我，出手也更大方了。

面对秦传刚的殷勤，那帮洗脚妹落了个快活享受，肖桃花也整天感到甜蜜蜜的。一次吃过夜宵后，秦传刚向肖桃花发出了强烈攻势，迫切提出了成为男女朋友的请求。肖桃花感觉这幸福来得太快了，怕这甜言蜜语之下是深不见底的陷阱，于是去征求女老板的意见。女老板是过来之人，仍对秦传刚公安局副局长儿子的身份持怀疑，但内心还是欢迎他来店内消费的。她劝肖桃花继续与秦传刚交往，就算是个冒牌货，对肖桃花也没有多大损失，如果真是"官二代"，将来能嫁给他，也算是一步登天。

肖桃花的应承使秦传刚欣喜若狂，肖桃花的温柔让他找不到方向，女老板和洗脚妹们的恭维使他的虚荣心得到了极大的满足，秦传刚俨然以肖桃花男朋友自居。

虽然肖桃花仍对秦传刚卿卿我我，女老板对他尊称"姑爷"，洗脚妹们也嘴甜地喊他"姐夫"，身份的改变使他再也享受不到令人难忘的洗脚捶背服务了，他的心情却是舒畅的。他的任务是每天掏钱支付这群姑娘的一日三餐。开始两天，中午是一群人到饭馆进餐，下午和晚上姑娘们要上钟，晚餐由饭馆送来，半夜完钟后还要去消夜。闲暇时他就陪姑娘们打小麻将，当然他永远是输者。随着秦传刚"财政"紧张，每天就改去街上的小摊吃中餐，晚餐由外面饮食小摊派送，饭菜质量也差多了，消夜也取消了。后来小麻将也不打了。不到一周，秦传刚实在是支撑不住了，提议由他买菜门店自行开伙。至此，就是智商再低的人也会看出事情的反常，几个小姐妹当着肖桃花讥笑"姐夫"太吝啬。肖桃花脸上挂不住了，她质问秦传刚到底是不是公安局副局长的儿子，见此时的秦传刚默默地低头不语，她明白了，面前的这个男人是个冒牌干部子弟，不由得伤心地大哭了一场，提出分手。

这场闹剧看似应该就此结束，哪知这个坠入爱河的男人苦苦哀求肖桃花无果后，采用了极端方式，才发生了传遍全城的"男子发廊殉情自杀"的桃色新闻。

听了吴巧红的讲述，右玉仁律师不由感叹道："在崇拜金钱的年代，会出现稀奇古怪之事。"他认为如果就此状告春风发廊是无胜算的，事实上两人已确定了男女朋友关系，所花费用也是男方自愿，不存在诈骗行为，虽说女方提出分手导致男方失恋轻生，但这理由不足以让女方承担出现的后果，何况在恋爱过程中男方还欺骗了女方。男方自服农药后发廊老板在第一时间拨打了120，垫付了住院费，并和女方代家属签了字，参与了对病人的陪护，从道义上来说她们尽到了救护责任。

秦传刚的母亲是个明白人，她知道事情真相后，立即就打消了告春风发廊的念头，自己的儿子不成器，又能怪谁呢？儿子处于这种状况，使她伤心不已，不由得流下泪来。

吴巧红便安慰道："大婶，不必过度伤心，你儿子因抢救及时，已脱离了危险，他已经知道了自己的过错，愿意重新做人，这是值得高兴的。"

秦传刚能有这样的结局，实属万幸。他母亲感谢了医务人员对儿子的救治，感谢了护士长对儿子的开导，也感谢了右律师的指点，心怀愧意地回病房陪儿子去了。至此，周云南和吴巧红不由得松了一口气，他们为这位年轻人失落的灵魂得到救赎感到欣慰。

送走右律师后，吴巧红向周云南提到透析患者的治疗欠费，这正是周云南十分关注的问题。尿毒症患者透析费用的缺乏往往是导致停透或延长透析间期的主要原因，病人要么自行停止透析，很快就会因病情恶化死在家中；要么长期打欠条透析，医院也承受不起，更会引起一些纠纷，甚至激化社会矛盾。这些是科室目前面临的最大困境，虽说作为一名医生改变不了现状，但他要尽力为处于社会底层的特殊人群给予最大帮助。他得到准确消息说驻云水部队要向贫困学子和特困病人捐赠一笔款项，得抓紧时间通过医院领导和社会关系为透析病人争取到捐赠。为了降低耗材开支，他还想将透析器由一次性改为可复用性，并打算以科室名义向市政府提出对特困透析患者定期补助的建议。于是，他向吴巧红谈了自己的这些想法。

病人无钱透析也是吴巧红的一个心结，对周云南的想法她是举双手赞成的，他们商量了具体落实的办法。尽管知道这些事情早已超出了本职工作范畴，因错综复杂的因素，可能一时也不会有什么结果，但他们是中国的医务工作者，应该义无反顾为病人争取利益。

一位特殊的病人

春天来了，大地披上了一层绿装。转眼又到了一年一度的清明节，风清气爽，人们奔向广袤的山川大地，为安息在那里的亲人上坟培土，以寄托深沉的哀思。

周云南也随父母来到乡下老屋，给长眠的爷爷奶奶祭拜上坟。此时，他心情特别放松，因为市里已批准了给透析病人一次性补助的申请报告，钱虽然不多，却体现了政府已加大对这个群体的关注；为透析病人申请的部队捐赠款也争取到位，这对贫困患者可以说是救命钱；明年将在全国实行新型农村合作医疗，这个消息无疑给尿毒症患者带来了生命的希望。他感觉到这些好消息仿佛是冥冥之中，大中华祖先们在庇护子孙的结果。于是在爷爷奶奶坟前，他秉承父亲的前传后教，虔诚地上香、烧纸、磕头、放鞭，以示对先人的怀念。

上完祖坟，已是下午两点钟，堂哥准备了中饭，都是园子里自种的蔬菜，还有现杀的土鸡，这满桌绿色菜肴对长年生活在城区的周云南来说，绝对是一次味觉上的大享受。

刚吃罢饭，值班医生给周云南打来电话，说来了一位酒精中毒的病人，是个"大款"，病情很重，其秘书在科室发起了飙。于是，他告别堂哥，骑上摩托车急速回到了医院。

患者是省内红石市的一位大老板，回云水祭祖，中午应酬饮酒太多，醉得不省人事，到其老家所在镇医院就诊时，因医院院长已回家上坟，不能按其秘书要求迅速赶回医院抢救病人，秘书当场踢了主持抢救的副院长几脚，放下狠话，就将病人急转入了市属南山医院。

在病房，这位秘书大喊大叫，指名要科主任立即到位。值班医生不无担心地对周云南说道："主任，你要注意点啊！这位秘书很凶。"

周云南立即看了病人，患者不到四十岁，处于浅昏迷状态，生命体征不太稳定。综合病史及有关血液生化检查，急性乙醇中毒诊断是成立的。对这样的重症，按常规要向家属交代病情，来办公室谈话的是病人妻子和那位自称老总秘书的人。

当周云南向他们谈了诊断及治疗意见，再次告知病危后，秘书十分傲慢地说："王总是有名的企业家，目前身家过亿，中央领导都很器重，如出现意外，就是你们上面领导的命也抵不了。我只问你能否担保王总不出生命危险？"其气势咄咄逼人。

这位秘书三十多岁，白净的脸庞，鼻梁上架着一副大大的墨镜，几乎遮住了大半个脸面，让人看不清他的真实表情。周云南在心中十分反感秘书这种居高临下、仗富压人的语气，但他忍住了没有发作，耐心地告知了病情："一般来说，醉酒的患者大多预后是好的，但如果中枢抑制过度也会导致死亡。目前患者仍然昏迷，是有生命危险的。"

此时，秘书提出转省城普济医院，并要院方派车派人护送，保证中途不出问题。对于这样离谱的要求，周云南显然是接受不了。他回答道："目前我院接送病人的是普通救护车，车上还没有最先进的抢救设备，到省城需两个多小时，如果在途中患者出现心跳呼吸停止，我们也不能保证能抢救成功。"

面对周云南的回答，秘书很生气，又要求与省城几家大医院联系派救护车来接。周云南随即拨通了几家省级医院急救中心电话，均告知有客观原因救护车不能前来。上级医院不派救护车，秘书当即骂了几句大医院草菅人命之类的话，话锋一转，要求周云南联系直升机来接王总转往省城。

秘书这个提议使周云南很惊讶，于是他谈了自己的看法："据我所知，省里近年才开通直升机转送病人的业务，我市还无直升机转运病人的先例。出动直升机需要省里批准并协调气象、航空，甚至军方等多方配合，可以说是个系统工程。在资金方面，你们是不成问题，但在紧急状态下需得县以上单位申请实施。"

"那你就跟市里打个电话，要他们向省里申请派直升机。"

秘书的这句话，使周云南哭笑不得，他不想同其耍嘴皮了，转向一直没讲话的王总妻子说道："刚才秘书讲王总有同学在市政府供职，能否把他请来，我们商量一下。"

女人看上去二十七八岁，衣着打扮端庄得体，有几分贵夫人的派头。对于周云南的建议她十分认可，于是立即示意秘书给丈夫在云水市政府就职的初中同学打电话。

在这个当口，周云南向医务科赵建国科长电话汇报了患者病情和家属有关要求，赵建国认为情况特殊，于是也来到了病房。

不一会儿，赵建国和周云南见来的是市政府办公室副主任邱平田，他个子不高，看上去很随和。周云南向邱平田简略介绍了情况，与患者家属再次进行了沟通。按邱平田要求，这次王总的夫人没让秘书参加谈话。赵建国代表院方表示目前患者尽管病情严重，但在治疗酒精中毒方面医院经验还是很丰富，抢救成功率是很高的。当然，为了得到更好的治疗，能转入上级医院也是适宜的，可在观察治疗基础上随时与上级医院联系。邱平田很认同赵建国的意见，认为请直升机转院的想法不现实，他强调自己只是以王总初中同学身份发表个人意见，不代表政府。至此，王总的夫人已完全了解病情和预后，她同意就地边治疗边观察，并在相关医疗文书上签了字。

因血液灌流可尽早清除致命性酒精中毒患者血液中的乙醇，使中枢、呼吸、循环的严重抑制得到缓解，以挽救重度中毒患者的生命，周云南决定对病人在常规治疗的同时，采用血液灌流。经家属同意后，周云南通知加班的医生护士来病房，立即将患者移送至透析间进行血液灌流治疗。

几个小时下来，病人生命体征渐渐平稳，转入病房时意识也渐渐清醒，周云南这才松了口气。随即，一阵饥饿感袭来，他突然意识到还没吃晚饭，看了一下手表，已是晚上九点钟。于是，周云南向值班医生交代了对病人继续观察治疗需要注意的事项，然后笑着向来加班的几位白衣天使发出邀请："去夜市大排档吃夜宵，我请客。"

参加加班的是医生江春潮、上官云慧，护士黎桂芳和苏雯卉。患者抢救成功的喜悦冲淡了她们的饥饿感，经周云南这一提，大家才感觉到腹中空空，于是异口同声地说道："谢谢主任请客！"随后她们脱下工作服，叽叽喳喳地跟在周云南后面，走向夜市的小摊。

在病房，这群年轻的医生护士穿上白大褂，就意味着责任，他们戴着口罩，神情严肃地为救治病人忙碌着；现在脱下了白大褂，他们随之放松了下来，他们也爱美爱打扮，充满着青春活力。

走在前面的是周云南，虽然满脸疲惫，甚至裤脚上还沾有少许泥土，仍掩饰不了那种天生的帅气。紧随后的是心直口快的江春潮、性情温和的黎桂芳、多才多艺的苏雯卉、腼腆含蓄的上官云慧，她们身着五颜六色的衣裳，在街灯的光晕下把自然美展现得淋漓尽致，吸引了不少路人的眼球。

大排档位于医院不远处的南门转盘旁杨柳街的入口处。街面各种小吃摊位旁围满了下乡祭祖返城还未吃晚饭的人，也有打麻将散夜场闲暇的中年女人，她们边吃边津津乐道地谈论着麻将的输赢过程，有人后悔打错牌，惋惜声时时传入行人耳中。烧烤摊的师傅在等着肉串下酒的男人们的催促下，熟练地在炭火烤箱上飞快地翻动火腿肠、羊肉串，溢出的香味引得旁边等吃的孩子馋涎欲滴；麻辣烫汤锅中大杂烩汤咕嘟咕嘟冒着热气，大人和孩子津津有味地吃着捞出的食物，不时传来男人们喝酒的吆喝声……各种嘈杂声伴随着散在空气中的烟雾，忽明忽暗的小摊灯光，交织成了一幅朦胧绝妙的夜市图。

周云南带着一行人来到挂着"付记肥肠煲"招牌的摊位前，他考虑到清明节的夜晚仍有些寒冷，加之这家老板猪肠清洗得很干净，味道也好，连日辛劳大家肚子里的油水也差不多消耗完了，于是要了大锅肠煲，点了几个炒菜，又到隔壁摊位点了女生爱吃的烧烤。

等待中，大家的心情还是不错的，闲聊话题自然离不开这位醉酒的亿万富翁王总。

"主任，这位王总的秘书在病房发飙，你怎不回击?"苏雯卉说话的语气明显带有气愤。

"要是我，早就说治不了，哪里好你去哪里。"江春潮插话道。

"医务人员也是人，也有自己的尊严，他凭什么指手画脚，据说在镇医院还脚踢了接诊的医生，把人伤得不轻。有钱就能任性，耍脾气抖威风?"黎桂芳也愤愤不平。

"有钱人的生活难道就是这个样子?"上官云慧道出了心中的疑惑。

"真是老爷不狠衙役狠。"

"手下人的素质这么差，我看老板也好不到哪里去。"

面对众人的不满，周云南无奈地露出了一丝苦笑。他意识到，这种情绪如果带到工作中去，是会呈现负能量的，必须给予正面引导。

"对这位秘书不切实际的要求和蛮横态度，我是很有想法的，但不能与他起争执呀！因为我们是医生，面对的是生命，不管富人还是穷人，他们人格是平等的。治病过程中如有不良情绪产生，会影响我们对病情的判断，甚至会导致严重后果。"周云南说出了自己的看法。

"主任的心肠软，道理我们都懂，就是心里感觉很委屈。"江春潮接过话头说。

"当医生就是要受得起委屈。其实，在我看病接触的领导和富人中，大多数态度很和蔼，对医生是尊重的，包括有的高级领导干部。"

这个话题把众人的不满情绪一下子转移到好奇上来了，在基层的县级市医院是不会有大领导来看病的，周云南虽然是科主任，学历高，但毕竟经历有限，没听说他还给大领导看过病。在大家强烈要求下，周云南开始向这几位下属讲述那次给省级领导看病的经过。这时，烧好了的肠煲和炒菜已端上桌，大家边吃边听。

"上班不久的一个夏天，接到卫生局通知，去参加市共青团组织的医疗下基层活动，义诊地点是桃源镇。我感到很兴奋，据介绍，那里风光旖旎，山清水秀，传说坐落在镇内群山环绕之间的席家河水库风景区内有一百零六个岛屿，像颗颗珍珠镶嵌在枫叶形的水面上。湖区亭台楼榭，碧波浩渺，岸柳依依。其湖面广阔、水质清澈，是天然的游泳池。每逢盛夏时节，那里游人如织。那儿举行过多次游泳比赛，出现过无数游泳健将。曾获得国际潜泳邀请赛女子一百米蹼泳第一名的农家女子就是从那里游向世界泳坛的。每当夜幕降临，拦河大坝在灯光的照耀下像落地的彩虹，又像浮出水面的蛟龙，景色颇为壮观。大坝斜坡上'席家河水库'五个大字苍劲有力，使热爱书法的人们大饱眼福。这美如仙境的天上人间，是我十分向往的地方，遗憾的是虽生长在云水，还没有去过桃源镇，这次机会难得，我欣然应邀前往。

"到桃源镇后，我们上午在镇医院给村民义诊。下午，为尽地主之谊，镇医院安排去参观水库大坝。医院位于大坝底部不远处，走出医院向北望去，大坝堤面嵌入的'席家河水库'五个字就映入眼帘，近距离看上去几米高的大字十分雄伟，在阳光照射下分外耀眼。

"登上堤坝放眼观望，湖面清波荡漾，多家疗养院、干休所的别墅阁楼屹立在对岸旁边的林荫之间，远处四面临水闻名遐迩的桃花岛隐约可见。近处右边大坝上岸出口处的水边停靠着几艘小汽艇，几位穿着红色救生衣的个体老板正向我们招手，希望我们乘他们的游艇观光湖中群岛。左侧青石嵌面的内堤上，一群拿着救生圈，穿着泳衣的游客，有人已扑入水中，悠悠荡荡地游了起来；有人则小心翼翼地走向水边跃跃欲试。这场景十分诱人，我真想立刻去买条泳裤，也下水去享受这天然泳池的自在。

"正当大家对美好景色流连忘返时，随后赶来的镇医院副院长急忙告诉我说，有位疗养的老干部，突然病危，要我去参加抢救。一行人中我是内科医生，抢救病人责无旁贷。

"从堤坝出口步行几分钟就到了疗养院，已九十岁高龄的副省级老干部朴老，突然心脏病发作，经医务室医生紧急处理，仍缓解不了症状，省里心脏病专家还在赶来的路上，等待的一个多小时时间里，必须要稳定住病情。在省里一位处长和朴老女儿信任的目光下，我沉着地看了病人的心电图，迅速对患者做了简单体检，诊断考虑为心力衰竭、快速心房纤颤，与医务室、镇医院内科同行商量后，定出了治疗方案，经领导和家属同意，给朴老进行了治疗，很快症状就得到了缓解，一直到省里专家到来，朴老生命体征都保持在平稳状态，争取到了转院时间，得到了领导及专家的肯定和家属的感谢。没过多久，在报纸上看见了朴老逝世的讣告，从简历中得知他在红军时期就担任过要职，一生的经历十分传奇。"

周云南的讲述，使大家感动又惊讶，苏雯卉说："没想到主任还真有能耐！"

"这次能给大领导看病虽说是偶然的机会，也说明平时知识积累很重要。而当时在场领导和家属的充分信任，使我增强了自信。"周云南的话语中带有几分得意。

讲述中，不知不觉大家肚子也填饱了，周云南突然想起了一件事，跟江春潮说："已与公安局户籍科王科长联系好了，你明天去找她出个证明，到省卫生厅把性别改过来。"原来江春潮这个名字十分男性化，在人际交往中容易被误认为男性，这次下发的职称证书上打印的性别就是男，让人哭笑不得。

"春姐，这个名字让人一听就会想到是个男的，该不是你老爸太想要男孩了吧！闻名如见人，一听上官云慧的名字就会想到美丽才女上官婉儿，我们的上官医生也是很有才华的一位大美女啊！还有主任的名字应该也是有寓意的。"苏雯卉一下说了三人的名字，使得怕羞的上官云慧满脸通红。

为了缓解有点尴尬的气氛，周云南说道："父辈给孩子取名是有寓意的，我父亲早年在云南边疆当过兵，为了纪念那段艰苦的戍边生活，父亲给我取名周云南。"

夜宵结束时，夜市食客也稀少了。周云南从值班医生电话中得知王总已完全清醒，这才放下了心。

对年轻体壮的醉酒患者来说，一旦度过了危险期，恢复是很快的。第二天上午，王总的夫人就对周云南说其丈夫要求出院，回红石市静养。办完出院手续，这位夫人向医务人员道别时，那位秘书也跟在其后，只不过是面带笑容，不停地向众人点头哈腰，完全不是昨天的那副凶样子。

送走王总，周云南查房去看上官云慧所管的 23 床病人。这是一位六十七岁，在进行血液透析的男性患者，出现了透析常见的并发症——骨筋膜室综合征，经观察和局部冰敷等处理，其左上臂肿胀仍未消退并出现张力性水泡，感觉麻木，手指活动受限。骨科会诊意见多倾向于切开引流减压。上官云慧则认为病人年龄大，体质衰，如手术切开创面大，不易愈合，可能会导致严重感染，她认为肿胀没有继续扩大，还可以保守治疗。周云南与骨科主任商量后，同意暂行保守治疗，但要求严密观察，如症状加重，随时联系外科手术。现在看见患者左臂肿胀基本消失，手指活动自如，病人自诉感觉好多了，上肢的麻木感也没有了。这是周云南希望看到的疗效，对上官云慧在专业上的进步，周云南很欣慰，他不由得向这位女下属投去了赞许的目光。

刚出病房，周云南就被护士长堵在门口，她急切地说："刚才你在查房，未接汪院长电话，院长说市政府办公室打来电话要核实一件事，通知你和我去他办公室讲明情况。"

他问道："院长说是哪件事？"

"院长未讲。"

面对吴巧红的回答，周云南不觉一愣，心想难道那个王总夫人口是心非，去市里告了一状？唉，不管怎样，身正不怕影子斜。

周云南下意识地看了一下时间，已是上午十一点半了，他怀着忐忑不安的心情与吴巧红一起向院长办公室走去。

师范生桑秀华

院长办公室坐落在病房外侧五十米处的一排平房内，里面陈设简朴。汪明新院长年近五旬，中等个子，身体稍有发福，他是云水市神经内科专家，主任医师，省政府特殊津贴享受者。

见周云南和吴巧红来到办公室，汪明新十分热情地示意他俩坐下，并亲自给他们倒水，这个待遇让两位下属有点受宠若惊。

"汪院长，您叫我们来……"

"是这样的，市政府办公室来电话，询问你们科是否抢救过一名叫宿家友的病人，他的一位在《南方时报》任记者的远房侄子，从广东回家祭祖，知道了抢救经过后很感激，准备写一篇文章，现在市政府要核实事情经过。"

见院长不是问那位王总的事情，周云南连声回答说是抢救过宿家友，紧接着他汇报了整个抢救的经过。

那是半年前一个上午，重度有机磷农药中毒的宿家友急诊入院，当运送病人的推车刚进到病房走廊，病人突然心跳停止，接诊医生和护士立即对病人进行了胸外心脏按压。

此时正是查房时间，科室医生护士大多在岗，在周云南的指挥下，轮流对病人施行心脏按压，并同时艰难地将患者抬移到了危重病房的急救床上，继续接力进行人工呼吸和胸外心脏按压，还请来了心内科主任指导抢救。

危重病房门外，患者一双成年儿女双双跪地，哭成了泪人，不断央求医生一定要救活他们的父亲。周云南心里很难受，而紧张的抢救也使他没时间对这姐弟进行安抚。一个小时后，患者自主心律恢复，姐弟俩激动得热泪盈眶，连忙向参加抢救的人员道谢，这情景在周云南脑海中留下了深深的印象。在后续两个多月的治疗中，病人恢复得很好，于春节后出院。

周云南娓娓道来的抢救经过，使汪明新很感动，他埋怨道："这件事我怎么不知道？"

"您当时到市党校脱产学习去了。"周云南回答说。

"你们做得很好，我们是人民的医院，心中要时刻想着老百姓。患者侄子下午要来采访，快去准备一下。"汪明新对血液净化中心的工作给予了充分肯定。

本来周云南还想就透析病人费用减免及专业梯队的建设向汪明新汇报，以争取得到院方更多支持，见时间已过十二点，便打住了话头，与吴巧红一起回到了科室。

下午，宿家友的侄子在医院宣传科科长的陪同下，来血液净化中心进行采访。

他详细询问了当时抢救病人的细节，并拍了一些资料照，采访结束时他说道："在当今物欲横流的时代，你们对一个普通老百姓竭尽全力进行了抢救，是很了不起的。你们有职业道德，是国家培育出来的好医生，我一定要把这种仁爱之心写出来见诸报端，使社会正能量得到弘扬。"

送走这位《南方时报》的记者，周云南带着一身疲乏回到母亲的小院。

一进门，他对母亲说道："妈，我饿了！"

当母亲端出一笼粉蒸肉时，他高兴地伸手就抓那肥而不腻的肉块。母亲又好气又好笑地打了一下他伸出的手说："馋猴！亏你还是医生，不讲卫生，去拿筷子。"他答道："我洗了手的。"

这顿饭，周云南吃得是那么香，一旁的母亲也露出了慈祥的笑容，在母亲眼里，儿子永远是个孩子……

时光一晃，就到了四月底。因五月上旬法定节假日多，需要从临床医生护士中抽调人员参加医院组织的社会活动，周云南有点力不从心。

一天下午，周云南与吴巧红刚确定下来"五四"街道义诊和"5·12"护士节演讲比赛的名单，院感控制办公室副主任卢雨晴就来到了病房，通报了外省某医院血透室违规操作，使多人感染丙型肝炎的事件。

二十八岁的卢雨晴外表端庄秀丽，说话办事老练稳重，科里老主任上个月退休了，院内感染控制工作的重担就落在了她的肩上。结合上级对涉事医院通报事例，卢雨晴要求血透室一定要设立传染病人单独透析间，每位病人透析前都要进行传染病筛查。她认为复用透析器清洗工作强度大，保存要求技术难度高，目前医院条件达不到，如发生院内感染则后果严重，故不同意血透室为了降低成本，减轻病人负担，而改用复用透析器的申请。

周云南表示接受卢雨晴意见，不使用复用透析器，只不过他担心传染病筛查按原价收费，可能会引起医患矛盾冲突。卢雨晴也同意与周云南就此问题一块去找分管院长，争取院方能最大限度地对病人给予减免。

这时，值班护士来到办公室，低声对周云南说："主任，29床病人桑秀华拒绝治疗，要求出院，江医生请您过去做工作。"

周云南来到病房，见躺在病床上的桑秀华，面色苍白，看上去十分虚弱，他母亲在旁不停地擦着眼泪。周云南把桑母叫到外面走廊，告诉她只要坚持到明年农村合作医疗开通就会好起来。

"主任，承蒙你们关照，秀华透析已三年多了。现家里除了两间土坯房，什么都没有了。以前的透析费用一直靠小儿子在南方打工寄钱维持，近两个月他弟弟病了，没有钱寄回家，你们发放的部队捐的钱也用完了。几个月前有位记者来采访，说有人会捐款，我们就一直指望着，今天上午那位记者来电话说没筹到捐款，儿子就彻底死了心，一直闹着要回家。"

周云南很同情桑秀华的人生遭遇，三年来为了这个年轻人的治疗，科室医生护士是尽了全力的。他十分清楚尿毒症伴肾性骨病放弃透析治疗的后果，他要桑母回家后继续督促儿子服药，定时来医院透析，有关费用科室会向医院汇报尽量想办法解决，只要渡过了眼前的难关就有希望。

因桑秀华不能起身行走，其母亲请了两位乡邻推来了轮椅。当扶他上轮椅时，使人震惊的一幕出现了，只见他双手紧紧抓住病床铁栏杆，两眼惊恐地望着来人，生怕一不留神就会跌进万丈深渊。

这求生的本能表现让在场者心酸。周云南连喊停下，治疗费用大家共同想办法。

此时，整个病房异常安静。几分钟后，桑秀华松开了双手，又坚决要求出院，双眼含泪，央求乡邻扶他坐轮椅回家……

目送桑秀华进入楼道电梯后，周云南心中难以平静，病人手抓床栏的那一幕实在太扎心了。他把自己关在办公室，想把杂乱的思绪理出个头绪。

暮春四月，窗外百花争妍，办公室内寂静无声，周云南脑海浮现出了初见桑秀华时的情景。

那是三年前的一个冬天，周云南正在出专家门诊，年轻的桑秀华拿着省人民医院的检验报告来就诊，说他是一位教师，毕业于省师范学院，入职才半年就病了，省里教授诊断为尿毒症，要他住院透析治疗，因付不起昂贵的住院费用，就回到了云水。

周云南对他说："教师享受公费医疗，透析费用可部分报销，报销比例达到了百分之七十。去年也有个入职不久的女师范生，经规律血液透析后，今年已换了肾。"

听此话，桑秀华不由得低下了头，小声说："我在私立中学。"

周云南知道，私立学校教师是不享受公费医疗的，他同情这位青年教师的不幸，要桑秀华先入院，透析费用再慢慢想办法。

桑秀华住院后，周云南了解到他家地处山区，父亲早年过世，靠母亲给人打工养育他和弟弟。他考入师范后，十六岁的弟弟辍学只身去南方打工，以承担他的生活学习费用。毕业后，本来有机会应聘去公立学校任教，但他放弃了，去了报酬相对高点的私立中学，想尽快挣钱孝敬母亲和给弟弟以经济补偿。上班不到半年，因过于劳累，感觉身体十分不适，去医院检查发现已是晚期肾病，需长期透析治疗。这个结果犹如晴天霹雳，使他意志一下子垮了下来，加之身患"绝症"丢了工作，没有经济来源，他陷入了绝境。

周云南将桑秀华的处境向院长汪明新进行了汇报，希望院方能帮他一把。于是，一个阳光灿烂的早晨，医院门诊大楼前举行了庄重的捐赠仪式，全院党员干部进行了现场捐赠。当汪明新院长把五万元捐赠款亲手交给桑秀华时，这位对人生已万念俱灰的青年感动得热泪直流。市电视台记者拍下了这个有意义的画面。

血液透析是替代人体已废弃了的肾脏进行工作，需连续做下去。在随后的岁月里，桑秀华面临最大的困境是透析费用无着落。因无固定的经济来源，桑秀华靠在南方打工的弟弟寄钱，加上少许救济金和社会捐款勉强支撑治疗费用。

近期，弟弟生病无钱寄回家，期盼的捐款也成了泡影，加之疾病的折磨，桑秀华彻底绝望了。

当桑秀华双手抓握床栏的一刹那间，面对那种悲情，周云南心中非常难受。冷静下来的周云南意识到，对透析病人这个特殊群体的救济，最终还得靠政府，靠社会的变革。事实上，新型农村合作医疗已在有关省市试行，可国家太大了，要改变现状得有个过程。透析病人的治疗如同爬山，医生要做的工作是尽力帮助他们继续攀登不掉队……

"咚咚"，敲门声打断了周云南的思绪，吴巧红带着一位中年妇女进入办公室。

"周主任，这是盛晓青的姐姐，从中原省老家过来的，他想跟你谈谈盛晓青的情况。"吴巧红向周云南介绍道。

"谢谢主任和护士长！我妹妹患病以来，你们给予了精心治疗和照料，是她的救命恩人，这份情谊我们是忘不了的。事情是这样的，小妹早年是花县豫剧二团的演员，后因演出行业不景气剧团解散，她就失了业，嫁到云水又遭到一系列变故，实在是可怜。因她曾是剧团正式职工，作为她娘家亲人，我多次找县里要求解决医药费问题，最终同意报销部分治疗费用，前提是必须回花县人民医院进行血液透析治疗。我特地来云水帮她办理转户口及病情诊断证明等事项。"

盛晓青嫁到云水后不到两年，丈夫死于车祸，她一人带个不满周岁的儿子艰难地生活。不久，她患上了尿毒症，只有把儿子送去乡下，由爷爷、奶奶抚养，这些信息周云南是知道的。

虽说在街道和科室帮助下，盛晓青得以维持血液透析治疗，周云南也多次奔走于有关单位要求募捐，但这些钱款解决不了根本问题，往后恐怕会步桑秀华后尘。她姐姐的到来，无疑给困境中的妹妹带来了生的希望，也使周云南感到一丝欣慰。

在盛晓青有关病历资料和诊断证明上签完字，伴随着其姐姐告辞时的感谢声，周云南压抑的情绪得到了释放。他缓缓打开了办公室的窗户，一束阳光照射进来，顷刻温暖就传遍了全身。此时，周云南想到盛晓青也一定享受到了阳光的温暖。他在心中祈祷着，期盼几天后在透析间能见到桑秀华的身影！

蓝光闪过之后

云水市南山医院血液净化中心是在老病房大楼基础上改建的，整个布局与国家设定的标准相差甚远。作为院感染控制办公室副主任，卢雨晴心中十分清楚，随着病人的增多，这种无法达标的环境，可能存在着交叉感染的隐患，透析中心的改造迫在眉睫。

按照汪明新院长意见，卢雨晴完成了血液净化中心扩建方案初稿。她决定到病房去找周云南征求一下意见。

进入五月，需要血液透析治疗的病人渐渐增多，二十多台血液透析机每天都排满了，使狭窄的透析区域显得更加拥挤。卢雨晴从医护通道进入透析间时，周云南已去重症监护室会诊，就让护士长安排护士现场演示洗手步骤，她要看看操作是否规范。

医院护士平时最怕护理部主任和感染控制科主任提问。新入职的杜莉莉，因过于紧张，洗手流程多处出错，卢雨晴进行了示范纠错，对护士叶华琳则提出了表扬。

看完两名护士现场洗手操作，卢雨晴见周云南还未回病房，就将血液净化中心扩建方案初稿交给吴巧红，要她与周云南商量，如没有补充意见将上报给医院。

送走卢雨晴后，吴巧红来到透析病人休息室，想听听患者对即将施行的传染病筛查检验的反应。

透析病人休息间里大多是等待上机的病人，也有陪护的家属。针对吴巧红的询问，他们很直接地表达了不满，说到底还是对化验检查另外收费不能接受。

"化验检查每次收费一百多元钱，每三个月还要再查一次，浪费我的血，这是变着法子赚我的钱，反正我是不会查的。"来自山里的陈亮奎首先发言。他人过中年，曾走南闯北，对人世间的不公颇有感触，特别是患上尿毒症后对社会更是抵触，把一腔怨气撒在医务人员身上，每次来透析都生事挑刺。

"护士长，别听他的，我们家随大流。"陈亮奎的妻子连忙打圆场，并示意丈夫不要再说话。

"是的，这完全是宰人，检查可以，我是不会交钱的。"说话的是孙家安，一位三十岁出头的年轻人。

见孙家安这样说话，吴巧红心中感到十分委屈。半年前，他刚开始血透时出现轻度失衡综合征，发生了一过性晕厥，医院已做了解释给了一定补偿，他就是不依不饶，还要状告医院，后来经他在省电视台就职的堂哥多方咨询，得知这事闹得无理，才打消了上告念头，但以此为由，每次透析不交费用，否则就在透析间住下不走，已欠半年的费用。周云南心地善良，同情他家贫穷，一直下不了决心与他做个了断。

"我认为化验筛查是为了每个病人的安全,是完全必要的。医院能否对化验费给予优惠?"说话的是木匠柳真坤,吴巧红对他印象很好,其老伴杨庆芳透析五年多了,一直不离不弃,他还经常在病房乐于助人。

几个人的发言,基本上反映出了大家的态度,吴巧红心中有底了。于是她说道:"谢谢各位的理解!这项检查有关每个透析病人的生命安全,所以国家硬性规定为必查项目。周主任已请示院领导,同意减免三分之二费用,下周一正式执行。"

随着第一拨透析病人下机时间临近,休息室渐渐热闹起来了,有人在微波炉里加热饭菜,有的换衣称体重准备接受上机前医生的检查,接下机患者的家属也陆续进入,不大的空间就显得十分拥挤嘈杂。

吴巧红见状,安排了两名护工帮助维持秩序,就立即去医护休息间吃食堂送来的工作餐。中午十二点钟病人上下机交接,是最忙、最紧张,也是最容易出差错的时间点,她得亲自去现场。

忙完病人上下机,已到下午一点了,吴巧红突然想起今天是护士节,苏雯卉将参加晚上护理部举办的演讲比赛,也不知她准备得怎样了。周云南是护理部聘请的评委,本科室护士的演讲,他也应该心中有数。于是,她先后拨通了周云南和苏雯卉的电话。

周云南在ICU(重症加强护理病房)参与抢救病人后刚回到办公室,就接到吴巧红电话,才记起昨天护理部主任邀请自己在护士节演讲比赛任评委的事。

不一会儿,吴巧红和苏雯卉来到了主任办公室。因时间紧,吴巧红要求苏雯卉脱稿预讲。苏雯卉把演讲稿递给了周云南,站在办公桌前，运了一口气，就开始了预演讲。

"各位领导，各位老师，各位同仁，晚上好！我演讲的题目是《用爱心承载生命之托》。

"在医院老病区九楼，有这样一群人，每天轻轻进入，又悄然离开，他们是一群看上去平平常常却又极其特殊的人，他们活着，满怀着对生命的渴望；他们恐惧着，因为死亡无时无刻不对他们虎视眈眈。他们就是血液透析患者，而我们，就是与他们朝夕相处的血透室护士。

"特殊的科室，特殊的病患群体，赋予了我们特殊的使命，那就是——让生命与生命更近些！我们用爱心承载着沉重的生命之托！

"岁月如梭，光阴荏苒，不知不觉我来到血透室工作已经两年了，在这两年中，我听说过患者面对病痛的无奈，我目睹过各种悲欢离合的场景，我感受过患者信任的目光，也遭遇过'秀才遇见兵，有理讲不清'的尴尬场面……

"但，我无悔！……"

苏雯卉预讲完毕后，吴巧红要周云南提出修改意见。身为护士长，她自然希望苏雯卉的演讲能进入前六名。

"普通话很标准，基本反映出了透析室护士的工作性质，表达了护士们的情感，演讲也没超时，但要得奖比较难。透析室的工作长年紧张忙碌，看似很平淡，但实际上是每天都在做延长透析人群生命的事，包括对病人心灵的慰藉，这些足以使人感动。而你的演讲缺乏让人心灵震撼的那种内在情愫，可插入典型事例，注重细节描述，无须主观议论，让听者自己去感受，自然就会产生打动人心的效果。"周云南对苏雯卉的演讲提出了自己的看法。

"作为血透室护士，要具有高度的责任心。透析患者的体外循环管路里，有二百多毫升的血液，以平均每分钟二百三十毫升的速度不停地运转四个小时，并且每个管路都有很多个接头和侧孔，稍有不慎，也许仅仅是一个夹子没夹好，就会使患者丢失珍贵的血液，甚至导致更严重的后果。还有，那粗长的内瘘针，那三米多长的血液管路，都是与病人血液直接相通的，插管直接暴露在外界，稍有不当就会引起很多并发症，甚至危及生命。必须严格执行无菌技术。这些内容也可加上。"周云南补充道。

吴巧红同苏雯卉走后，稍事休息，周云南顺手翻开桌上卢雨晴那份血液净化中心扩建方案初稿。突然，他感觉一阵眩晕，似有视物旋转感。几秒钟后，他见楼房在连连颤动，座椅也在移动，像坐着拖拉机行驶在一片坑坑洼洼的土地上，剧烈地摇晃着……

强烈的晃动持续了七八秒，周云南这才意识到发生了地震，他本能地想到了逃生，科室还有那么多正在透析的病人，必须以最快速度将病人转移至安全地带。在冲出办公室的一瞬间，周云南无意间瞟了一眼办公桌上的电子钟台历，显示的时间是 2008 年 5 月 12 日 14 时 31 分。

轻症病人和家属不知发生了什么事情，纷纷找医生护士打听，当听说是地震发生时，他们充满恐惧，有人吓得转身就往楼下跑去。

周云南迅速找到吴巧红，两人进行了分工。周云南负责住院病人转移，吴巧红负责正在透析的病人转移。医生护士责任到人，不能遗落一个病人和家属。

看着主任和护士长带领医生和护士沉着镇定地在现场指挥转移，病人情绪很快稳定下来了。

事发突然，各科室各自转移病人，大楼一片混乱，层层楼道口都挤满了下楼的人。

周云南见状，意识到此时乘电梯是十分危险的，立即通知开电梯的师傅停止运行。由于安排得当，九楼能行走的病人在医生护士和家属的搀扶下，很快都下楼到了安全地带。

病房只剩下需要用担架的三位重症，当周云南正在为抬担架人手不够着急时，医务科长赵建国一行人上楼来了。他告诉周云南，现在还没有外面的确切消息，汪院长肯定了各科自发转移病人的行为，要求机关和后勤人员全部下病房支援，并在大楼外空旷地确立了安全区。

此时，周云南、赵建国和随来的四位后勤系统职工，每两人抬着一位重病人，在家属扶持下，小心翼翼地向楼下走去……

正在透析的有二十多位病人，经动员绝大部分愿意停止透析撤离病房。虽然经透析管回血下机需要时间，但病人可走透析间侧边的专用通道下楼，避免了拥挤。

大部分透析病人下楼后，吴巧红见靠内侧透析间的三名病人还没出来，就急忙进去催促。只见管床护士黎桂芳仍在观察透析机屏幕上的数据，三位病人还继续在行透析治疗，吴巧红感到很意外。

"老黎，你怎么不跟病人下机？"吴巧红对黎桂芳颇有埋怨。

"护士长，他们不愿下机，坚决要继续做完透析。"黎桂芳焦急地说。

吴巧红转过身，见是陈亮奎、孙家安和戴自强三人，不由得有些着急，要求他们配合下机，尽快撤离。

"护士长，楼房只晃动了几下，半个小时过去了都没事，地震再不会发生了吧！我们刚上机，就要回血下机，这样一折腾毒素没排出去，倒把身上的血还弄少了，到时还不是个死。是我们要求黎护士把透析做完的。"陈亮奎不紧不慢地向吴巧红解释道。

"不行，必须下机，我要对你们的安全负责！"吴巧红语气明显加重了。

吴巧红哪里知道，这三个透析病人是铁了心不会下楼去。在大楼出现摇晃，人心慌乱之时，陈亮奎就抱有侥幸心理，他曾和孙家安低声议论，认为尿毒症是治不好的，他们又没有维持长期透析的费用，不如冒险继续透析下去，如果楼房震塌了被压死，国家就会给每人赔偿五十万元现金。旁边的戴自强也因前不久与父亲没配上型，父亲不能给他捐肾而情绪低落，所以默认了陈亮奎的提议。

在这种情形下，任凭吴巧红怎么劝说，他们拒绝下机离开病房。吴巧红也只能和黎桂芳边观察边给他们继续做工作。

这时，陈亮奎的妻子闯进了透析间，见丈夫还在透析，急切说道："整栋楼就剩你们几个人，为什么还不下机撤离？"

见自己的老婆突然而至，陈亮奎一改刚才与吴巧红对话的温和，对老婆吼道："你跑上来干什么？找死？你若有个三长两短，让老子的儿子成了孤儿，我是不会饶你的。"

"人家还不是在为你着想吗？"他妻子很委屈。

"滚下去，老子不要你管！"陈亮奎有点歇斯底里。

吴巧红也向她承诺，一定会继续做她丈夫的工作，并催促她赶快离开。陈亮奎的妻子这才流着泪离开了透析间。

已撤至安全区的周云南，清点人数时未见到吴巧红和黎桂芳及三名透析病人，正准备打电话询问，陈亮奎的妻子告诉他，护士长和自己的丈夫还在透析间。

这个消息让周云南心中发慌，他不顾一切地跑上楼，冲进透析病房。

当了解原因后，周云南认为事关病人和医务人员生命安全，立即向医务科赵建国科长进行了电话汇报。赵建国说已得到汶川发生地震的确切消息，仍不能明确震源，为确保安全，医院要求再观察两个小时后才可考虑患者全部返回病房。对这三名病人可继续做工作，如大楼再出现震感，就必须迅速撤离。

两小时后，综合各方信息，医院确认病房大楼的晃动，是千里之外的汶川大地震余波所致。于是，病房迅速恢复了正常工作秩序。

2008 年 5 月 12 日 14 时 28 分，汶川发生了震惊中外的大地震，蓝光闪过之后，灾区变成了一片废墟，人民生命财产遭受了巨大损失。在党中央的领导下，举全国之力对灾区人民进行了营救和支援，体现出了社会主义制度的巨大优越性。而云水市南山医院病房大楼突然遭遇汶川地震的余震波及，在不知震源地的情况下，医务人员在第一时间自发组织病人大转移的动人情景，则是良好医患关系的真实写照。

"5·12"地震发生后，医院的中心工作是配合政府对震区进行支援。一周来，周云南按照医院要求组织职工对灾区进行了捐款，周云南捐了一千元，中共中央组织部按"特殊党费"形式发了党费收据。因灾区外伤病人多，创伤所致急性肾功能衰竭患者要行血液透析治疗，急需血液透析专职医生和护士，省里要求云水市南山医院挑选一名医生和护士，参加赴汶川医疗队。科室所有够资质的医生护士都报了名，周云南很难确定人选，只有上报院方确定。

一直到周末，周云南才有空闲回家看看。父母亲也十分关注汶川大地震，天天看电视新闻，自愿到街道给灾区捐了款。当有四十余年党龄的父亲见到儿子那张盖有中共中央组织部大红印章的党费收据时，感到无比欣慰，在心中为儿子感到骄傲。

医疗队人员名单很快确定下来了，是血液净化中心医生江春潮、上官云慧和护士长吴巧红。这里面有个小插曲。名单里开始没有上官云慧，但她态度坚决，拉着周云南去找汪明新院长，经不住反复要求，汪明新与卫生局商量后，同意了上官云慧去汶川的请求。上官云慧的韧性和坚强，使周云南对这位看似文静的姑娘又多了一份好感。

一个阳光明媚的早晨，卫生局派车把全市三家医院的五名医生护士送去省城，她们将与全省四十余位同行组成第二批救助医疗队奔赴汶川。临出发时周云南再三叮嘱江春潮和吴巧红，要她们注意个人安全，多多关照上官云慧。江春潮笑了笑说："主任放心，有护士长在，我们会照顾好云慧小妹的，完成任务后保证交给科室三个大活人。"

迟到的醒悟

省第二批赴汶川医疗队员在卫生厅经过两天紧急培训后，突然接到暂缓出发的通知，原因是经国家统筹安排，那些创伤后急性肾功能衰竭的病人，大多数被解放军运送至邻近地市的三甲医院，危重患者被直升机转送到了成都。

去不了汶川抗震救灾，吴巧红、江春潮、上官云慧有些沮丧，特别是好不容易争取到名额的上官云慧更为忧闷。不过，两天的集训中，她们接触到了全省多位行业内专家，在专业提升上大有收获。

一个月后，市政府在大世界广场举行的"驻云部队凯旋大型欢迎会"，使云水市的抗震救灾活动达到了高潮。当部队首长介绍官兵们不怕牺牲，奋力救人，特别是十五位勇士从汶川万米高空跳伞一跃而下的壮举后，人们更是感动不已，会场上响起了"向解放军学习！向解放军致敬"的欢呼声……

驻军跳伞训练基地与云水市南山医院是军民共建单位，市里欢迎活动结束后，医院又开了小型座谈会，以慰问基地赴汶川抗震救灾的官兵代表。

时间很快到了7月下旬，云水市的工作重心转向切实维护社会秩序，确保安全稳定，以迎接8月份北京奥运会的召开。医院则要求各科室做好本职工作，减少医疗纠纷，坚决杜绝医疗事故发生。

透析病房的改建不能及时完成，老病区在过渡期要临时修补，需院方在财力上的支持和病人及家属配合。这期间透析病人还在不断增多，医生和护理人员不足，透析机不够，必须鼓励大家咬牙坚持，需加班时还得加班。病人情绪怎样安抚？病人的欠费问题如何解决？这些血液净化中心面临的难题，使周云南感到压力倍增。

他想召开有院方、病人和科室参与的联席会，以解决实际问题。这个想法得到了护士长吴巧红的赞同。

吴巧红前不久在省城，就相关的问题请教过省人民医院血液净化中心护士长，她们的经验就是召开医护与病人及家属之间的联络会，这个活动被称为"肾友会"。开肾友会！这与周云南的设想不谋而合。

有了护士长的支持，周云南向院长汪明新详细汇报了召开肾友会的设想，建议会议形式为由院方、科室、病人及家属代表共同参加的联欢会，除必需程序外，可以有医患互动，现场答疑，表演文艺节目，以和谐医患关系。

很快，院委会就批准了周云南提出召开肾友会的活动方案。在院长汪明新的眼里，周云南是个工作热情高，专业能力强，富有正义感和同情心的小伙子。然而，将血液净化中心划归为院方直接管理，并不完全出自对周云南的偏爱，而是有着深层次的考虑。多年前，汪院长还是医务科副科长时，来自农村老家的发小患上尿毒症，因医院不能开展透析治疗，很快就不治身亡。还有一位离休的老领导也因患尿毒症去世，临终前曾要求医院尽快开展透析技术。这些都给汪明新留下了深刻的记忆。

透析病人是个令人心酸的特殊群体，对他们来说，每次透析治疗都是救命，如果没有政府救助，他们的经济状况是很难支撑的，目前在整个救济体系没有建立起来的情况下，医院对病人的救治就至关重要。作为人民的医院，为帮助病人摆脱困境，汪明新决心力所能及地协助政府多做工作。当然，他也存有私心，就是要把血液透析中心打造成全省同级医院的佼佼者，以惠及更多社会底层的透析病人。

一个阳光明媚的上午，云水市南山医院礼堂布置得十分温馨，血液净化中心首届肾友会在这里如期召开。

参加活动的有部分透析病人和家属，还有汪明新院长和院委会成员及职能科室主任，血液净化中心除值班人员外，医生护士都在会场参加接待。

让病人和家属惊讶的是，还来了扛着摄像机的电视台记者，市政府办公室邱平田副主任带着卫生局和民政局领导，也来到了会场，邱副主任可是他们见过的最大领导啊！

整个活动由医务科长赵建国主持，他对活动的组织安排做了简要说明，透露邱主任等有关领导来参加这样的医患活动还是第一次，是汪院长向市领导汇报争取的结果。

接着邱平田副主任讲了话，他代表市领导向医务人员和透析病友进行了慰问，告诉大家市政府向省里争取到了明年新型农村合作医疗试点县（市）名额，这会大大缓解透析病人的经济压力，并表示将在现场听取院方和病人意见，尽量解决大家的实际问题。

汪明新也表示将一如既往地支持透析病房工作，病人至上，进一步改善医务人员工作环境，争取年内完成透析区域的改建。

领导的讲话很接地气，使大家感动的同时也充满着期盼。

接下来是互动环节，可以自由讲话，也可就有关问题向领导咨询，现场气氛轻松融洽。

首先发言的是木匠柳真坤，他讲了五年来陪伴老伴杨庆芳透析的体会。

"老伴患病以来，经济负担和疾病的折磨压于一身，脾气自然不好，我只能对她迁就和谅解。有人说'夫妻本是同林鸟，大难来时各自飞'，我不同意这个说法，夫妻一场，如果有难之时抛弃她，那还叫人吗？长年陪伴老伴治病，就不能进城打工，也没有经济来源，利用夜晚和空闲时间，我在家制作桌椅板凳等小家具，送往城区家具超市变卖，以支付治疗费用。老伴能坚持下来，还得感谢医生护士的精心治疗，也要谢谢病友们的鼓励！"

柳真坤是透析病房里医生护士及病友公认的好人，他的发言又是满满的正能量，自然得到了肯定。

如果说五十八岁的柳真坤对妻子不离不弃，让人产生敬意的话，六十八岁的刘爱珍坚持送七十二岁老伴透析的那种相依为命，则更使人动情。

刘爱珍有一个三十多岁的弱智儿子，儿媳早几年离家出走杳无音信，留下了一个八岁的孙子，全家靠她和老伴做豆腐及政府低保维持生计。两年前，老伴患尿毒症开始进行血液透析治疗，每个透析日，刘爱珍都会蹬着三轮自行车送老伴去医院。凌晨起床，磨豆子、烧浆点浆，压成豆腐后，服侍老伴、儿子和上小学的孙子吃早餐，然后风雨无阻地送老伴去医院上机透析，再匆忙赶回家去卖豆腐。她家的事街坊邻居都知道，大家都愿买她做的豆腐，一般不到十点钟就能卖完豆腐收摊，她再去医院接下机的老伴一起回家……

这样的不幸降临在一位六十八岁的老人身上，尽管有政府救济和医务人员的帮助，也是困难重重，可想而知老人的压力有多么沉重。不管生活有多么苦涩，刘爱珍展示在医生、护士面前的始终是乐观和坚强。虽然她饱经沧桑，有老伴在，还有儿子、孙子，生活就有希望。

今天不是老伴的透析日，刘爱珍在家卖豆腐，不能参加肾友会，当护士苏雯卉给大家讲述这个让人落泪的故事时，现场一片唏嘘。

此时，会场的交流趋向于多样化，有病人和家属向医生护士询问透析中的注意事项，也有病人之间的相互交流，还有病人和家属在向邱副主任、汪院长反映自己的困难。突然，陈亮奎登上了讲台，他的第一句话就使人十分意外，会场顿时安静下来了。

"我强烈要求邱主任和汪院长给吴护士长、黎护士记大功！"边说边从衣袋中掏出一张写有字句的信纸。

"孙家安不好意思，没来参会，戴自强在透析，他二人委托我当代表。这是有我们三人签字的请功书。"陈亮奎接着说。

与会者不知咋回事，愣愣地在等待下文，电视台记者出于职业的敏感，将摄像机对准了陈亮奎。

"发生地震那天，医院要求所有病人停止透析立即撤离大楼，因为我们个人的原因，她俩不能撤离，一直陪我们把透析做完。大家知道，那是在不知道这场地震危险程度的情况下，经历了震感，面临着大楼随时倒塌的紧急时刻，她们冒着生命危险给我们做完透析，使人感动，也使我们感到惭愧。所以，要给她俩请功。"陈亮奎道出了请功原因。

"这段时间我常想，不想活命是我自己的事，当别人救自己时，还要拖人下水，让施救者搭上性命，虽说是无意识的，我还是感到羞愧。"看得出陈亮奎说这话时很内疚。

"当时，老婆在场劝我撤离，我怕地震再发生大楼倒塌把她压死，就把她骂走了，完全没想到护士的安全，而要她们继续给我们做透析，实在是私心太重，太对不起护士长和黎护士了。"说完，陈亮奎向坐在不远处的吴巧红和黎桂芳深深地鞠了一躬。

"自从得了尿毒症，就感到人生没有意义，看一切都不顺心，加上经济上的压力，多次想了结残生。这次护士长和黎护士舍己救人的实际行动感化了我，加之柳老兄两口子和刘老太对待这个病顺其自然的态度，也影响了我。现在这么好的治疗技术，政府也将出台帮扶政策，我一定会配合治疗，好好活下去。"

这个只有在电视剧里才能看到的桥段，突然发生在现实生活中，会场像炸了锅一样，大家议论纷纷，其中不乏对医护人员的褒奖，也为陈亮奎迟到的醒悟而感叹。

面对这动人的场面，邱副主任也讲了话，他肯定了医务人员的奉献精神，因势利导地建议新闻部门，要对这种正能量多加报道。

此时，最忙碌的是那两位电视台记者，他们在现场进行了即兴采访。

"面对地震可能再次发生，病人又不愿撤离的情况，你是怎么想的？"记者首先采访的是护士长吴巧红。

"只想到我是护士长，把病人尽快转移到安全地带是我的职责。"吴巧红平静地回答。

"大楼随时有倒塌的危险，是什么力量，使你坚持留下陪伴不愿撤离的病人？"记者把话筒转向了黎桂芳。

面对摄像镜头，黎桂芳显然有些不适应。她腼腆地回答："我是护士，当危险来临，决不能丢下我的病人不管。"

她们的回答没有豪言壮语，只是说医务人员的职责使然，简朴的话语却饱含深情，折射出医者仁心，生命之托重于泰山的那种情怀。她们的回答，震撼着每个与会者的心灵。

肾友会的热烈气氛再次达到了高潮，医护和病人之间、领导和群众之间呈现出了一片和谐。随后，邱平田副主任表示将把大家的要求向市长汇报，争取给血液净化中心更多的支持，民政局领导现场确定了包括孙家安在内的几位特困患者的大病救助……

时间很快就到了十二点钟，会议圆满结束，医院给每个参会者准备了盒饭，看着大家边吃边交谈的轻松场面，周云南心中充满了甜润。

下午，正在透析的戴自强出现了状况，他忧心忡忡地对主管医生江春潮说出了自己的苦恼。

戴自强自小就父母离异，他跟随父亲生活。父亲很能干，承包了村里的多亩鱼塘，加之又懂养鱼技术，很快就成了村里的富裕户。戴自强高中毕业没考上大学，于是子承父业，在家帮忙管理鱼塘。他是那种聪明又有点爱玩的小青年，一年前上网吧结识了一位东北女生，很快就发展成为男女朋友关系。不久前他患上了尿毒症，在医院进行血液透析治疗。因父亲表示不惜倾家荡产也要为他治病，并承诺将自己的肾捐给儿子做肾移植，因此他心中充满希望，患肾病透析的事也没告诉女朋友，两人一直保持着短信联系。

近段时间，戴自强与父亲配型不成功，很是悲观，就中断了与女朋友的联系。面对他多次短信不回，电话不接，女朋友很焦急，就从东北乘火车过来看他，将于今天下午四点五十分到达云水火车站。戴自强见到女友要求接站的短信后，一下子就慌了神，不知该怎么应对，这才找主管医生江春潮，请她帮忙拿个主意。

这样的事江春潮也没经历过，便把难题推给了护士长吴巧红。因戴自强的女朋友快到云水，时间紧，吴巧红简要问了一下戴自强，知道女孩叫玲子，确定了他本人的意愿后，便拉着江春潮，上了去云水火车站的公交车，至于如何应对这位痴情的女孩，也只能见面时相机行事了。

抢救室的风波

云水市区距离火车站有二十公里路，吴巧红和江春潮到达火车站后，稍事休息，南下的318次列车就进站了。

在出站口，她俩见到了这位风尘仆仆从东北而来的姑娘，因戴自强半小时前已跟女孩发过短信，告知自己正在住院，来接站的是护士长和江医生，所以避免了初次见面时的尴尬。

玲子姑娘二十岁出头，高挑的身材，说话有北方人特有的豪爽。她没有埋怨戴自强没告诉自己实情，反而急切地询问起了男友的病情。吴巧红把戴自强的现状详细向她做了介绍，然后转达了戴自强怕连累她不愿相见的意思。

听完吴巧红的陈述，玲子对眼前这两位气质端庄优雅的大姐姐充满了信任，更加深了对男友品行的良好印象。她低头沉思了片刻，说出了自己的想法。两人谈朋友已经一年多了，虽然还没见面，但频繁的短信联系，有了很好的感情基础，何况现在尿毒症已经不是不治之症，换肾后能过上正常人的生活，她愿意继续与戴自强保持男女朋友关系。

这番话让人感动，吴巧红和江春潮不由得对眼前的这位东北姑娘刮目相看。至此，也不便再说什么了，只得答应带玲子去与戴自强相见。见玲子还没吃饭，她俩热情地把姑娘领到车站旁的一家"北方饺子馆"进餐，在云水吃到了东北水饺，女孩心里感受到了温暖。

在医院透析病区，戴自强见到自己的女朋友时十分激动，对吴巧红和江春潮充满了感激。

自肾友会召开后，透析病区医患关系明显得到了改善。北京奥运会期间，病房日常工作按部就班进行，秩序井然。

因病人透析间隔时间相对规律，故每次透析人员也相对固定。北京奥运会闭幕的第二天上午，透析病人休息室等待上机的又是陈亮奎、孙家安、柳真坤等病人和家属，聊天是他们打发时间的主要方式。

谈论的主题自然就是昨晚闭幕的北京奥运会，大家都为中国获得金牌数第一名而感到自豪。

陈亮奎因严格遵循了每周做两次透析的医嘱，对盐分高、含磷多的食物进行了适当控制，现已经能够做点家务，爬爬山，看看电影。心情开朗了，日子似乎也没有那么昏暗无边，每次透析时再也没对护士挑三拣四出难题，今天聊天他是主讲。

孙家安则像换了个人似的，自有了政府救助，加之妻子也在超市找到一份工作，透析再也没有欠费，话也多了起来。他说爱看奥运篮球赛，最喜欢姚明。

戴自强仍然不大说话，但一直面带笑容。他的女朋友玲子，那位东北姑娘快人快语，十分招人喜欢。

大家谈兴正浓，突然，休息室门被推开，年逾古稀的贺先明被人扶着进来，只见他气喘吁吁，大汗淋漓，众人立即把他扶在长条凳上平躺下来。

陪同来的人说："在医院门前见他行走艰难，问他说是来透析的，就直接把他送了上来。"

这当口，有人喊来了值班医生，检查发现他心跳和呼吸都没有，立即就地行胸外心脏按压和人工呼吸。紧接着，周云南组织医生护士进行接力抢救，一小时后仍不能恢复呼吸心跳，确定为临床死亡。因无家属在现场，周云南要求医生完善抢救记录，也让见证者留下了抢救过程的文字证明。

身患尿毒症的贺先明，一年来几乎每次透析都是一个人来医院，即使病危，也无家属陪伴。他有一儿一女，大儿子是个包工头，女儿家境尚可，院方曾打电话给他儿子，他儿子放话说："我是不会来的，除非人死了。"再后来就干脆换手机号，拒接电话。女儿开始还偶尔来医院看看父亲，往后也不来了。这种状况让科室很为难，向上面反映多次，一直未得到解决。

贺先明去世后，在派出所催促下，儿女才来到医院，从太平间里把父亲遗体领回了家。当然，葬礼还是办得很风光。老人发病后，接触最多的是透析病房的医生护士，面对他凄凉的晚景，周云南在心中感叹：贺爹爹一生艰难，妻子早逝，含辛茹苦把儿女养大，离去时身边却没有一个亲人，人性的悲哀也莫过如此！

这一年的伏天，在奥运会热闹氛围中很快就过去了，以至于人们还没感受到夏天的炎热，就迎来了立秋的日子。不过突兀回升的高温，呈现出了"秋老虎"的余威，让人一时难以适应。

一个闷热的晚上，透析病房值班的医生上官云慧，在不停地忙碌着，当她处理完所有事务，已到了子夜时分。

在值班室，她翻开了那本厚厚的《实用肾脏病学》，想温习一下专业知识。因考研成绩出来了，估计能过线，得准备参加面试。不知是怎么了，翻开的页面，就是看不进去……

两年前，她大学毕业，按母亲生前愿望，来到云水市南山医院血液净化中心当了一名医生。科室中那种团结友爱、相互协作的氛围，还有对病人的那种天然同情心，给了她自信和力量，护士长的善良和关心，也使她心中充满温暖。她佩服周主任的才华，隐约感觉到自己似乎与他存在某种情结，也许是他给母亲治过病的缘故吧！本想兢兢业业工作，扎根于云水，当一名普通医生，哪知周主任硬是要她报考研究生，此时的她，实在是舍不得离开科室这个集体，也就在心中有了一种纠结。

"上官医生，急诊科刚送来了一位病人，病情有点重，你快去看看。"值班护士黎桂芳的呼叫，打断了上官云慧的思绪，她立刻起身，向重症病房奔去。

上官云慧看了一眼门诊病历，患者叫范桃生，男，二十二岁，不洁饮食两小时入院，诊断昏迷，原因待查。中毒？她向陪同患者来就诊的三个小年轻简要询问了病史，迅速检查病人：患者呈昏迷状，瞳孔稍微散大，牙关紧闭，体温达三十九摄氏度，血压增高，心率加快，节律不齐。门诊急查生化检查，血肌酐和尿素氮升高。

上述病症并不能用常见食物中毒解释，加之病情危重，上官云慧立即向二线值班医生江春潮做了汇报。同时，按抢救流程对病人给予了吸氧、降压、补液、降温等紧急处理。

江春潮查看病人后，向陪伴来的三个小年轻反复询问病人的病史，三人异口同声表示：晚上四人去舞厅跳舞，中途吃了舞厅提供的水果，喝了啤酒，他就出现了呕吐、腹痛。休息了一会儿未见好转，就把他送到医院来了。

江春潮感觉病情太重，病史又蹊跷，就拨通了周云南的电话。

周云南来病房了解病情后，怀疑病人是摇头丸中毒，因病情危重，事关重大，安排江春潮专门负责病人的治疗，然后他把同来的三个小年轻叫到办公室，亲自询问病史，由上官云慧做记录。

周云南明确告诉他们，考虑范桃生是服摇头丸过量中毒，现病情危重，随时可能导致死亡，希望三人如实告知病史，这样有利于对病人的抢救。

三人原先隐瞒病史，主要是怕承担责任，见事情太大，病人还有性命之忧，于是便告诉周云南，入院前三小时，范桃生服过摇头丸。

周云南心中清楚，云水警方对贩毒、吸毒一直打击严厉，作为专门治疗中毒的血液净化中心，还从未有过摇头丸中毒的患者来就诊过。"据我所知，云水市舞厅里是没有服摇头丸的，你们的摇头丸是从哪里来的？"周云南进一步询问。

事已至此，他们如实讲述了事情经过。三人都在南方的崇江市打工，一周前相邀同回云水市，临回前夜去舞厅包厢消费，有人偷偷向他们出售摇头丸，说吃完后跳舞会飘飘然，快活似神仙。范桃生家境较好，买了十几粒来不及服就带回了家。今晚他们去舞厅跳舞，为了享受，三人尝试着各服了一粒，范桃生就把剩下的药丸全吞服了，不久他就发生了现在的状况。

知道了事情经过，周云南很痛心，他对病人的进一步救治做了安排：病人已经出现了意识障碍，治疗上加用纳洛酮和醒脑静以解除毒品对中枢神经的抑制；可进行血液灌流干预，以加速毒品的排出和对急性肾衰竭的治疗；同时要注重心律失常的处理。整个治疗方案由江春潮负责实施。他要求上官云慧及时完成病历书写和有关谈话签字。

因服摇头丸涉嫌违法，他建议保卫科值班人员打电话报警。按病人手机所存的电话号码，联系上了家属。范桃生的父亲范金银是当地一个做烟酒批发生意的小老板，当他听了儿子几个朋友的讲述和周云南有关病情危重随时会死亡的谈话后，望着病床上昏迷的儿子，不由悲从中来，他愿不惜一切代价抢救儿子的生命。

因病情太重，需行血液灌流治疗，周云南向范金银告知了血液灌流的作用和风险，经同意并签字后，立即对患者进行了血液灌流治疗，首次治疗过程顺利，下机后患者症状稍有改善。

一小时后，治疗中的范桃生突然心跳停止，经全力抢救无效，周云南遗憾地向家属宣告了其临床死亡，死亡原因考虑为毒品作用导致心源性猝死。此时已是凌晨四点钟。

对儿子的死亡，范金银心中十分悲痛。他目睹了整个抢救过程，对医务人员的尽职尽责也心存感激。他对周云南说，要等天亮后才能将儿子领回家去办理后事。周云南表示理解，他催促上官云慧赶紧完善死者的抢救记录及死亡记录。

不久，病房走廊传来一阵嘈杂声，周云南隐约听见"医院把一个活人治死了"的议论声，心中有一种不祥的预感，他立即示意江春潮去医生值班室打电话，向保卫科和医院总值班室汇报情况。

江春潮刚走出医生办公室，几名中年男女就冲了进来。

一位自称是范桃生舅舅的黑脸男人大声问道："谁是上官医生?"上官云慧小声回答道："我是。"

"把我外甥给治死了，你要负责任。"说着话，他就冲到了上官云慧面前，要动手打人。

从未见过这阵势的上官云慧吓得呆立在原地。周云南见状，一手把上官云慧拉开，然后飞快上前将她挡在背后。

"我是科室主任，有事说事，有问题我负全责，不准动手打人。"周云南气愤地说。

"你是主任就了不起? 治死了人，我照样打你!"说着，黑脸男人握拳向周云南挥去。周云南伸出右手，奋力撑住对方手臂，用左手指了一下办公室顶部的监控探头说道："公安部已发通告，凡打砸医院者一律定性为医闹，将依法坚决打击，你的行为监控摄像会记录在案的。"

不知是自觉来人尚少，还是监控探头的震慑，黑脸男人放下了拳头，但语气强硬地表示，对范桃生的死，院方如不给说法，他们是不会将尸体搬出病房的。

周云南明白，此时说再多话都不起作用，他感觉到来者不善，必须要尽全力保护好病历文书、机器设备不被破坏和值班医生护士不被伤害。

不一会儿，得到消息的院保卫科值班人员及医院相关领导、科室医生护士相继来到了病房，同来的还有几位警察。警察向三位小年轻询问了服摇头丸的经过，做完笔录后，立即示意要将尸体移出病房。在警方强大压力下，家属同意将尸体移向太平间，等待市医疗纠纷调解委员会来医院调查处理。

周云南参与了病人的整个救治过程，抢救治疗并无过错，他心中是有底气的。死者父亲的突然变脸，使他隐约感觉到有一只无形的黑手在操纵事态走向，他十分担心当事医生护士的人身安全，嘱托吴巧红要将上官云慧、黎桂芳、江春潮安置在一个安全的地方，并要求医院保卫科派人守护在病房大楼前，以防止前来透析的病人受到伤害。

上午九点钟，一群人分别聚集在医院大门外和病房大楼口，吆喝着医院草菅人命，庸医治死人，要求给予赔偿，并扯上了横幅，阻挡病人就医，甚至一度干扰调解委员会的调查工作。在公安人员的严重警告下，他们才撤下横幅，暂时停止了喧哗。

市调解委员会向双方当事人进行了调查，并组织市卫生监督局对血液净化中心进行了严格检查，同时邀请有关专家对治疗过程进行了现场评估。当天晚上，在医院小会议室召集了医患双方代表开会，试图对这起医疗纠纷进行调解。

参加调解的院方代表是副院长向河山、医务科长赵建国、血液净化中心主任周云南、感染控制科副主任卢雨晴、医院法律顾问右玉仁，患方代表是死者父亲范金银、黑脸舅舅和三个表叔，加上调解委员会的几名成员，小会议室挤得满满当当。双方代表隔着会议条桌面对面而坐。会场气氛沉闷，有剑拔弩张之势。

被称作患者舅舅的黑脸男人首先发话，他否认患者服过摇头丸，认为是医院治疗不当造成患者死亡，是明显的医疗事故，要求追究当事人的责任，并提出给家属赔偿损失费一百万元。

院方代表向河山严厉拒绝了赔偿要求，认为医院的诊断和治疗是正确的，病人确实是服摇头丸过量中毒致心脏猝死，不属医疗事故，不存在给予任何赔偿。他强烈建议对死者尸检，进行医疗鉴定。

市医疗纠纷调解委员会给出了调解意见：根据调查双方当事人和有关专家对病历、治疗方案的了解，患者自服摇头丸的病史是确立的。医院治疗及时，措施得当，考虑死因为毒品过量导致心源性猝死，没有发现医疗事故的证据。市卫生监督局对血液净化中心进行了严格检查，工作人员均持证上岗，所有机器型号和耗材均符合国家标准，未发现院内感染隐患。建议院方从人道方面考虑，减免死者治疗费用。因患者死因是纠纷的焦点，加之又涉及口服摇头丸，同意院方提出对死者进行尸检的建议。服摇头丸属违法行为，公安部门已介入调查，不在调解范围。

范金银见状，急忙向院方表示"不赔一百万，赔五十万也行，毕竟是条人命"。而此时的黑脸舅舅，见调解达不到自己的目的，完全震怒了。他心想，这么多人闹了一天，不是白忙了吗？看来得使点手段把事搞大些，对方才会服软。于是，恶向胆边生，他猛地起身将自带的灌满茶水的大玻璃茶杯，向坐在对面的周云南头部狠狠砸去。

事发突然，众人一时还没反应过来，只见坐在周云南身旁的卢雨晴，起身侧跃向前，挡在他面前。瞬间，偌大的茶杯重重击中了卢雨晴的前额，顿时裂开的伤口血流如注，她紧闭双眼，无力地靠在周云南胸前。

看着歪靠在自己怀中的卢雨晴，周云南不觉悲从心起，心中的难受犹如万箭穿心，"她这是在为我挡枪啊！"悲伤的泪水夺眶而出，滴落在卢雨晴的脸上，与她流出的鲜血融合在一起。

混乱的现场中不知谁说了声"快送手术室",周云南才缓过神来,抱起卢雨晴,在众人帮扶下,发疯般地向手术室奔去。

卢雨晴额面部撕裂的伤口长达十余厘米,里面混有碎玻璃残渣,为了面部不留疤痕,美容整形科主任精心为她做了清创缝合。

在住院期间,卢雨晴房中堆满了鲜花,来看望她的不仅有领导和同事,还有病人和市民,周云南更是满怀愧疚地陪伴在病房……

十天后是卢雨晴伤口拆线出院的日子,传来了这起医疗纠纷的处理结果。

市医疗纠纷调解委员会调查认为,医院对患者的临床诊断正确,治疗及时得当,范桃生的死因为疾病本身所致,院方无过错。最终家属认可了上述意见。因家属不愿进行尸检,留下了遗憾。

经公安机关查明,死者所谓的"舅舅"及三位"表叔"与范家无任何关联,这次闹事扰乱了正常的医疗秩序,致人轻伤,黑脸男子是主谋,故以涉嫌寻衅滋事罪和故意伤害罪予以刑事拘留。对其他参与围堵医院者给予了批评教育。对三名服摇头丸的青年,念是初犯,进行训诫谈话,有关线索向崇江市警方做了通报。

至此,这场闹得沸沸扬扬的医疗纠纷尘埃落定,医院恢复了正常的医疗秩序。

男大当婚

金秋十月,是收获的季节。周云南母亲的小院,花坛里的菊花开得绚丽多彩,牵牛花俏皮地趴在围墙上吹起了喇叭,葡萄架子上一串串水晶似的紫葡萄使人垂涎欲滴,丹桂清香在空气中飘荡。这种宁静的环境,更促使周母对儿孙绕膝的天伦之乐充满向往,儿子的婚事成了她心中的头等大事。

热心的朋友给儿子介绍过几位很优秀的姑娘，都被他拒绝了，一晃周云南都过了三十岁，还没见带个女朋友回家，让当母亲的操碎了心。

于是，周母找到了吴巧红护士长，托她给儿子介绍对象。吴巧红笑着说："周主任的婚事会水到渠成，您就放心吧！"

在云水市，三十二岁的周云南是绝对的大龄青年，但他并不着急。多年来像放飞的风筝，心中似被那条若虚若实的情线所牵，在繁忙的工作之余，他对未来的生活充满憧憬。

吴巧红是过来人，平时对周云南的婚姻问题比较留意，她认定周云南已有意中人。本不想介入其中，但周母的嘱托使她改变了主意。

吴巧红找机会向周云南说起此事："伯母很担心你的个人问题，她托我问一下你有无意中人？"

"真是愧对母亲，不过，婚姻大事，得慢慢来，靠缘分。"周云南不紧不慢回答着。

"你看上官云慧怎样，她很优秀，好像对你也很依赖。"吴巧红先进行了试探。

"那怎么能行？年龄相差太大了！"

"你们年龄相差才七岁。"吴巧红笑着说。

"云慧的情况你是知道的，我俩不可能走到一起。"周云南是指当年上官云慧母亲在医院住院的那段往事。

那年，周云南在云水市南山医院肾内科担任住院医师，分管病床中有位尿毒症患者，就是上官云慧的母亲。她对周云南的医术及人品很欣赏，以至于当着他的面，要还在医学院读大一的女儿以周云南为榜样，毕业后回云水工作。那时，医院还未开展血液透析技术，上官云慧的母亲终因病情太重，不治而亡。上官云慧悲痛欲绝，发誓要好好学习，将来当一名肾科医生。五年后，她以优异的成绩毕业，来到血液净化中心工作。此时周云南已担任了科室主任，他没有忘记上官云慧母亲临终前的托付，如兄长般对她照顾有加，在业务上则对她要求严厉。

上次医疗纠纷中，周云南挺身保护上官云慧的行为，使她更加感激，几乎对这位兄长般的领导产生了依赖。这种状况，吴巧红都看在眼里。

见周云南明确表示了不可能与上官云慧在一起，吴巧红话锋一转，很委婉地提到了另一位姑娘。

"卢雨晴主任告诉我，明天上午省感染控制办公室主任将来透析中心检查工作，要我们准备一下。她真是一位好姑娘……"

在提到卢雨晴名字时，吴巧红见周云南低下了头，嘴角在微微颤抖。她突然意识到了什么，把已到嘴边的"恰恰这种舍己救人的行为，诠释了情谊的真正含义"这下半句话，咽了回去。

周云南心中确实感到内疚。卢雨晴为保护他而受伤，这份生死情使他俩长跑了多年的情感纠葛有了美好的结局。

那年，一个晴朗的日子，普济医科大学读大三的周云南和几位老乡，兴高采烈地去火车站迎接从家乡来报到的新生，那些刚到省城的乡下伢，见到这么多来迎接的大哥哥，感到十分亲切。

卢雨晴是家乡新生中唯一的女孩子，短短的秀发，圆圆的脸蛋，大大的眼睛，显得清秀纯真，特别招人喜爱。所以在后来的老乡聚会中，男生们都爱在她面前献殷勤，以期得到她的青睐。

周云南性格内向，平时少言寡语，只注重学业，很少参加社交活动。但他暗中喜欢上了卢雨晴，故每次都积极地参加老乡聚会，只是为了多看她几眼。因为卢雨晴身边挤满了"高富帅"，周云南根本没有与她单独接触的机会，即使这样，他也感到了满足。

慢慢地，这种状况悄悄发生了变化。大家发现，老乡聚会时，周云南与卢雨晴的接触明显多了起来，而且是热情大方的卢雨晴主动，甚至看电影时两人还把座位选在一起。漂亮的女孩喜欢上了一个只知学习的书呆子，这让那些"高富帅"颇为不解。

时间过得真快，转眼间周云南读完硕士，卢雨晴也本科毕业，他俩确定了男女朋友关系。为了周云南，卢雨晴放弃了报考研究生的机会，与周云南一道来到了云水市南山医院。为了不影响工作，他们商定暂不公开恋情。

两个重点大学毕业的高才生，自然是十分受欢迎。周云南被分配在肾内科从事临床工作，经培养进修，很快就担任了血液净化中心主任。卢雨晴则留在了院内感染控制科，已被提升为副主任，因两人拼命地忙工作，几乎没有时间花前月下去谈情说爱，甚至于连一场电影都没有一起去看过，他们之间渐渐地有些生分。

卢雨晴负责的院内感染监测，是项得罪人的工作，血液净化中心是监测重点区域，随着卢雨晴对质控管理力度的加大，与周云南在工作上产生了分歧，心情不好时，两人几乎没有了私下接触，但又都拒绝了好心人替他们介绍朋友，心中仍保留着对对方的那份情感。

上次医疗纠纷发生后，经市卫生监督局检查，否定了患者家属"血液透析消毒操作不严而致人死亡"的质疑，周云南也完全理解了卢雨晴所从事工作的重要性。当卢雨晴奋身抵挡砸向周云南头部的茶杯，倒在他怀中的一刹那，周云南就认定卢雨晴是自己一辈子相爱相伴的人。

在卢雨晴住院期间，周云南日夜陪伴在她身边，似乎想偿还几年来对卢雨晴的情感亏欠。这在外人看来是美女救才子的一段佳话，顺其自然而成就了一桩美好的姻缘。他俩也准备趁势公布恋情，让双方父母与同事放下心来。现在，周云南见吴巧红十分关心自己的婚事，就向她讲述了与卢雨晴这段曲折的恋情。

周云南的讲述，使吴巧红感慨万千，原先只晓得他俩是大学校友，并不知道还有这段情感纠葛，见有这么意想不到的好结局，她热情地向周云南表示了祝福。

俗话说，男大当婚，女大当嫁。随着恋情的公开，周云南和卢雨晴两人的父母也欢天喜地，在双方老人的催促下，他们的婚事也提上了日程……

周云南的大悲大喜，也牵动着上官云慧的心。这段日子的经历，对她而言，犹如冰火两重天。

那天，面临危险时，是周云南保护了她，并机智地化解了一触即发的肢体冲突，使她对这位领导多了份敬意和依赖。

当那帮人围堵医院时，她被困在护士休息室里，虽说自身没有什么危险，但时刻担心着周云南和科室同事的安危，整个白天是在不安中度过的。

晚上，突然传来了周云南被打和卢雨晴受伤的消息，所担心的事还是发生了，她内心感到无比悲伤。

在病房，面对卢雨晴痛苦的表情和周云南悲戚的面孔，上官云慧的内心，增添了一层忧伤，她忍不住泪如雨下。

然而，这次事件也促使上官云慧趋于成熟。她积极配合政府和警方对事件的调查定性工作，最终政府打击了医闹，惩治了犯罪，这个结果使上官云慧得到了极大的安慰。

上官云慧非常敬佩卢雨晴舍身救人的壮举。沉下心来，她问自己，如果面临这种情况，也能挺身而出吗？她不敢想象。

卢雨晴的顺利康复使上官云慧放下心来。自卢雨晴为周云南受伤后，上官云慧就预感到似乎有什么事情要发生，但得知他俩即将结婚的消息，仍有些意外。虽说她为周云南将告别单身由衷地感到高兴，但思绪中那一份依依不舍的情愫，却化成莫名的惆怅，使她心神不定。这些心理上的细微变化，促使她更注重平时的学习和工作，无意中对周云南有了疏远。

时间如流水，不经意间，2009年的元旦即将来临，血液净化中心迎来了两大喜事。

新改建的透析病房基本完工，预计元旦后就可搬入，达标后的透析间可容纳六十台透析机，将大大改善病人就医环境。

周云南结婚的日子也定在元旦前两天。他和卢雨晴都很低调，婚礼不打算办得太张扬，而想利用难得的晚婚假，游览祖国的大好河山，让疲惫的身心得以放松。

这是一个阳光灿烂的日子，周云南和卢雨晴的婚宴在离医院不远处的云星酒楼举办，参加婚宴的主要是血液净化中心的同事、医院领导，还有两家的亲戚朋友。没有婚庆仪式，汪明新院长做了热情洋溢的讲话，对两位新人给予了诚挚的祝福。在外人看来这场婚礼简朴得有些寒酸。

晚上，温馨的新房里，挤满了前来祝福的医生和护士，挂在房中那块新娘亲手绣的夫妻匾，称得上精美绝伦，吸引着来客的眼球，获得了一片赞扬声。

众人吃着花生喜糖，在祥和的氛围中，开始了闹洞房。有人嚷叫着要新郎讲恋爱经过，有人即兴唱歌以示庆贺，还有人推拉着新郎新娘要他们表演节目。几位年轻的护士，大着胆子向新娘说出了心里话："卢主任，往后我们就是一家人了，再也不用怕您了！"新娘笑着说："是呀，以前对你们太严，往后，我也是你们周主任的兵，管不了你们啦！"显然，卢雨晴的回答含有歉意。

文明的闹洞房把欢乐喜庆的气氛推向了高潮……

不过，庆贺的人群中，一直未见上官云慧露面，周云南又不便询问，在心中留下了疑惑和惦念。

尔后几天，周云南夫妻随旅游团去了南京，感受了中山陵的庄严和长江大桥的雄伟；在无锡，领略了锡惠公园的山水灵秀和太湖的美丽风光；苏州古典园林的别致，向他们展示了中国文化的精华；乘坐乌篷小船游大运河，更使他们享受到了新婚蜜月的浪漫；而游杭州西湖，使他们犹如走进了人间天堂；初到繁华的大上海，终于圆了他俩多年的梦。欢乐的时光总是特别短暂，不知不觉这段愉快的旅行就将结束，他们要返回云水了。

一个晴朗的早晨，周云南夫妻登上了从上海返回省城的客船。元旦期间，依然有很多轮船进出港口，那一派繁忙景象，构成了黄浦江的独特风光，使游客目不暇接。

船行后，卢雨晴兴致勃勃到甲板上去欣赏沿途风景。周云南则躺在客舱里，思考着血液净化中心搬家时需要注意的诸多细节。突然，手机来了短信提示，打开界面，上官云慧的信息出现在了他的眼前。

哥哥：

首先对您的新婚之喜表示衷心祝贺！祝福您和嫂嫂白头到老，

一生幸福！

本来要参加你们的婚礼，哪知头天晚上接到了学校紧急通知，连夜乘火车赶往北京，参加研究生面试后的加试。考虑到您新婚事情繁多，就没有告诉您，特向您表示歉意！回云水后，才知您和嫂子已出外旅游。因我已被录取，今天动身去北京报到，便给您发来短信。

第一次叫您哥哥，没称您主任，请原谅我的冒失！永远忘不了当年母亲的临终嘱托，从那一刻起，我在心中就认定了您这位哥哥。上班以来，您不仅是领导，而且承担起一个兄长的责任，照顾我的生活，严格要求我的工作和学习，这次能考上医学界最高学府的研究生，也有您的功劳。

哥哥，那天您奋不顾身地护卫小妹，这份恩情，我将铭记一生！而当您和嫂嫂经历危险时，我却只有悲伤，不能为你们出半点力，因而时时为自己内心的懦弱感到羞愧！

哥哥，那天，嫂嫂舍命救护您的一幕，感动了许多正直善良的人。庆幸您有一位这么好的妻子，小妹再也不用为您担心了！

哥哥，北京的环境很好，您不必挂念。请您相信，我学成后也会像您一样，回报生我养我的家乡人民！

要上火车了，就此住笔。祝您和嫂嫂新婚快乐！旅途愉快！

小妹：云慧

这充满亲情的短信，深深打动了周云南，他为有这样的妹妹感到欣慰。

"喂，云南，已到吴淞口了，快来甲板上看大海。"客舱外传来了卢雨晴的喊声。

吴淞口为黄浦江与长江的汇合处，东边是浩瀚的大海。甲板上站满了观海的人，身穿红色外套的卢雨晴，在阳光照射下格外打眼，显得十分漂亮。周云南挤到她身边，向前方望去，吴淞口外极目皆水，那一条由混浊逐渐向蔚蓝转变的水带，就是江海的分界线，一望无际蔚蓝色的东海之水，将汇入世界上最大的大洋——太平洋。

随着客轮的缓缓转向，呈现在众人眼前的是水天一色、烟波浩渺的长江口，周云南想起了文天祥写的两句诗："一叶漂摇扬子江，白云尽处是苏洋。"他深深地感受到了大自然的美妙，这江海如此开阔的胸怀，如此宏广的气量，难道不是给予自己人生的深深启迪吗？

凋谢的花朵

逝者如斯夫，不舍昼夜。

云水市南山医院血液净化中心，已经搬至综合楼病区一年多了。治疗环境的改善，减轻了透析病人的痛苦，也使他们那种被现实社会抛弃的伤感得到了安抚。

又是菊花盛开的时节，周云南在病房查看了患尿毒症的女孩杨小玲的病情。其父母悲伤而欲言又止的神态，似乎另有隐情。通过单独询问，周云南得知孩子是抱养的。养父母杨春民和吕珍秀含着泪讲述了女儿的凄凉身世：

时光倒回到 1995 年 2 月 16 日（农历乙亥年正月十七）下午，天空片片雪花飞扬，山城仍沉浸在欢庆新年的气氛之中。一个女孩不合时宜地来到人间，身上包裹一床白团花被子，被人悄悄放在南山医院大门外。不知是因寒冷的刺激，还是对命运的抗争，她在单薄的被窝里大声啼哭。洪亮的哭声，惊动了一对匆匆过路的中年夫妻，他们伸出了温暖的双手，孩子随身的一个劣质烟盒上的一行字映入眼帘：出生时间为正月十七十二时。

从此，她成了他们的养女，被带回到桂花镇黄鹤村，而乡邻也知道杨春民、吕珍秀夫妻抱养弃婴的善举，纷纷投来敬佩的目光。他们为婴儿取名杨小玲，虽然家境不宽裕，对女儿却百般疼爱，小玲玲五岁帮家里做事，六岁上学，天资聪颖。

黄鹤村依山傍水，风景秀丽，村外一片桃林，一条小路通向外界，不论是桃花盛开的春天，还是寒冷的冬天，每当傍晚，村民们都会看见小玲玲站在桃林路边等待打工的父亲归来。

光阴似箭，转眼间杨小玲小学毕业，在市区上初中，出落得十分漂亮，小玲学习也很刻苦。杨春民夫妻视小玲为掌上明珠，他们搬来城区租房，边打工边照顾女儿，一家人的生活充满快乐。

天有不测风云。一天，杨小玲在上学路上突然遭遇车祸，被转入省城普济医院治疗，外伤逐渐痊愈，却发现患有严重肾病，已发展为尿毒症，需进行透析肾移植治疗。这晴天霹雳使父母流干了泪水，他们愿意捐肾救女儿，但配型不符。没有肾源，资金也不够，只有采取保守治疗，在各界帮助下，女儿病情得到控制，又回到学校。三年的维持治疗，花费十多万元，甚至儿子准备结婚的两万元钱也给女儿买了药，但懂事的女儿以优异的成绩考入了市实验高中，给了杨春民夫妻莫大安慰。

在实验高中，杨小玲如饥似渴地遨游在知识海洋里，学习成绩在全年级拔尖。2010年9月6日上午，她感到头痛，伴有呕吐，随之发热，全身乏力，引起了父母警觉，立即将她送往云水市南山医院就诊，医生告诉他们是旧病复发，杨春民夫妻顿感天旋地转，陷入深深的担忧之中。

听完杨春民夫妻的讲述，周云南十分同情杨小玲的不幸遭遇。杨春民夫妻的求助和孩子那强烈求生的目光，如针扎在周云南心上，他决定尽力帮助这善良的一家子。

于是，周云南向医院领导汇报了杨小玲的病情和她家目前的困境，并拟定了治疗方案。

杨小玲的病，目前医学界比较好的办法是肾移植，但新型农村合作医疗才起步，经费困难是最大的难关，加之换肾供体紧张，需要长时间等待配型，故适宜亲属捐肾。对于杨春民一家来说，肾移植无疑是难于上青天。根据现状，周云南考虑首先通过媒体向社会各界进行募捐集资，希望能找到孩子亲生父母捐肾。这些想法得到了院方支持。

病房的主治医师谭笑娟，兼任着当地最大网站——云水论坛的文学版主，自然就承担了撰写寻亲帖的任务。

《她的亲生父母在哪里?》这篇寻亲帖发布后，得到了网友们的极大关注，很短时间内点击率达一万人次以上，有网友建议到有关医院妇产科查询当年的出生记录。众多网友纷纷捐款，江苏、武汉网友专程来病房看望了杨小玲，云水论坛主管"紫菜儿"联系电视台录制了寻亲专题。医院也减免了孩子的透析治疗费。

两周过去了，杨小玲的病情虽然得到了有效控制，寻亲却仍无线索，周云南隐隐感到了一丝忧虑。

一天下午，值班护士把一位中年农村妇女领到办公室，那人自称是杨小玲亲姑妈，是偷偷来探望孩子的。据她讲杨小玲亲生父亲是其弟弟，看了论坛寻亲帖子后，她多次到病房偷偷看孩子，坚信杨小玲是她侄女。当周云南提出由她带领去见孩子的父亲时，她却犹豫了，只同意提供家庭地址。

第二天，吴巧红、谭笑娟和"紫菜儿"满怀期望，来到城区附近某村的一户人家时，却吃了闭门羹……

寻亲无结果，肾移植资金不足又无肾源的困境使杨春民夫妻愁容满面。为了挽救这个小生命，周云南和"紫菜儿"等网友商议，由云水论坛牵头，动员社会力量捐款，"紫菜儿"具体负责联系捐款事宜，周云南负责治疗并与省城有关教授联系换肾事宜。

功夫不负有心人。两个月后，杨小玲病情完全稳定，每周来病房进行两次维持透析。论坛也筹集到了部分捐款。普济医院移植中心王教授曾专程来云水看望孩子，商定年后病人去省城换肾。这喜讯给杨小玲带来了希望，也使周云南对后期治疗效果充满了信心。

腊月下旬，云水论坛将自办一台春节联欢晚会，杨春民一家为特邀嘉宾，并有现场发起为孩子捐款的环节。杨小玲很兴奋，表示要到台上唱首歌，谢谢论坛里那些素不相识的好心人，并特意要姑姑买了一件红袄子上台时穿。血液净化中心的护士们表示会把孩子打扮得漂漂亮亮参加晚会。

腊月二十五下午，周云南接到了杨春民电话，杨小玲近几天感冒了，现在突然不省人事……孩子入院时已处于昏迷状态，诊断考虑为尿毒症脑病，重感冒为诱因。科室立即进行了通宵抢救……

腊月二十八，气温在零度以下，天空阴沉，偶有雪花飘下，寒气逼人。"紫菜儿"等网友来病房探望杨小玲。见她那么消瘦，口唇发青，面色苍白，头发枯黄，已处于半昏迷状态，大家都不由得流下了忧伤的泪水。一行人半晌无语，将网友委托转交的压岁红包放在她的枕边……

杨小玲的病情牵动着众多网友的心，也使周云南心头笼罩了一层愁雾，腊月二十九至除夕，他一直守在病房，观察着孩子的病情变化，指导治疗。

农历辛卯年正月初一早晨七时，奇迹出现了！可能是药物的治疗作用或者是除夕夜鞭炮声的震动，也许是上天的怜悯，昏迷了几天的杨小玲完全清醒了，苍白的脸上透出了红光。杨春民夫妻和值班的医务人员万分高兴。

杨小玲半靠在妈妈身上，慢慢吃了两口爸爸喂的水饺，脸上挂着微笑。整个病房这时才有了点过年的气氛。"爸，妈，女儿给你们添麻烦了，连累你们了！"杨小玲吃力地对父母说，那声音略带童音。

"只要女儿好，爸妈再累也高兴。"吕珍秀赶紧回答。

"爸，妈，你们对女儿恩重如山，女儿不能报答，来生还愿做你们的女儿，还会要我吗？"

"傻孩子，过年怎么说这样的话，你是我们的亲女儿呀！你的病很快会好的。"泪水已布满吕珍秀眼眶，杨春民也忍不住转过头去。

"爸，我真舍不得您呀！我走后您一定要把女儿埋在村头那片桃林边的小路旁，这样女儿可迎接爸爸回家，天天见到爸呀！"这句话深深刺痛了杨春民，女儿小时在路边等他回家的情景似乎再现了，这个硬汉子再也忍不住了，冲出病房，眼泪夺眶而出。顿时，整个病房空气好像凝固了。

"不说这些了，小玲，阿姨问你，长大了想做什么？"值班护士转移了话题。

"长大了想当医生，跟医院的叔叔阿姨一样治病救人。"她很真诚地回答，并抬头四处张望。

"阿姨，怎么未见主任叔叔？"她有点失望地问道。

"啊，主任叔叔守了你两天，你的治疗他都安排好了，明早就回来看你。"

"麻烦您向他转达，我很想叔叔呀！还麻烦您转达我对云水论坛'紫菜儿'阿姨和所有关心帮助我的叔叔阿姨们的谢意！"对杨小玲的请求，值班护士连连点头答应，小玲玲脸上露出了笑容。

"妈，您能把出生时放在我身上的那张字条拿给我看看吗？"吕珍秀一怔："字条在家里。过年后你主任叔叔、'紫菜儿'阿姨带你到省城去治病，你一定会好的。"

"妈，我不是这个意思。"她再不往下说了。

此时，杨小玲要看那张烟盒字条，也许是对亲生父母的一种感谢，感谢他们把她带到人间。也许是未见到生身父母的一种遗憾，或许还有别的意思……

整个下午，杨小玲和爸妈都沉浸在快乐中。十六年了，她有太多的话语要向父母倾诉……夜深了，杨小玲带着满足的微笑入睡了。在柔和的灯光映照下，面部两个酒窝似两朵微红的花朵。

大年初二零点十分，小玲玲在睡梦中安详地走了。

杨小玲的不幸离世，使透析病房的医生护士十分悲伤。他们感叹道：十六岁花季生命凋谢了，令人惋惜心痛，但她顽强向上的精神是永恒的，报答养父母及社会的感恩之心值得点赞。社会各界为挽救这个小生命所做的种种努力，也是一种正能量的体现。周云南要求有文学天赋的谭笑娟将这个故事写出来，发在网上，以示对杨小玲的悼念和对关爱她的人的敬意。

谭笑娟从江川市调回云水工作已两年了，作为杨小玲的管床医生，她欣然接受了周云南主任的意见，全心全意地把情感投入到了写作之中。

一个双休日的晚上，谭笑娟开始了文章的构思。这个真实的故事很感人，她要用最深情的文字，写出人性最美的一面。

小玲玲离开人间时只有十六岁，犹如一朵小花，悄悄地开放过，开在每个人心上。于是，她拟写《永不凋谢的花朵》一文，在开篇写下了感悟人生的四行字：

有生，人类世界才会多姿多彩；
有爱，人生旅程才显灿烂绚丽。
花开，展示着生命的娇艳；
花落，孕育着生命的永恒。

这短短的四行字，一下就把谭笑娟的思绪带到了大年初二凌晨。

2011 年 2 月 4 日（农历辛卯年正月初二）零时十分，大地静悄悄，刚欢庆完除夕和大年初一的人们，带着甜蜜的微笑进入了梦乡，而她——小玲玲却带着对亲人无比的眷恋，离开了这个世界……

她出走的脚步为什么那样急？是不忍再回头看父母和叔叔阿姨们伤心挽留的眼泪；迈出的脚步又是那样轻，是怕惊醒人们的甜梦；走得那样安详，就像天上玉女奉令返回天宫一样安然……

在病房值班的谭笑娟含着泪，目送着小姑娘永远地离去。

悲伤的场景再现，谭笑娟一气呵成地完成了整篇文章的初稿。当写下结尾："夜静静，天上只有时隐时现闪光的星星，她最后向悲痛欲绝的父母和抢救的医生护士告别：'爸妈，来生我还愿做你们的女儿！叔叔阿姨，谢谢你们！我长大了想当医生！'这个小精灵慢慢飘向天空……"谭笑娟的泪水已洒满了键盘。

元宵节后，一位叫"白海棠"的网友将一篇文章《永不凋谢的花朵——谨以此文悼念小玲玲》在云水论坛贴出，迅速引起强烈反响，网友们纷纷跟帖以悼念杨小玲并对云水市南山医院的医务人员、社会各界人士及云水论坛的善举给予了充分肯定。

更多人看了谭笑娟发的网帖，受到了感动，血液透析中心成了人们关注的重点。一位镇医院的院长在看帖后第一时间给周云南打电话，神秘地说云水论坛发出了一篇很好的文章，里面讲的好像是南山医院的事，他向周云南询问抢救杨小玲的有关细节和作者"白海棠"其人。

面对社会上这么多的关注，周云南要求医生、护士以外界的鼓励为动力，把更多精力投入到工作中去。

随着早春的到来，多变的天气，使人体的防御功能下降，尿毒症病人更易呼吸道感染，病情加重，透析的人数和次数都日益增加，透析病房的医生、护士也更加忙碌。

一天，周云南接到了医务科的电话，得知离市区最远的一个小山村，村民聚餐出现不明原因中毒状况，已有人死亡，要他们做好救治的准备工作。电话里还让他通知应向东医生立即去市公安局刑警大队，同去现场协助破案。

应向东是两年前来透析中心的硕士生，急诊医学专业，对毒物分析有一定的研究。这次通知他一同前往现场，周云南意识到案情的重大和复杂。他心中感到一丝紧张，看来又将面临一场恶仗……

山村蹊跷事

应向东接到周云南主任通知，乘医院救护车到达市公安局大院时，刑警大队长鲁先军已在院中等候。随即载有刑警、医生、防疫人员的警车、救护车、防疫公务车，风驰电掣地向市北端的林泉乡方向奔去。

林泉乡距城区约七十公里路程，出事的兴旺寨村离乡政府所在地还有十多公里，与中原省的花县接壤。不到一个小时，鲁先军一行就到了乡卫生院，警方向轻症病人和家属询问当时吃酒席的现场情况，应向东则立即开始对重症病人的诊治。他根据病史、症状，认为食物中毒是可以确定的，病人全身明显发绀，很可能是亚硝酸盐中毒。他建议将重症患者转市医院治疗，同时，打电话向周云南主任汇报了所见病人的现状和自己的看法。

此时，对鲁先军来说，必须去位于兴旺寨村的事发地，弄清毒源及中毒途径，才能确定事件的性质。于是，在一位副乡长带领下，他们驱车沿山村公路来到了雀子山下，然后下车顺着蜿蜒的小路步行上山。

副乡长边走边指着半山腰上几处时隐时现的房子说："山上有五个自然村湾，约六十户人家，组成了兴旺寨村。因为村庄位于云水市海拔最高的雀子山上，故也有'天上的村湾'之称。早年，村内树木郁郁葱葱，山峦层层叠叠的梯田颇为壮观，呈现出一幅改良后的原生态景象。随着时代变迁，年轻人都到外面打工去了，留在家里是老的老，小的小，山上的梯田都已荒废，村周围树木也枯萎了。近年市里开启'村村通'工程，修了一条从乡政府到山脚下的乡间公路，拓宽了村里年轻人走向外面世界的道路，放飞了他们心中的梦想。"

通过副乡长的介绍，鲁先军对这个"天上的村湾"有了初步印象。不一会儿，就与先前已上山，特来接他们的乡派出所林教导员碰面，一行人乘上几辆警用三轮摩托车很快就来到了村里。

在现场，防疫人员立即将酒席剩余的蔬菜、各种调味品、食用井水及病人呕吐物进行了取样，迅速送回市疾控中心进行毒物检测。接着警方分别询问了当事人。根据户主贾老贵、厨师及吃酒席村民的陈述，鲁先军在大脑中还原了事情经过：

村民贾老贵六十多岁，儿子贾农村夫妻在南方打工，留下一双儿女由他和老伴照看。平日里村子没有多少人，年前，随着外出务工人员大量的返乡，山村才有了热闹的气氛。

年内的一场大雪，使兴旺寨村冰冻路阻。已近正月尾，天气寒冷，道路未解冻，年轻人推迟了外出打工的时间。因大山阻隔，加之冰雪天气，信号时有时无，人们玩不了微信，也用不了电脑，主要娱乐活动就是打麻将，男女老少齐上阵。还有个热闹场面就是吃酒席，平时年轻劳力不在家，人们习惯把孩子庆生、老人做寿、年轻人结婚这些喜庆酒席放到过年期间来办。

农村孩子十岁，是人生一个重要阶段，按本地风俗，是要过生请客办酒席的。一般男孩八岁就做十岁的生，称之为"过望生"，寄寓孩子快快长大、健康成长。贾老贵的孙子满八岁了，趁着儿子儿媳都在家，亲戚朋友们也还未出远门，老两口决定给孙子过个热闹的十岁生日。

今天是做生的日子，包括亲戚朋友和凑份子的村邻，大人小孩一下子来了上百人。贾老贵在自家和邻家摆了满满十桌酒席,场面热闹嘈杂,他们一家也忙得不可开交。好在厨师承包了酒席所需桌凳餐具及端菜帮厨杂事,主家少了许多麻烦。

酒过三巡,多数人吃饱了就赶紧组班子打麻将去了,只有那些嗜酒者还在等待上菜,猜拳饮酒,主家也在旁笑脸相陪。不一会儿,这些刚刚还兴奋不已的饮酒者中,相继有人出现了头晕、头痛、腹痛、呕吐、心慌、口唇发绀等症状,现场完全乱了套,哭爹喊妈的号啕声使贾老贵一家慌了神。倒是早已放下了碗筷的村主任很镇定,忙给乡政府和乡卫生院打电话,并安排农用三轮车将身体不适者送往乡卫生院。有位喝酒过量的男性村民,全身皮肤、口唇呈紫黑色,出现了抽搐、呼吸困难等症状,没到卫生院就断了气。

贾老贵一家及相关厨师、帮厨及端菜者和进了厨房与饭菜有接触者,很快就被接警上山的乡派出所干警控制。

兴旺寨村从来都没出现过这种不明原因的怪象,村民们认为事出蹊跷必有妖,一时间人心惶惶,山村笼罩在一片恐怖之中。贾老贵更是成了罪魁祸首,被千夫所指。

两小时后,检验结果反馈回来,在剩菜和呕吐物中发现了亚硝酸盐。至此,亚硝酸盐中毒诊断确立,应向东也向周云南电话汇报了现场所见。

虽说找到了中毒的原因,鲁先军却没感觉到一丝轻松。人命关天,是有人投毒,还是自然误食?这是案情定性的关键。经对所有涉事人员询问调查,没有发现投毒的迹象,案情陷入了僵局。于是,鲁先军把破案的希望寄托在应向东身上。

应向东读研时,曾跟导师一块参与过类似中毒案件的分析,其医学硕士毕业论文就是《一起误食亚硝酸盐中毒事件的调查分析与思考》。他提出了一个容易忽略的现象："酒席先上的剩菜里未发现亚硝酸盐，先吃完饭的这拨人也未出现中毒症状，中途端上桌的几盘不同剩菜中发现了毒源，后面继续吃席者几乎都中了毒，剩余的食盐检测无异常，这就是问题的关键。是否要了解一下这段时间食用调料有无临时缺乏而替换，导致出现误用？"

应向东的建议提醒了鲁先军，他立即就此问题进行了调查。厨师记起了一个细节，酒席中途袋盐用完了，骑摩托车到山下代销店去买盐的人，最快也得三十分钟回来，而炒菜等着盐下锅。于是，户主贾农村就到不远处的堂兄家，把他盐罐里的剩盐都倒来了，刚好够炒菜，临时救了急。而送化验所用的盐则是后来从山下买来的。这个新发现使鲁先军一阵激动，他们立即去了贾农村堂兄家。

警察在厨房发现了潮湿的储盐罐，内面空空，底部有散落的几粒粗盐，罐口周围长有绿霉。鲁先军示意把盐罐带回检验，又打电话询问了贾农村的堂兄。

原来贾农村的堂嫂于去年上半年买回一包粗盐，准备腊月腌菜时用。因夏季天热，粗盐部分溶化，她就把还没溶解的颗粒盐储藏在陶瓷盐罐里。10月，她丈夫在南方某城承包了一个小旅馆，需人帮忙打理，她就带着四岁儿子去了南方。临走时，她把家门钥匙给了叔叔贾老贵，委托他照看房子。

盐罐里的颗粒盐化验结果为工业盐，含大量的亚硝酸盐成分，真相大白，刑警大队长鲁先军那绷紧了的神经也随之松弛下来。而此时，云水市南山医院正在奋力抢救重度中毒患者。

新年过后不久，就发生了聚集性食物中毒事件，引起了云水市领导高度重视。市委书记、市长第一时间到医院看望了住院的中毒病人，并要求院方不惜一切代价抢救中毒者，有关方面要稳定好群众的情绪并做好死者家属的安抚工作。

晚上八点钟，坐镇医院指挥抢救的副市长邱平田，在院长办公室坐立不安。他再次点燃了手中的香烟，不停地来回踱着方步，焦急地等待中毒病人的治疗结果。

此时，邱平田想起了多年来与南山医院的关联。从任市政府办公室副主任起，就与医院有交往，他深知医患关系现状和出现重大事件时，国家对不作为的政府官员零容忍的态度。所以，邱平田一直谨慎低调行事。当年，他的一位在外市某上市公司任董事长的初中同学，回云水老家过清明，醉酒后纵容秘书大闹医院，殴打医务人员，事情经过被发布到互联网后，省里有关领导批示：为富不仁，依法处理打人者。幸好，由于他是以同学身份去医院协调并制止了这位秘书的无理取闹，使治疗中有关问题得到了妥善解决，才未受到牵连。几年前，他应汪明新院长邀请，来南山医院透析病房参加了肾友会，并在职权范围内，按现行政策解决了部分特困病人透析费用，也果断解决了透析病房的几个难题，得到了社会认可。从那以后透析病人上访现象明显减少，他也因此晋升为市政府办公室主任。如今，自己是分管文卫工作的副市长，出现了这么严重的聚集性食物中毒事件，他深感痛心，自责不已……

汪明新和赵建国来办公室的脚步声，打断了邱平田的思绪。看着走进办公室已头发花白、满脸疲惫的汪明新和刚提拔为副院长、不再年轻却精力充沛的赵建国，邱平田不免心生感慨。

汪明新向邱平田汇报了八位重症病人的治疗情况。目前，虽然对患者采取了抢救措施，病情仍不能完全控制，有的病人发绀还在加重，随时会有死亡的可能。治疗中最大的难点是缺乏亚硝酸盐中毒的特效解毒药"美兰"，通过卫生局询问了全市各医疗单位及医药公司，均无此药。汪明新建议市政府向省里求救。

思考片刻后，邱平田向省政府办公厅打了求援电话。省里了解情况后回复：全省医药公司目前没有此药，只有西部宙川自治州梦山县医院不久前抢救过亚硝酸盐集体中毒病人，还有剩余存药，即使开车专送，最早也得明天下午八时后才能到达云水市。

面对当前的困境，周云南坚持中毒者抢救必须要使用特效药，否则病人还会出现死亡。而梦山县有这种药的信息，使他看见了病人治愈的希望。邱平田平易近人，他们相识又较早，周云南就直接向邱平田提出了请求用直升机送药的建议。

"周主任的提议很大胆，动用直升机，从理论上讲是可行的，但实际行动起来会有很大困难。不过，既然提出来了，就有你的道理。"邱平田朝周云南点了点头。

"邱市长，驻云水部队师医院梁军医在我科进修，我刚才问过他，他说梦山县正好有个军用机场，训练基地运输机往返三个小时就够了。我院与训练基地是军民共建单位，由市政府出面提出请求，他们会同意的。"周云南说出了自己的真实想法，他坚信解放军是会派飞机援助的。

邱平田肯定了周云南的建议，他立即向市委书记、市长电话汇报了请求驻军派飞机运送药品的想法，得到支持后，他联系上了驻军首长，提出了派遣飞机运送药品的请求。对方向上级请示后回复："为了挽救农民兄弟的生命，人民解放军愿意连夜出动飞机运送救命药。"邱平田又向省卫生厅领导请求与梦山县医院联系，建议把药按时送到军用机场。

各方沟通好后，已是夜晚十点钟。经商量后决定，应向东医生和梁军医立即去郊区机场，乘专机前往梦山县取"美兰"药品。飞机将于夜晚十一时起飞，凌晨三时返回云水。邱市长回政府办公室等待消息，周云南主任在病房负责病人的观察治疗。

送应向东、梁军医上车去机场后，邱平田深情地用力握了握周云南的手，转身上车回市政府去了。望着渐渐远去的车尾灯，周云南陡然觉得肩上的担子更重了。

等待的时间总感到漫长。周云南回病房又逐一查看了所有的中毒病人，他们不同程度地出现了口唇发绀等缺氧状态，有两人已经昏迷。周云南心想，虽经积极抢救治疗，也只能暂时缓解症状，解决问题还是要靠"美兰"。

时间已到凌晨三点钟，还没有应向东的消息，周云南在焦急等待的同时，不免又担心起他们的安全……

凌晨三时四十分，当应向东和梁军医抱着救命药"美兰"出现在周云南面前时，他像孩子一样兴奋地跳了起来，不由得伸出拇指称赞解放军真伟大。梁军医说原本预计凌晨三点钟前就能回到云水，从梦山机场返航时，碰上了气流，飞机颠簸厉害，所以才延长了航行时间。

有了"美兰"，周云南心中就有了把握。终于，可以兑现向市委书记和市长所做的"尽最大努力治疗，争取再不死人"的诺言。他迅速安排人员按既定方案给每一位中毒者静脉注射了"美兰"，然后打电话将这个消息告诉了邱平田副市长和赵建国副院长。

病人用了"美兰"后，症状很快缓解，身上发绀明显减轻，缺氧状况改善，两名昏迷者也逐渐清醒过来。

患者病情迅速好转，使周云南备感欣慰。一阵困意袭来，他感到浑身无力，不知不觉趴在办公桌上睡着了。

不一会儿，天亮了。护士长吴巧红见趴在桌上睡觉的周云南，有些心疼，拍了拍他的背部说："喂！快醒醒！小心着凉！"

周云南睁开眼，见是护士长，忙问道："姐，现在几点了?"

"早上七点钟了，你一夜没回去，卢主任很担心，也不敢打电话问你，今早就给我来了电话。现在病人情况明显好转，病房有江医生守着，你就放心吧！快回去吧，今天是周末，弟妹在家等着呢！"

当周云南安排完科室工作，走出病房，阳光已洒满了大地。此时，因病人全部脱离了危险，他心情异常舒畅，想起妻子卢雨晴在等着他的归来，还有她亲手做的皮蛋粥，周云南不由得加快了回家的脚步……

豫韵飘香

时光荏苒，转眼间就到了 2016 年 5 月。

在这鲜花盛开的季节，位于中原省省会的国际会展中心披上了盛装，迎来了全国血液净化年会的召开。在报到登记处，来自县级市的周云南和吴巧红代表，引起了工作人员的关注。

周云南每年都会接到参加全国性学术会议的邀请，这对他了解本专业前瞻性研究和掌握新知识，特别是对提高基层的血液透析技术，降低患者死亡率至关重要。这次会议期间，他在导师刘志坚教授介绍下，认识了来参会讲学的国际生物医学工程学会透析委员会主席弗兰克教授，这是个意外的收获。

吴巧红是第一次参加这种高规格的全国性专业会议，她选择听的都是实用性较强的专业讲座，如北京潭山医院陈倩主任的《长期血液透析患者常见并发症的处理》、长江仁济医院血液净化中心主任护师徐菱霞交流的背部置管术。她如饥似渴地吸取会议的精华，只愁会期过于短暂。

使周云南和吴巧红高兴的是，会场上碰见了上官云慧，岁月似乎并没有在她身上留下痕迹，那一头乌亮的秀发、漂亮的脸庞、优雅的气质显示出了一种成熟的美。上官云慧博士毕业后留校，现在是协和大学医学院附属医院肾内科副教授，这次跟随导师佟丽香教授参加会议，她将代表团队在大会上交流最新科研成果。

面对几年未见的上官云慧，吴巧红由衷地称赞她颜值与才华并存，美貌与智慧齐飞。周云南也为有这样的妹妹而骄傲。让周云南感动的是，上官云慧将他和吴巧红引见给了导师佟丽香，佟教授很佩服周云南的奉献精神，表示将对云水市南山医院血液净化中心给予重点技术指导，这无疑增加了周云南申报全国重点血液净化中心的信心。

会议已进行到了第四天，在专业方面，代表们收获颇丰，但来中原省没机会看豫剧，不免有点遗憾，对豫剧戏迷吴巧红来说，心里更有一种失落感。

中午，周云南和吴巧红接到大会组委会的通知，得知中原卫视《梨园新春》栏目晚上将在会展中心献上一台戏曲晚会慰问会议代表。因是现场直播，要求代表们下午统一去演出现场熟悉环境。这个消息使吴巧红欣喜不已，每周日中原台的《梨园新春》戏曲节目她是必看的，有时加班耽误了收看，也会补看次日重播，今天能亲临直播现场实为幸事。

晚上六点钟，代表们进入了会展中心学术报告厅，经过专业人员装饰的舞台，比电视台的转播画面更加清晰好看。周云南和吴巧红被安排在靠前座位，他们庆幸运气好，能近距离看真人表演。

下午吴巧红来大厅熟悉演出现场时，就曾给科室那群年轻医生护士打过电话，要他们晚上注意收看中原卫视直播的《梨园新春》戏曲晚会，共同分享这一快乐时刻。此时，身临现场的她感觉如在梦幻中，大厅那充满豫韵浓郁文化气息的乐曲声，使她无比兴奋。

晚上七时三十分，直播准时开始。当著名主持人倪泽辉和庞依丹走上舞台时，现场掌声雷动。两位主持人表达了对参会代表的慰问，介绍了豫韵文化对全国的影响后，演出就开始了。

首先上场的是年近七十岁的豫剧表演艺术家汪君玲，她表演了《风流才子唐伯虎》题画一折。她扮相英俊，优雅洒脱，唱腔醇厚甜美，扇子功娴熟优美，绘画题诗如行云流水："我画蓝江水悠悠，爱晚亭上枫叶愁。秋月溶溶照佛寺，香烟袅袅绕经楼。"表演和书法浑然一体趋向完美，活脱脱把个风流才子展示在观众面前，给人以美妙的享受。

此时，位置靠前的吴巧红边看边小声对周云南说，汪君玲被誉为"中原第一小生"，她凭精湛的演技和良好的品德，多次受到中央领导接见。不过，吴巧红很机警，当摄像镜头扫过来时，她立即停止交谈，留给电视观众的是专注看戏的镜头。

接着上台的是豫剧名家倪香枝，当她将《泪洒长思地》中一段婉转悲切的唱腔，展现在观众面前时，引起了人们对剧中弱女子的深深同情；而豫剧《常香玉》中"为抗美援朝我把战斗机献"的唱段，则是慷慨激昂、铿锵有力，将现场观众情绪调动起来了，博得了阵阵掌声。

豫剧名家赵玉珍在舞台上表演了阎大师的原创剧目《秦雪梅》。她用扎实的唱功和念白，一口气完成了雪梅吊孝那段超长唱段，把一个知书达理的大家闺秀对爱情的坚贞不渝展示得淋漓尽致。吴巧红是非常喜欢阎派唱腔的，她告诉周云南，阎大师是与常大师齐名的豫剧六大名旦之一，她有位嫡传弟子李喜芳，是楚北省人，供职于湖阳市豫剧团，可惜英年早逝，不然一定会是省里豫剧的领军人物。现场的演出和吴巧红的讲解，使周云南体会到了豫剧的博大精深，他也开始对豫剧感兴趣了。

每次有重要演出，《梨园新春》栏目就会安排童星擂主出演，今天上台的是方莹。"她三岁获《梨园新春》少儿组金奖，四岁获全国戏曲小梅花金奖，五岁登上世界艺术殿堂悉尼歌剧院，多次为党和国家主要领导人演出并合影留念。"主持人庞依丹的介绍引起了观众对小方莹的关注。果然，当还不到十岁的方莹彩扮戏装花木兰上场时，那扮相，那唱腔，那舞姿，神似当年的常香玉大师，也赢得了观众席的热烈掌声。不过，吴巧红认为过早地刻意训练孩子学艺，扼杀了他们的童真，不利孩子的成长。

接着，主持人的介绍，引起了观众的注意："各位专家，各位代表，下面将要上场的盛云花女士是《梨园新春》金奖擂主，她曾是一名肾病患者，是医务人员给了她第二次生命，她要以精彩的表演，向受人尊重的白衣天使表示感谢！"庞依丹这段煽情的话语使代表们的兴致高涨，都目不转睛盯着舞台，争睹这位昔日病人的风采。

盛云花表演了现代豫剧《嵩山长霞》和《香魂女》的选段，展示出了剧中人物任长霞的刚毅和环环的柔弱，博得了台下长时间的热烈掌声。

开始，吴巧红还以轻松的语调向周云南谈了对演员的评价："表演有《嵩山长霞》中原唱马刚良的神韵，也有《香魂女》中原唱杨红霞的细腻，不愧是《梨园新春》十年擂主争霸赛金奖获得者。"但随着台上主持人的即兴采访，他俩紧张得心快提到嗓子眼了。

在观众的赞美声中，主持人庞依丹开始了对盛云花进行访谈。

"观众长时间的掌声，表达了对你的喜爱。能跟大家讲讲当年的情景吗？"庞依丹老到地提出了问题。

"八年前，我外嫁楚北省云水市，不久丈夫遇车祸去世，儿子才一岁，我又发现患了尿毒症，一下子陷入了绝境。是云水南山医院的周云南主任和吴巧红护士长救了我！他们帮我筹集费用，进行了血液透析治疗，护士长多次与我谈心，我才有了活下来的勇气。后来因我曾是县豫剧团学员，回到花县享受到了公费医疗，才得以继续透析治疗，病情逐渐稳定。姐妹们要我上《梨园新春》打擂，哪知当月就当上了擂主，并在年底的擂主争霸决赛中获得金奖，一下子得到了社会的关注。在好心人资助下，三年前我成功进行了肾移植手术，现在能够胜任日常的演出工作。为了答谢社会，我牵头组建了一个民营豫剧团，一年下乡演出两百余场，获得了乡民的好评。"

"在人生经历中最值得你感谢的是哪些人？"

"我最感谢的是云水市南山医院的周云南主任、吴巧红护士长和透析中心的医生、护士！还要感谢中原省的肾科医生和护士及各界好心人的帮助！更要感谢《梨园新春》给了我展示的舞台，也感谢戏迷朋友的鼎力相助！"

盛云花的回答使庞依丹感到欣慰，她接着提出："你先前名叫盛晓青，为什么改名叫盛云花呢？"

"是婆家的云水市和娘家的花县人民给了我第二次生命，我要永远记住这份恩情。"

"那么，此刻你最希望见到的人是谁？"庞依丹抛出了最后一个提问。

"我最想见到的是恩人周云南和吴巧红。遗憾的是他们现在还在云水市。"盛云花有些沮丧。

"栏目组了解到，周云南主任和吴巧红护士长就在晚会现场，今天将实现你的愿望。"庞依丹刚说完，摄影师立即给激动不已的盛云花一个面部特写镜头。

这个消息如同一股清泉流进了人们的心间，代表们不自主地四处张望，期盼第一眼就能看见值得尊敬的两位同行。

当周云南和吴巧红突然听到台上演员说曾在云水南山医院看过肾病时，颇为意外，在他俩印象中并没有叫盛云花的病友；而听到盛晓青的名字时，他俩十分惊讶，眼前的美女怎么会是当年那个处于濒死状态，身患尿毒症的姑娘呢？听完盛云花的讲述，他俩脸上挂满了兴奋激动的笑容，眼眶被幸福的泪水湿润。

这时，不知什么时候来到周云南和吴巧红侧边的主持人倪泽辉对着话筒说道："我身边的两位参会代表，就是盛云花要感谢的恩人。他们是楚北省云水市南山医院血液净化中心主任周云南先生和护士长吴巧红女士。"蓦然间全场观众目光都转了过来，现场直播的高清摄像镜头也对准了他俩和主持人。

事发突然，周云南一下就愣住了，还是吴巧红脑筋转弯快，连忙示意周云南一同站起来，面对镜头点头微笑，也算是给全国电视观众打了招呼。

接着在主持人示意下，他俩缓缓走上舞台。当激动的盛云花泪流满面地紧紧拥抱两位恩人时，观众都被这医患情深的场面所感动，台下的掌声经久不息。随同导师佟丽香坐在前排的上官云慧也眼含泪水，她附耳向导师讲述了当年抢救盛云花的经过，让佟教授产生了无限感慨。

"今天的见面场景，使人感到温馨，也感动了观众。你们能否向全国电视观众谈点感受？"主持人庞依丹友好地把话筒对准了周云南和吴巧红。

吴巧红见周云南还沉浸在兴奋中，就接过话筒用普通话说道："感谢全国电视观众对医务工作者的厚爱！也感谢电视台栏目组安排我们见面！今后我们将会继续做好自己的本职工作，让更多的病人恢复健康，以回报全国人民。"这段讲话也说出了台下参会代表们的心声，同样也获得了赞美的掌声。

本来，接下来的环节还有盛云花面对观众的讲话，庞依丹见她一直在流泪，陷入对往事回忆中不能自拔，加之时间已不多了，也达到了感染观众的目的，于是庞依丹很自然地将晚会转入了下一个节目……

晚会后，盛云花邀请周云南、吴巧红、上官云慧到一家咖啡厅小聚叙旧，厅内播放着传统豫剧音乐，小小包厢充满温馨。谈话是以盛云花讲述为主，她向当年的恩人倾诉了离开云水后的辛酸经历，讲述了生命中遇到的多位贵人相助的故事，她认为参加《梨园新春》戏迷擂台赛是命运的转折，她与恩人们分享了得金奖时的喜悦和换肾后的幸福生活。

曾经医治的病人如今健康幸福，周云南和吴巧红由衷为盛云花感到高兴，并给她送上了最真挚的祝福。

盛云花还清楚地记得当初抢救她的每个细节，对当年还是小姑娘的上官云慧医生也赞不绝口。她表示年底率团参加北京调演后，会找机会去云水市演出，以感谢曾经的救命之恩。

"今天直播时面对采访感到很突然，你事先知道吗？"周云南向盛云花道出了心中的疑惑。

"几天前栏目组曾来人找过我，说这次会议来的都是国内肾病专家，邀请我参加演出，准备接受采访，并详细询问了我先前患病和治疗经过，但没说你们要来参加会议。"

"这可能是节目组按策划要求留下的悬念，关键时刻调动各方情绪，以达到感动观众的最佳效果。没想到我们都成了当事人，当场反应完全是真实情感，确实也很紧张，可见编导之用心良苦。"吴巧红笑着说。

在直播过程中，老艺术家们的奉献精神，《梨园新春》栏目组工作人员的爱岗敬业，盛云花知恩图报的现场演绎，给了周云南以强烈震撼。他被这人间真情所感动，兴奋地向盛云花谈了自己的感触。

谈话间，吴巧红打开了手机，微信群像炸了锅似的热闹，祝贺的短信和语音接连不断，都对他们参加晚会直播赞不绝口。周云南、吴巧红和久别重逢的盛云花、上官云慧与科室医生、护士进行了视频通话。

今天的主角是盛云花，在众人期盼声中，她拿出眉笔，轻轻勾勒了刚下妆的眉角，身着一袭染尽红尘的戏衣，用婉转的歌喉，唱响了一曲再谢恩人的梆子腔。那豫韵优美的旋律伴着充满真情的欢乐声，向窗外飞去，渐渐飘向远方……

夏日的天空

云水市位于楚北省北部偏东，桐柏山脉东支南麓，大别山脉西端，属北亚热带气候，在夏季，室外气温可达四十摄氏度以上，素有"小火炉"之称。

八月初的云水城区，烈日炎炎，午后热浪逼人，街上鲜有行人。正在超市打工的杜继林出现了全身发热、头痛、头晕、乏力、口渴等不适症状。他身患尿毒症，已透析多年，原准备待晚上超市关门下班后去医院进行一周三次的例行血液透析。现在他感到实在坚持不住了，向老板告了假，拖着疲乏的躯体，回到了租住的房子。一进屋，斗室内闷热难当，他感到一阵头晕，就势半躺在简易的木床上，吃力地打开了床头桌上的旧电扇，他想休息一会儿提前去医院做透析。

在床上，杜继林感到全身火辣辣的，头痛、头晕加重，心跳加速，口渴得厉害。他想去拿床头桌上装水的杯子，但上肢难以动弹，他有些惊慌，难道这次真的挺不过去了？不行，自己还不到三十岁，必须去透析！只有透析才能活下去。他想起身下床，怎奈异常疲倦，下肢似压上千斤巨石，几番用力使不上劲来，渐渐地，意识变得模糊，似乎在无声无息地等待着死亡的到来。蓦然，求生的欲望使他睁开了双眼，他挣扎着拿起手机，艰难地按下了"120"三个数字……

120急救中心的护士见来电是杜继林的手机号，知道他又出现病危状况，于是通知救护车赶紧去他的出租屋……

云水市南山医院血液净化中心重症室里，医生们正在合力抢救重度中暑病人杜继林。周云南诊察了处于昏迷的杜继林，认为他中暑后，身体在尿毒症毒素作用下，已出现了低血压、心力衰竭、尿毒症脑病。他嘱咐已是科室副主任的江春潮，先纠正病人低血压和心衰，待生命体征基本平稳后进行血液透析治疗。

经过近五个小时的抢救，刚刚做完透析治疗的杜继林，人虽清醒，但极度虚弱。前来陪伴的杜母见儿子已能讲话，对医生护士连连致谢，并兴奋地告诉周云南，他们家已被乡政府列为首批精准扶贫对象，以后再不会为透析治疗费用发愁了。

随着病情的控制，杜继林精神状态明显好转。他为又一次闯过了鬼门关而感到庆幸，同时又为连累这么多人辛苦忙碌抢救自己而心怀歉意。政府将帮他们家脱贫，使他对往后的生活充满期待，他甚至想到了将来能换肾，过上正常人生活，去回报社会。所以，当周云南查房时，他有很多心里话想对这位贴心的主任诉说。

几年前，杜继林患上了尿毒症，因受损伤的肾脏无法排出身体的代谢产物和毒物，也就是说再也无法排尿了，他面临着最终因器官衰竭而死亡的绝境，透析和肾移植治疗是他继续活着的最后希望。

（吕露绘图）

　　换肾对杜继林来说根本不可能，又无条件在家自行操作腹膜透析，他只有选择在云水市南山医院进行血液透析治疗。透析器又称为"人工肾"，所起到的作用就是代替肾脏完成新陈代谢。当然这些知识是他在后来透析病房组织的肾友会上获得的。

　　第一次透析时，护士用连接血路管和透析器的粗大针头在他前臂直穿，当一圈圈鲜红色液体，从体内引出，暴露在视线中，最终又输回体内，不停地回转时，杜继林充满恐惧。护士长告诉他人工肾已经开始工作了，他的心情才平静下来。现在杜继林前臂有成熟的内瘘供穿刺、打针来进行透析，他已经完全适应了上下机的操作流程。

　　当然，一周三次，每次四个小时的透析，以及为了不使水分在体内蓄积，使过多的代谢产物在血液中堆积，严格的限水和控制饮食，杜继林都能做到，但每次五百元的透析费几乎耗光了他的全部家底。

　　新型农村合作医疗刚起步，报销比例低，杜继林在南方打工的积蓄很快就用完了，父亲也中风瘫痪在家，全家生活靠母亲在当地一个拖把厂打工及政府的救济艰难维持。

　　于是，二十八岁的他在城区租了房子，找过多份工作，当过超市保安，应聘过快递员，也搞过产品推销，甚至在电器城做过送货工。除每周三次透析外，每天都在为生活而奔波，将挣得的工钱补贴透析费用和房租。这期间曾几次出现过病危状态，都是120急救车将他送到血液净化中心抢救的，以至于急救中心的医生护士都熟悉了他的手机号和出租屋地址。

　　对于一名需长期透析的年轻人来说，心灵的创伤，往往比肉体的病痛更加难受，他更需要社会的关怀。周云南和血液净化中心的医生护士，不仅耐心地帮杜继林治病，还给了他许多安慰，使他有了活下去的勇气。杜继林把周云南当成了最尊敬和信赖的人。这不仅是因为周主任曾多次救过他的命，更是他做人的榜样。今天，面对周主任的关心，他讲述了这些年的心路历程。

杜继林的讲述，让周云南感到惊讶，他说道："我对你印象一向很好，认为你能自强自立，这次你病倒了，才知道你的艰辛超过了我的想象。"周云南有些内疚，杜继林的境遇引人深思，需要整个社会对这一特殊群体给予更多的关爱。

周云南望着满脸真诚的杜继林又说道："平时太忙，对你关心不够，听了你的讲述才知道你一路走来多么不容易，你自强不息的精神使我深受感动。往后国家政策会越来越好，医学技术也会飞速发展，完全能使你的病情得到缓解，享受正常人的生活。"

这次交谈对杜继林启发很大，更加增强了他战胜疾病的信心。医务人员的敬业负责，加之国家扶贫政策即将落实，杜继林心中感受到了别样的温情。

上次和护士长在中原省开会时与盛云花的交流，对杜继林生活遭遇的了解，都使周云南对透析病人的人生又多了一层理解。他们虽说身体上有病，会感受孤独，但他们心地善良、勇敢乐观的品质，也赢得了人们的赞扬。世上一切事情，有因有果，结善缘，必有善报。盛云花的人生就是最好的写照。最近，国家制定了精准扶贫政策，无疑是透析患者的福音，而医生和护士做好日常工作，就是对这个群体的具体关怀。

杜继林的中暑，引起了周云南的警觉，他认为防止中暑对透析患者病情预后至关重要。于是，经过和护士长吴巧红商量，周云南制订了防暑知识宣教活动的方案，并要求科室同仁尽量帮助他们克服困难，营造一个温馨的透析环境，使病友们安全度过夏季，避免再次发生悲剧。

由于对透析病友加强了防暑知识宣教，也采取了必要的预防措施，在高温时节，再也没有出现过中暑病例。立秋十余天了，一场秋雨过后，天气变得凉爽起来。

一天，周云南和吴巧红正在商议事情，突然两名军人走进了办公室，他们立正后齐刷刷地向周云南和吴巧红敬了个军礼。周云南见是驻军某连张连长和许指导员，连忙热情接待了他们。原来，一个月前，连队一位战士在训练后出现中暑，并发了急性肾功能衰竭，在科室抢救后痊愈出院。为了表示谢意，他们前来邀请医生护士代表去连队做客。张连长动情地说："你们竭尽全力治好了我们的战士，连队官兵们很感激。本周日是军营对外开放日，我们又是军民共建单位，按首长指示，专门前来请你们到连队做客，战士们很想念你们，到时基地靳副政委也要来连队同你们见面。"

面对张连长的邀请，那天抢救中暑战士的场面又浮现在周云南眼前。在给中暑战士进行血液透析时，部队首长"一定要尽力抢救我们战士生命"的嘱托，等候在休息室内的靳副政委和战士们担忧的眼神，还有病人脱离危险后官兵们的喜悦，特别是靳副政委那朗朗的笑声……这些新时代官爱兵、兵尊干的真实记录，体现出的是生死相依的官兵情、战友情，使周云南再一次感动。

张连长和许指导员的盛情，传递着军民情深的温暖，周云南紧紧握住两位军官的手，激动地说："有这么宝贵的机会向解放军学习，到时我们一定去！吴护士长还会带节目慰问战士们的。"

许指导员忙对吴巧红说："谢谢护士长！"

吴巧红笑着回答："不用谢，我们是一家人嘛！"

星期日上午，天空晴朗无云，"秋老虎"余威不减。在市北面一处四面环山的平地中央临时搭建的看台上，坐满了观看军事表演的云水市各界代表。坐在条凳上的周云南，在太阳直射下已是汗流浃背，仍很兴奋。即将出场的是在国际军事比赛中，获得第一名的我军空降排现场跳伞表演，这是军营开放日的重头戏。周云南侧身看了一眼坐在不远处的副院长赵建国和驻军基地靳副政委及后排的护士长吴巧红等科室代表，他们同样情绪高涨。

这时，天空中传来飞机的隆隆声，一架运输机由远及近从空中飞来，转眼间飞机上弹出了三个小白点，很快降落伞就被撑开，如飘扬在空中的花朵，十分漂亮。坐在周云南身边的许指导员告诉他，这是万米高空定点跳伞，技术难度系数特别高。周云南举起望远镜观看，果然见跳伞者在下降过程中不断调整着陆方向，不一会儿，三名女兵就稳稳降落在地面有标记的三个不大的圆圈中，赢得观众席上阵阵掌声。

接着，许指导员指着不远处的几座临时拼装的木房子说，下面将表演突然袭击抓"歹徒"。话音未落，只见飞机下面出现了约二十个降落伞，落地后，跳伞官兵直奔小木屋，经过一番"搏斗"，很快将"歹徒"全部抓获。

最后一组表演是伞落地面后现场打靶，当战士们跳伞着陆后，迅速钻到地面上的坦克里，向前行进中开始打炮，结果炮炮命中既定目标，迅速摧毁了敌方全部地面工事。整个观看台上顿时沸腾了，每个人都为祖国有这么强大的军队而感到骄傲。

中午，部队统一给代表们安排了快餐盒饭。然后，各部接待相关联的地方代表参观军营。

当赵建国、周云南、吴巧红一行随靳副政委、许指导员来到连队时，军营中一片欢呼声，"热烈欢迎医院领导、专家、基地首长来连队视察工作""向医务工作者致敬"的横幅格外醒目。随即，靳副政委与赵建国副院长就军民进一步协作进行了商谈，周云南、吴巧红同连长和指导员讨论的是连队与科室之间的友谊共建，而年轻的医生和护士与战士们则交流着当今青年的热门话题，也有的在回忆救治中暑小战士时，共同相处的那段美好时光。因为是共建单位，彼此熟悉，交谈气氛十分融洽。

在荣誉陈列室，连队的英勇战史使周云南深受震撼。这是个英雄的连队，在解放战争期间就立了大的战功，特别是在抗美援朝的战场上，以重大的牺牲牢牢坚守阵地，取得了最后的胜利。望着那面有无数弹孔的战旗、烈士身上的弹片、烈士遗书、牺牲官兵的姓名……周云南的眼睛湿润了，他在心中感慨：今天的红色江山来之不易，是无数先烈用鲜血和生命换来的，作为后辈一定要珍惜今天的幸福生活！

随后，大家还参观了连队的操场、菜地、阅览室和战士宿舍。许指导员的介绍、菜地里那长得绿油油的蔬菜、阅览室大量的图书和读书笔记、战士整洁的宿舍、床上整齐的豆腐块被子，让来宾耳目一新，赢得了医护人员对当代军人的敬佩。

晚上，连队在食堂盛情招待了这群来自医院的客人，虽然没有山珍海味，而那一盘盘官兵自己种的新鲜蔬菜，一盆盆肉鲜味美的鱼虾，凝聚着战士们的一片深情，使久待病房的医生和护士们享受到了军营生活的温馨。

在饭堂临时拼凑的简易舞台上，靳副政委与谭笑娟医生对唱的经典军旅抒情歌曲《十五的月亮》、中暑治愈的小战士田小亮的独唱《我爱祖国的蓝天》、吴巧红护士长清唱的豫剧选段《谁说女子

不如男》、护士苏雯卉的诗朗诵《祖国颂》，把欢乐的气氛推向了
高潮……

百合花

又是一年的晚春，一个周末的上午，周云南到病房刚查完了
房，妻子卢雨晴就打来了电话，说女儿等不及了，催着要他回来，
一块儿去看望爷爷奶奶。

医院升级达标工作太忙，两周没回母亲的小院了，已上小学的
女儿周丹萍吵着要见爷爷奶奶，周云南也有点想念年迈的父母，因
周日要去省里参加学术会议，曾同妻子商量，周六上午带孩子去看
双亲。接完电话，周云南赶紧安排了科室有关工作，陪妻子女儿去
了父母家。

当一家三口来到父母的小院时，二老已在大门外等待多时了，
还有一段距离，周丹萍就奔跑着连声喊"爷爷""奶奶"，转眼间
扑向了奶奶怀里。

一走进堂屋，就见桌子上摆满了洗干净的草莓、桑葚和西红
柿，奶奶对孙女说："这些都是爷爷早上在园子里摘的，专门留给
我们小丹萍吃的。"随即，奶奶把一粒黑桑葚塞进了孙女口中。周
云南也在一旁询问父亲的身体情况。

卢雨晴见状，忙对婆婆说："妈，您陪丹萍玩一会儿，我去做
饭。"自结婚以来，每次来看公公和婆婆，她都主动下厨房给婆婆
打下手或亲自做饭，邻居们都羡慕老两口有个好儿媳。

突然，有只小鸟飞进了堂屋，小丹萍感到很惊奇，忙对奶奶
说："奶奶，有只小鸟飞进屋里来了。"

"哈哈,这是燕子,一生以害虫为食,是益鸟。每到天气暖和就飞来了,它很勤劳,一口一口衔泥土垒成很结实的窝,落在谁家就会给那家带来好运气。"奶奶笑着回答。又指着屋檐上的鸟巢,告诉孙女这就是燕子窝,是燕子睡觉的地方。奶奶的话让第一次接触到燕子的小丹萍增长了不少知识。

接着奶奶带着小丹萍参观了院子里花花绿绿的世界。那绿叶黄花的柿子树、石榴树枝上的粉红花朵、葡萄架上一串串的嫩叶芽苞、桑树上结的桑葚、菜地里的红草莓,还有围着花蕊飞的小蜜蜂和院中撒欢的小狗,这一切对孩子来说是那么新鲜,以至于在吃午饭时她还不停地把新发现告诉妈妈。

卢雨晴听了女儿说的"新大陆"后,高兴地对二老说:"爸、妈,家中出现燕子筑窝、狗进家门、蜜蜂围墙飞,这是农村俗语中说的'三喜'啊!人们常说,家中出现三喜,好事会接踵而来的。"

"爸妈心地善良,做了一辈子好事,定会得到回报。这三喜临门可是我们家的大喜事,得好好庆祝一下啊!"周云南附和着。

儿子和儿媳的美言及孙女的可爱,使老两口高兴得心花怒放,这一家子沉浸在无比的幸福之中……

"三喜临门"也确实给周云南带来了好消息。在省城的专业会议上,作为市(县)级医院的主任医师,周云南当选为专业学会的常委,成为最年轻的省级医学专家;周云南的导师刘志坚教授荣获"终身成就奖";云水市南山医院关于参加全国重点血液净化中心评选的申请报告,得到了省里批准,获得了参评资格;柳真坤十五年如一日照顾透析的妻子,被评为全省"最有爱心的肾友家属",将去省城接受颁奖;明年全省的血液净化年会将在云水市南山医院召开……这些消息使周云南十分兴奋,也感到了很大的压力。

两天的专业会议很快就结束了，散会的当天晚上，受同学之邀，周云南和几位大学同学在江城一家咖啡厅相聚。咖啡厅场地不大，布置得很温馨，播放着千百惠的《走进咖啡屋》，听着有点凄凉和惆怅。整个小屋却飘满咖啡的苦味芳香。

周云南没有加入同学们的忆旧话题，默默坐在一边，望着茶几上一束百合花发愣……

"喂，你怎么了，一进来就望着百合花出神，难道还有什么风花雪月？"同学晓明拍了拍他的肩膀，笑着问道。晓明已是省城一家医院的知名教授。

周云南回过神来，急忙回答："都这个年龄段了，哪还有什么风花雪月？不过在我的经历中，倒有个女孩与百合花有关。"

此话一出，引起了同学们的兴趣："一定是个凄美的爱情故事，你快讲给大家听听。"

经不住同学们再三要求，周云南给大家讲述了这个故事：

那是十年前的夏天，病房收了个叫白小玉的高三女孩，当时她全身浮肿，面部布满红斑，四肢关节肿痛，脱发明显，经过相关检查，确诊为系统性红斑狼疮，狼疮性肾炎，肾功能也明显受损。看了有关检查，周云南心里有种不祥之感，这是一种结缔组织疾病，如累及身体重要器官，则预后极差，死亡率高。

当周云南将病情及预后告诉白小玉的妈妈后，她讲述了孩子的身世，用几乎哀求的声音，恳请救孩子一命。原来白小玉是抱养的，很懂事，也很聪明，除了喜欢村后山上那片盛开的野百合，就是爱读书，学习成绩在班上一直拔尖。

周云南陷入了沉思。系统性红斑狼疮，用现代医学的手段进行治疗，完全可以控制症状，患者可以过上正常人的生活。但病变已累及白小玉身体多个器官，出现了尿毒症的症状，治疗很棘手，因经济原因又不能转上级医院，更为麻烦的是她对治疗丧失了信心，不愿配合治疗。为了挽救孩子的生命，周云南详细地制订了包括进行免疫抑制剂、大剂量激素冲击治疗，短期血液透析及中医辨证施治的综合诊疗计划，并决定与白小玉进行一次交谈。

一个阳光明媚的上午，周云南来到白小玉的病房，见女孩表情淡然，只有偶尔看向床头柜上那束百合花时，才能捕捉到一丝闪亮的眼神。这样的情形，使周云南突然想到了台湾当代作家林清玄的散文《心田上的百合花》，于是他决定用文中描述的野百合不屈不挠的顽强精神来启发白小玉，借以鼓励她树立起战胜疾病的信心。

"小玉，我知道你很喜欢百合花，但你知道百合从长得像杂草一样到盛开，经历了怎样的一个历程？"白小玉没有回答，但从她看百合花的眼神猜测，她是想知道下文的。

"它的种子随风落在山谷、草原和悬崖边上，在恶劣的环境面前，它只有一个信念：我要开花！它知道自己是一株美丽的花，要完成作为一株花的庄严使命，要用开花来证明自己的存在。不管有没有人欣赏，不管别人怎么看待，我都要开放！为了心中那个坚定的信念，它坚持不懈地努力着，有一天，它终于开花了。它那富有灵性的洁白和秀挺的风姿，成为漫山遍野最美的风景。"听着这段讲述，白小玉仍未讲话，用疑惑的目光看着周云南，似乎在探求他说这段话的目的。

"而人也和这百合一样，在追求梦想的时候，若坚定自己的信念，不懈努力，就能开出美丽的花，就能拥有属于自己的成功。你很年轻，这种病虽说治疗很麻烦，但现代医学完全能控制病情，让你过上正常人生活，并能完成你的理想，达到你的人生目标。前提是你要振作起来，配合治疗，要有百合花般的信念。"白小玉听完后艰难地点了下头，两眼涌出了晶莹的泪珠。

这是一次特殊的查房，也是一次心灵的对话。通过交谈并与百合花对比，白小玉似乎感悟了人生的真谛，增强了对生活的信心。在以后的治疗中，她忍受了大剂量激素和免疫抑制剂冲击治疗带来的副作用，并经过短期血液透析和一年多维持治疗，病情大为缓解，复读一年后考上了大学。虽然此后他们之间失去了联系，但每当周云南看见百合花就会想起白小玉。

（吕露绘图）

故事结束了，看得出大家也深深地沉浸在对白小玉的祝福之中。此时，晓明郑重地宣布了一个消息：此次聚会是受移动公司李总的邀请，明天中午他还要宴请大家。你们看，他和新婚的妻子来了……

在柔和的灯光下，一对新人伴着《百合花》的歌声，漫步踏入小小咖啡厅，新娘手捧一束百合花，脸上带着微笑。

大家不约而同站了起来，准备祝贺这对新人。

突然，新人来到周云南面前，新娘向他献上那束百合花，说："主任，十分感谢您！"

眼前发生的一幕，使周云南怔住了，如堕入五里雾中，他不认识新娘呀！新娘似乎看出了他的疑惑，忙说："我是白小玉呀！"他仔细审视眼前这位漂亮的新娘子，怎么也不能与当年病中的那个白小玉画等号。

当确认新娘是白小玉后，周云南喜悦的泪水不由得溢出眼眶，渐渐挡住了视线……

"哈哈，老同学，没想到吧！"看着周云南的疑惑和大家的惊讶，晓明赶紧道出了谜底。原来李总和晓明是朋友，他毕业于旅游学院的新婚妻子白小玉，现为一家旅游公司副总，无意中得知周云南要参加会议，特意安排了这次戏剧性的见面。面对此情此景，周云南的内心久久不能平静。是啊，作为一名医生，有什么事情能比这样的邂逅更让人激动呢？

此时，大家的祝贺声在他耳边响起，那优美的《百合花》旋律飘荡在咖啡厅……

百合花儿开，

香飘云外，

田野溪旁生根发芽，

荒郊断崖盛放奇葩，

她的顽强、她的英姿，把春天的花海带给人间。

百合花儿开，

洁白如雪，

杂草中亭亭玉立，

山坡上翩翩起舞，

她的绚丽、她的雅致，犹如仙境中的唯美画面。

百合花儿开

初心不改，

困境下守望信念，

希望中等待重生，

她的高贵、她的纯真，写下百合谷地永久的爱。

晚　晴

岁月不居，时光流转至 21 世纪 20 年代的第二个春天。

3 月的一个夜晚，云水市南山医院大礼堂，为庆贺血液净化中心建立二十五周年，来自中原省的云花豫剧团即将为大家带来原创豫剧《晚晴》。

《晚晴》是根据剧团团长盛云花亲身经历编写的现代戏。此时，作为主演的盛云花感慨万千。在新冠肺炎疫情严重的时候，她向云水市南山医院捐赠了医用口罩和防护镜。前不久，她收到了云水市人民政府邀请爱心人士观看美丽乡村海棠花开的函件，又得知云水市南山医院血液净化中心已成立二十五周年，将举办晚会庆贺，于是就带领自己的剧团来云水无偿演出，以兑现当年许下的诺言。

礼堂就座的观众主要是特邀嘉宾、肾内科医生护士及部分透析病友和家属，还有领导和相关科室人员。虽说人人都戴着口罩，但还是通过眼神和言谈举止传递着喜悦之情。

作为这次晚会的主办方代表，周云南在开演前来到礼堂对来宾和相关领导及病人代表进行了礼节性问候。

坐在前排的原副院长徐泉善与原设备科科长付泽江、原肾内科主任武嘉宁在交谈，周云南上前去紧紧握着徐泉善的手，表达了对老领导深深的敬意。徐院长退休二十余年了，苍老了许多，他的头发已经全白，背也驼了，腿脚也不大利索，深度近视眼镜下的双眼凹陷得更加明显。"毕竟八十岁了啊！"周云南在心中感到了岁月的无情。面对老态龙钟的老领导，周云南想起了当年随同他去长升市考察透析机时遇险的经历，以及他力挺建立独立血透室的往事，不由得在心中对老人家充满感激。

付泽江和武嘉宁也快七十岁了，脸上布满了皱纹，头发都已花白。周云南向三位老人致以诚挚的问候，他想起了"前人栽树，后人乘凉"这句话，建院最艰难的日子是老一代人扛过来的，如今各方面条件都好了，他们也应该享受这幸福的时光……

已转任市政协副主席的邱平田与已从院长位置上退下来的汪明新正愉快交谈着，周云南走过去给两位老领导问了好。多年前邱平田担任市政府办公室副主任时，周云南就与他在工作上有过交往，在周云南心中，他是一位称职的领导干部。而在汪明新院长任期内，医院分别获得三级甲等医院和全国重点血液净化中心称号，这是了不起的成绩。此时面对这位有恩于自己的老上级，周云南有一种难舍的情愫。

当见到柳真坤和杨庆芳夫妻时，周云南向他俩表示了最诚挚的祝贺。杨庆芳为目前透析生存时间最长的肾友，今天能和丈夫柳真坤来参加晚会，她十分高兴。是的，在漫长的透析过程中，杨庆芳多次面临着死亡，她还曾感染上了新冠肺炎，都被医务人员尽力抢救过来了。如今国家政策的调整，对透析病人这个特殊群体给予了特别关怀，农村五保户可享受免费医疗，农民患者的透析费用在新型农村合作医疗的报销比也达百分之八十以上，保证了重症病人的基本治疗，杨庆芳对国家、社会和医务人员一直心存感激。

这时，台上的大幕徐徐拉开，演出开始了……

戏一开场，主演盛云花挥洒自如的表演，酣畅淋漓的演唱，把花县豫剧团下岗姑娘晚晴外嫁云水后的幸福生活展现在观众面前。随着剧情的推进，晚晴的丈夫突然遭遇车祸不幸离世，留下了不满周岁的儿子，她又患上尿毒症，人生一下子陷入绝境中，那悲怆凄婉的声声悲情句句泪，牵动着观众的心。而当医务人员对她紧急施救后转危为安，并在政府救济和好心人帮助下，她的血液透析才得以维持时，台下观众的情绪才稍稍安定。

在演出换场休息间歇，摄像师把镜头对准了观众席。

台上的演出勾起了来自东北的云雾集团董事长甄美珠对往事的回忆。她是市政府特邀嘉宾，游览了云水最美丽的乡村，正好赶上了血液净化中心的这场晚会。她忘不了医务人员对丈夫戴自强的救命之恩，当年她只身从东北来云水见正在透析的男友时，心中充满彷徨，是吴护士长和江医生热情接待了她，并共同帮助男友度过了人生最低谷的时期。他们回东北不久，戴自强做了肾移植，身体恢复后两人就结了婚，并双双进入了她父亲的公司。两年前她担任了公司总经理，在云水市新冠疫情严重时，他们夫妻向云水市南山医院捐赠了价值二十万元的医用防护装备，并在捐赠书上写下了对医护人员的问候。当吴巧红护士长与她通话时，得知电话另一端的甄美珠就是当年的东北女孩玲子时，也激动得热泪盈眶。

此时，甄美珠向坐在身旁的吴巧红讲述着和戴自强这么多年的打拼经历，这情景犹如一位小妹妹在向大姐倾诉着心路历程。而戴自强则被身旁柳真坤大叔的事迹感动，不由得伸出大拇指说："十几年如一日照顾庆芳大婶透析，真不容易！"同样，面前的戴自强和东北女孩也引起了柳真坤夫妻对那段相处时光的回忆。

在这空当，新任院长向河山和副院长赵建国则抓紧与身边的周云南谈工作。

"疫情防控，你们做得很好，所以这次干部调整你们科变动较大，对此，你有什么看法？"向河山笑着问周云南。

"院里这次人事安排，对肾内科发展具有重大意义，我坚决拥护。"周云南回答简洁、干脆，他心里十分清楚，虽然已经拥有了"全国重点血液净化中心"这块金字招牌，但往后身上担子会更重，发展还得靠自己的实力，全心全意为百姓服务的初心决不能改变。

"新的院领导班子把血液净化中心重新划归肾内科管理，下面分为血液净化中心、肾病病区、腹膜透析病区。你已是主任医师，吴巧红是副主任护师，分别担任肾内科主任和护士长，副主任医师江春潮、谭笑娟、应向东担任肾内科副主任，分别负责三个病区的日常工作；主管护师苏雯卉、叶华琳、杜丽丽任副护士长，分别管理三个病区的护理工作；黎桂芳在抗击新冠肺炎疫情中表现突出，被调至感染科2病区任护士长。这样的安排有利于医院的发展和更好地服务于病人，你们要抓住机遇，把工作做好。"赵建国分管肾内科工作，他向周云南做了上述解释。

台上演出的是发生在云水市南山医院透析病房的真人真事，又是盛云花自己演自己，观众席上的医务人员和透析病友们触景生情，摄像镜头如实记录下了这种朴素的情感。

下半场一开演，就见晚晴满怀深情地与抢救她的医务人员告别，她那忧心忡忡的唱腔，还有那依依不舍的表情，使当年的情景再现。这曾经发生在医院的往事，引起了观众的强烈共鸣，周云南和吴巧红更是深有感触。

离开南山医院后，晚晴在姐姐陪伴下，把儿子托付给婆家小叔子后，回到了花县娘家，继续进行血液透析治疗，随后在众姐妹鼓励下，报名参加了电视台"梨园新春"戏曲擂台赛，并获得金奖。尔后，在社会众多好心人帮助下，中原省城医疗专家给晚晴成功做了肾移植手术，使她获得了新生。那大段的唱腔，字字句句饱含着感激之情。晚晴为了反哺社会，艰难地组建民营豫剧团在基层和农村演出。这种自强不息的精神感染了观众，特别是那些肾友和家属更是被晚晴的经历所感动。

在"偶遇"一场中，晚晴在中原卫视直播戏曲晚会现场演出，意外遇上当初救治她的医生护士时所呈现出的惊喜，还有随后那段"想恩人，盼恩人，恩人就在眼面前"充满深情的唱段，一下子把观众的情绪调动起来了，将现场气氛推向高潮，台下响起了热烈的掌声。

周云南怎么也没想到盛云花把这个情节也写进了剧中，作为剧中医生的原型，他对这位时时不忘报恩的奇女子更是多了一份敬意。他由晚晴坎坷的人生，联想到了透析病人的境遇和医务人员的辛劳，心中充满感慨。他感谢政府加大了经费投入，使众多尿毒症患者延长了生命。此时，舞台上盛云花饰演的晚晴正在用忧伤的唱腔倾诉，台下的周云南双眼已噙满泪水，他怕情绪失控，就悄悄离开了礼堂。

三月的夜晚，微风阵阵，乍暖还寒。周云南来到新建的病房大楼下面，肾内科所属几个楼层透出的灯光随即映入了眼帘。他抬头遥望着繁星点点的夜空，往事如前尘隔海，思绪一下子回到二十多年前。当初血液透析室成立时的艰难，一路上医务人员和病人的不易，几代从医人不懈的努力，才铸就了今天的辉煌，这背后的酸甜苦辣又有几人知晓……

"云南，天有点凉，把衣服穿上。"

周云南转头一看，妻子卢雨晴站在背后，他感激地穿上了妻子递过来的外套，问道："你怎么知道我在这里？"

"去实验小学参加完女儿的家长会，就去了礼堂，没见到你，我就找到了这里。"知夫莫如妻，卢雨晴深知丈夫对透析病房的那份依恋。

此时，周云南对妻子更多的是内疚，结婚十多年了，卢雨晴放弃了自己的专业，被调到人事科任副科长，专门负责管理离退休老干部的生活。而在家中则担起了照顾老人和教育女儿的重任，让周云南把全部的精力放在工作上……

"嘟嘟嘟"，是上官云慧发来了微信，周云南示意妻子靠近一点儿，一块看信息。

"哥，晚上好！问嫂子和侄女好！因要参加一个国际学术会议，正在准备资料，回不了云水，请谅解！我是从云水起步走向世界的，忘不了科室和医院对我的培养。今晚的庆祝会大家一定很畅怀吧！替我向护士长、春潮姐、雯卉及全科同事问好！"

　　看完微信，周云南十分感慨，他对妻子说："云慧现在是大学教授了，还记得当年的透析病房，这也是不忘初心的具体体现啊！"

　　"是的，她和盛云花一样，感恩这个世界。如果人人都拥有一颗感恩的心，这个社会将会变得更加温馨。"卢雨晴也有些动情。

　　这时，礼堂中隐约传来了盛云花优美婉转又略带伤感的唱腔：

　　秋霜雪寒花易冷，
　　春色有意暖人心。
　　雨绸不知有几丝，
　　世间最真是晚晴。

　　悠扬的豫剧韵律，荡漾在夜空，飘进透析病房……

啼血的杜鹃花

01

桃源县方家岩是我的老家，村子位于杜鹃山上，地处桐柏山与大别山交汇处，山下沟深谷窄，山上瀑潭密布，丛林荆棘丛生，山花烂漫，野果累累，一派世外桃源景象。

每到春暖花开的人间四月天，遍山的映山红满树芳华，深红、淡红和玫瑰红的花色红艳似火，犹如彩霞绕林。这花开成海，万紫千红的景色令游人赏心悦目，流连忘返，恍若步入人间仙境。

我的童年和少年时代大部分时光是在杜鹃山上度过的，山上的阳光灿烂给了我童年无尽的欢乐，它所承载的厚重历史却给少年时代的我以强烈的震撼。

又是满树花开的时节，再次来到这里的我却全无观景的兴致，两眼不停地在观光人群中搜索，当失望再次袭来，我不由得在心中悲切地呼唤：可爱的小妹，你在哪里？如今杜鹃红似火，你没如约而来……

那年六月，在南方某部服役的我，因车祸导致左下肢外伤，在驻地野战医院住院治疗。当时，和赵军医一起接诊的护士就是夏叶，伤腿疼痛剧烈时她的轻言安慰，伤口换药时她的轻巧操作，都给我留下了很深的印象。尔后，她的精心护理和生活上的关照，使我体会到了白衣天使的真正含义，优质的心理护理也解除了我心中的担忧。

一天，不知夏叶从哪里得知我在全国多家报刊上发表过文章并获得过嘉奖，便毫不掩饰对我的夸赞。面对赞扬，我有点飘飘然，当时的神态完全是面对新兵丫头片子的那种扬扬得意。过后从护士长那里了解到，二十二岁的夏叶，生在北京，出身于军人家庭，并在军校和医院分别获过嘉奖。这让我对她刮目相看，也对先前的飘飘然感到汗颜。

记得有天下午，夏叶来病房，当看见我床头摆放着《巴金文集》时，表现出了极大的兴趣，拿起书旁的稿纸，情不自禁朗诵起我写在上面的读后感小诗《雾》《雨》《电》，她一口纯正的北京话，字正腔圆，美妙悦耳，在我听来不亚于当今的电视节目主持人，那声音至今还在我脑海中萦绕：

雾

淡轻如水

浓凝若兰

寒夜散放幽兰芬芳

黎明捎来绵绵温柔

唯弱阳

驱散了那一丝期盼

留下了万古悲伤

雨

云层中掉下的精灵

变幻莫测

碾碎了灼热的情梦

冲刷了艰辛的历程

小楼的低调雅致

竹林的幽幽

淹没在水滴中

电

沉积的天空

几粒火球连续闪耀

碰撞震荡着惊恐的心灵

满腔热血

不光有情爱

那彷徨的灵魂

在痛苦的涅槃中重生

夏叶诵读的声调之优美及对这首小诗独具见解的评论，让我震惊。果然，她腼腆地告诉我，在学校时，曾当过节目主持人，很喜爱文学，也读过巴金的很多作品。她说最喜爱巴金的《团圆》，对英雄王成和王芳兄妹印象深刻。

以后，只要有空闲，我们就会在一块谈文学，谈作家巴金、魏巍、路遥、托尔斯泰及他们的代表作《团圆》《谁是最可爱的人》

《人生》《复活》，谈诗人李白、汪国真，一块看慰问演出……我们俨然是多年的文友，而那个小丫头片子早已在脑海中消失得无影无踪，夏叶俨然成了我心中的女神。

时间在不经意中流淌，很快我伤愈要出院了。出院前一天，我应邀参加了科室座谈会。走进护理示教室时，里面的场景把我惊呆了。空气中散发着淡淡清香，充满了温馨。护士长何大姐和几位护士小姐妹，满面笑容，身着戎装，风姿绰约；而身着便装的夏叶是那样美，美得像首抒情诗令我深深震撼！

"祝方干事生日快乐！"这欢乐的祝福声打断了我的思绪，夏叶看出了我的疑惑，笑着说："入院登记本上有你的出生年月，正好按优质护理要求给你庆祝二十六岁的生日。"那是至今为止我过得最快乐的生日，内心深处对军营的这群姐妹充满感激！

当晚月亮是那么圆，我们漫步在医院花园的林荫小路，谈文学，谈理想，也谈生活。我讲起了家乡漫山遍野的映山红。而当夏叶得知映山红就是杜鹃花时，表现出了特别的兴趣，说是从邵华《我爱韶山的红杜鹃》这篇散文中知道杜鹃花的，革命先辈打下的红色江山，犹如这似火杜鹃。她说她爱红杜鹃，如果有个像我这样的哥哥就好了，能带她去看杜鹃。当和夏叶约定来年春天一块去我家乡看杜鹃时，她万分高兴。因内心深处的自卑，我没有当场认下这位妹妹，从而留下深深的遗憾，这是我心中永远的痛。

返回部队后不久，因不是军校学历，我选择了转业，被安排在家乡县文联工作。临走前一天，我去医院向夏叶道别，护士长说她已随救灾医疗队赶赴灾区，对她的举动我由衷地敬佩，也对她的安危隐隐担忧，更为没能当面向她告别而感到丝丝怅惘……

夏叶，你知道吗？当我去看你时，已是来年早春二月。那天，在医院，我见到了夏叶的小姐妹，唯独没有见到她。当护士长转交她的信并忧伤地告诉我她走了的消息时，我不由得悲从心起，不知是怎样跌跌撞撞地回到旅馆的房间。在床头台灯的灯光下，部队便笺上她那娟秀的小字映入我的眼帘：

哥哥（请允许我这样称呼您）：

那天，当我们完成救灾任务回医院后，何姐告诉我您转业了并曾来告别，我深感意外，同时又感谢您没忘记我这个小妹。

我们相处的时光多么美好！您将带我去家乡看红杜鹃的约定，让我兴奋。听父亲讲爷爷早年曾在大别山那一带战斗过，他的许多战友就牺牲在杜鹃花开的时节，对象征烈士鲜血染红的杜鹃花，对那片热土，我情有独钟。爷爷生前曾有个愿望，想再次踏上故地寻找与他当年共过生死的战友，了结一生难以忘怀的心愿，我这个孙女如果替爷爷完成这个遗愿，该是一件多么有意义的事！

真是人生多难，毫无征兆，我得了一种很难医治的血液病，回北京住院一个多月了，已完成了一个疗程的化疗。说实话，我很恐惧，很害怕，我才二十二岁呀！每当见到父母忧伤的眼神，我必须表现得乐观、坚强。而向您——我敬爱的哥哥倾诉，却掩盖不住我的胆怯和软弱，多么希望您是一座大山，能撑起妹妹的脊梁！

今天，何姐来北京看我，说您肯定会去医院找我的，要我给您写下几句话，因医生限制时间，就写这些了。

哥，您等着，我会如约去看家乡的红杜鹃！

小妹夏叶于 10 月 28 日

　　我含满泪水的眼睛，定格于"小妹夏叶"几个字。是啊，我们相识在夏天，但夏叶对生命的感悟，对杜鹃红的痴情，对那片红土地的热爱，我却一点儿都不知，我心中充满了歉意，不由自主地在键盘上敲下了对小妹的思念和赞美：

夏天的叶子，真美

夏天来了

骄阳露出那鲜红的唇

轻轻地吻着我弱小的赤臂

如坠进热浪火焰

一阵阵心跳

头昏脑涨

一丝丝清凉

透过发际

洒满全身

融在心上

顿觉神清气爽

举目仰望

却是串串夏天的叶子

飘在头上

顶开了那炽烈的太阳

瞬间

对那一片翠绿的夏叶

从灵魂深处蹦出感激

此时她的成熟不骄不躁

呈现出无比的美丽

尽管她情门已锁

在灿烂的笑容背后

也不知道叶子的心思

仍盼下个季节的轮回

早点到来

　　如今，春天来了又去，去了又来，似火的杜鹃花开连片成海，你没如约而来。此时，曾经的美好成了痛苦的回忆，为了一个承诺，为了心中的期盼，更为了那份情怀，每年的春暖花开，我会如约登上家乡的杜鹃山；为了完成小妹的遗愿，我会访遍这广袤的山川大地，记录下先烈的足迹，以告慰九泉之下的烈士英灵……

02

　　"黄梅时节家家雨，青草池塘处处蛙。"大别山区梅雨期来得早，不到六月，大部分山村因持续性强降水，引发局部山洪地质灾害，严重影响村民出行，甚至威胁到生命安全。按县政府统一部署，文联的工作人员，将下到边远山沟帮助村民抗洪救灾，我也想借这次走访，沿着先烈的足迹重温那段岁月，完成小妹的凤愿。

　　两个月的走村串户，完成了抗洪救灾任务，也对革命老区战争年代先辈们的英勇事迹有所了解，但因年代久远，村民们对红军时期相关往事知之甚少，令人不免有些失望。

　　在杜鹃花谢的日子里，我又想起了夏叶，如果能在这巍巍大别山与她共同寻找先烈的足迹该多好啊！她有位受人尊敬的红军爷爷，有段令人羡慕的青春岁月，却在最动人的年纪患上了白血病，生命定格在了二十二岁，这样的悲剧让人潸然泪下。对这位曾经的战友、妹妹，我想为她写点什么，于是在泪水伴随下，《杜鹃红似火，你没如约而来》一文在本地最大一家网站发出，引起了强烈反响。

首先映入眼帘的是网站文学版版主夜莺满怀深情写就的散文诗：

我有杜鹃花海，却自此不能开怀

有感那份情怀，《杜鹃红似火，你没如约而来》这个悲伤的故事，总在我脑海萦绕，念念不去……

又是杜鹃花开，又是布谷飞来，我在酝酿高处的风景和低处的相逢，酝酿一个笑脸，闪露在灿烂花间。

只一场花事，轰轰烈烈开至荼蘼，全然不顾，这人间多风，命运多雨的时节。当初一言约定，却成此后半生悲怀。我在，你却没能如约而来。

相逢止于梦，往事，却不能止于风。当年风华正茂的时候，我们单纯如白纸，却最终敌不过岁月颠扑。因一次意外负伤，让你我相逢，作为白衣天使，你的美，为我心底的浮世注入安宁。又因一本名著，让文字扎根彼此心里，从此文学话题成后来无数追忆。此次短暂相处，直到伤渐复，没有花前月下，没有海誓山盟，只是说起春天，说起故乡杜鹃，说起你心里一直都渴望遇见的，重重花海，便有了这样一个约定：来年春天，相约杜鹃。

杜鹃并不是最美，却因开在我的故乡。如要放逐疆场，也许结局两样，我选择了，故乡；选择了，作为游客你来，在这广袤花海，来感受我的故乡，其信念其胸臆其情怀。只是说好的相逢，说好的花海，说好的来年，都已不再。

还保留着你的信，还保留着你——说好想来看一看故乡花海的愿望。我的花海血红，却救不了你的血白，我要淹没我所有花海，却已救不了一粒风中尘埃。

请原谅我，故乡和疆场，你远高于这对砝码之上；请原谅我，自始至终，我的目光仅止于仰望；请原谅我，在与病魔搏斗的日子，没能陪在你身旁，一如当初，你护理我的身负重伤；请原谅我，在这年复一年的花海里，无望地守望，只因你一句：听说此花是杜鹃啼血染成，却一直未能亲见……

又是杜鹃花开，又是布谷飞来，我在，你却没能，如愿前来。

此憾沉花海！

夜莺是我多年的文友，一位很有才华的青年女诗人，她用心撰写的这首抒情散文诗让我心中涌起无限的思念。

在众多跟帖中，有位名叫"杜鹃"的女孩引起了我的注意，她说读了这篇散文，深受感动，很敬佩夏叶。出生在大别山区的她，也与夏叶一样，有位老红军爷爷，不过老人家早早地英勇牺牲了。每当映山红花开的季节，她都会去村庄后面的杜家山祭奠爷爷。清明时节，当看见成群的少先队员瞻仰爷爷墓地时，就感到无比欣慰。

从跟帖中还得知，杜鹃的家乡位于大别山中的竹川县，其爷爷牺牲的地点是在家乡后面的杜家山上，于是，我记下了杜鹃这个名字。

（黄莹绘图）

一天，一位文友发来电子邮件，说散文《杜鹃红似火，你没如约而来》被制成了音画作品，已在平台推出，让我先睹为快。当急不可待地打开邮件里的作品时，精美的画面和主播贾晓林女士深情的诵读让我心存感激，这不单是对我个人的褒奖，更重要的是对当今社会真善美的肯定。

让人揪心的是，经常有网友询问夏叶的病情和结局，显然他们也不希望女孩的生命就此消失。如果告诉实情，也未免太残忍了，我没有正面回复，给读者留下了想象的空间。当年夏叶的突然离去也是我难以释怀的心结，尽管护士长已告诉了结果，在心中仍不愿承认这个现实，为了那个约定，为了那份守望，我每年都会登上家乡的杜鹃山，期盼着奇迹出现。

大别山属革命老区，为了弘扬红色文化，传承红色基因，省里决定修建楚东北大别山革命历史纪念馆，陈列的内容包括所属桃源县、竹川县、麻安县在各个历史时期的英勇人物和革命斗争史。

桃源县作家协会协助党史办，承担了本县那段历史的采访编写任务，我具体负责对大革命时期红军在大别山区相关战斗史的挖掘和整理。因年代久远，当事人均已过世，现存的文史资料很少，完成任务困难重重，但为了那份信念，为了缅怀革命先烈，也为了与夏叶的那份口头约定，我必须克服困难完成这项艰巨的任务。

从抗洪救灾走访得知，上了年纪的村民大都能讲出抗战和解放战争时期，老一辈革命家在此地与日本人和国民党反动派做斗争的事例，但对先烈们的战斗事迹却知之甚少。夏叶的爷爷曾在大别山战斗过，生前应该有珍贵回忆，遗憾的是夏叶不在了，想到这里不由得一阵心痛……

为了寻找线索，我上网搜索相关资料，幸运地发现有篇文史资料提到过杜家山阻击战，我心中一亮。杜家山位于竹川县，也是杜鹃姑娘的家乡，她爷爷就是牺牲在杜家山的那场战斗中，如果能采访其中细节，很可能对了解本县历史有帮助，这条信息增添了我的信心。向文联谭向阳主席汇报了自己的想法后，他非常支持我去当地采访，并与竹川县文联王主席通了电话，希望尽量给予方便。

桃源县、竹川县、麻安县同属大别山地区，相互间有直达班车。一个晴朗的早晨，我乘上了赴竹川的班车，开始了特殊的采访之旅。令我意想不到的是，为期三天的竹川之行，不仅采访到了第一手资料，还收获了爱情，成就了一段姻缘。

03

这次访问，目的地是竹川县大汪镇杜家大湾和秀川山烈士陵园。到达大汪镇政府时已过晌午，办公室刘主任说上午就接到县文联王主席电话，会尽力协助我完成这次采访。刘主任的热情，缓解了我心中的拘束，一下子拉近了彼此间的距离。

刘主任说安排一个女孩给我当向导，是镇医院的一名护士，杜家大湾人，爷爷是名老红军。有一位熟悉情况的人带路，自是心中向往之事，于是我连忙向刘主任表示谢意。

不一会儿，一位姑娘来到了办公室，只见她头上扎着辫子，白里透红的脸上带着羞涩的微笑，浓眉下有双明亮的大眼睛，一身装束既不土气，又不俗气，浑身散发着青春的气息。特别是那圆圆的脸庞和大眼睛，很像夏叶……

"我来介绍一下，这是桃源县文联的方作家，为大别山老区建立纪念馆来收集当年红军血战杜家山的有关史料。"刘主任笑着对姑娘说。

"我叫杜鹃，大汪镇医院护士，如果没猜错，您就是散文《杜鹃红似火，你没如约而来》的作者方作家。"姑娘主动做了自我介绍。

我一时有点慌乱，忙说："作家不敢当，方自平。"说话间与杜鹃礼节性地握了握手。

刘主任见状，哈哈一笑，对杜鹃说道："你们认识？那我就省心了！"又对我说，"她大哥杜家辉是村主任，会安排好这次采访的，不用担心。"

镇政府距离杜家大湾不到五里地，我谢绝了刘主任驱车相送的好意，与杜鹃徒步而行。在途中，她向我简单介绍了家庭情况：爷爷是位老红军，在杜家山一次战斗中牺牲了，小时候唯一的印象是大门上挂有烈属光荣的牌子，每逢过年就有人上门慰问。兄妹六人，她是老幺，童年时父亲是生产队长，因家庭人口多，父亲又拒绝国家照顾，日子过得清苦。这些年，大哥参军复员后当了村主任，二哥在城里做生意，她也卫校毕业在镇医院当了一名护士。家里日子好了，父亲却因病离世了，母亲在城内与二哥生活，几个姐姐远嫁他乡，只有大哥在乡下老家。

我们谈到了散文《杜鹃红似火，你没如约而来》中的夏叶和她曾在大别山战斗过的老红军爷爷。对夏叶，杜鹃很是同情与怜悯，这不光因她们都是同时代的年轻人，有着共同的梦想，更因为她和夏叶血脉中都流淌着红色基因。夏叶的那种奉献精神，那种崇高的思想境界，无形中给杜鹃树立了人生的榜样。

一路上，杜鹃谈兴很浓，她说："您这么年轻就是作家，写出了这么好的散文，是很了不起的。"

"什么作家？盛名之下其实难副啊！至于年龄，快到三十岁了，还年轻？"

"能专心致力于写作，您家嫂子肯定很贤惠。"杜鹃这样问话，显然是对我个人生活感兴趣。

"哈哈，还没结婚，哪来的嫂子？"我不想与刚见面的姑娘谈这方面的事，于是转移了话题，"现在姑娘们很少留长发，你的一对大辫子看上去很漂亮，透着一股青春的活力，但于你从事的护理工作显然是不太适宜的。"

"是的，护士长也说过，我准备剪掉。"杜鹃说这话时，脸微微发红，显得有点不好意思。

杜家大湾有几十户人家，连带几个小村湾形成了一个自然村，不久前由国家补贴，统一建成了前面有小院、后面为两间红砖瓦房的新农村住房。

杜鹃大哥家位于村庄中央，院子里面种有时令蔬菜和果树，呈现一派深秋景色。

杜家辉十分好客，经过短暂的寒暄后，我们的交谈切入了主题。首先，杜家辉谈到了爷爷："父亲生前讲过爷爷参加革命是在第一次国内战争时期，当时红军处于劣势，没有什么像样的武器，经常受到反动民团的袭击和国民党的围剿，损失惨重，爷爷牺牲于村子后面杜家山的那场阻击战。"

讲述间，杜家辉向我展示了爷爷的烈士证书，上面写着：杜东奎同志在第一次国内革命战争中壮烈牺牲，经批准为革命烈士，特发此证，以资褒扬。下面落款为中华人民共和国民政部一九五二年十月五日，盖有民政部鲜红的大印。

以往只是从影视等媒体上对英烈的事迹有所了解，今天在先烈的家乡，眼前这张泛黄的革命烈士证书，给我以深深的震撼！这更加坚定了我把他们的足迹记录下来的信心，于是我向杜家辉询问那场战斗的细节。

遗憾的是杜家辉知道的也不多，他说："当年父亲不到一岁，被奶奶领着在亲戚家避难，爷爷和牺牲的战友是乡亲们偷偷安葬的，新中国成立后，烈士们的遗体迁葬在秀川山烈士陵园。不过，听说有村民救过两位负伤的红军战士。"

我急忙询问："后来怎样了？"杜家辉摇了摇头说："那时到处都是白色恐怖，主家是绝对不敢对外说的，解放初北京曾有人来了解过此事，没有结果，现年代久远就更难查起了。"

"听杜鹃说你们家新中国成立后日子过得很紧巴，你父亲又拒绝政府的照顾，那些年你们是怎样过来的？"面对我的疑惑，杜家辉说："我们家祖祖辈辈是农民，是共产党让穷人翻了身，父亲对共产党、毛主席有很深的感情，新中国成立后一直担任生产队长，工作很积极，因子女多，生活上有困难，但可以克服，他说不能往爷爷脸上抹黑。"

说实话，这种思想境界令我这个出生在和平年代的年轻人感到汗颜，不由得对老人家多了份敬意。

杜家辉见时间还早，带我上了村后的杜家山。杜家山并不高，北边是绵绵不断的山丘，一直延伸到秀川山；西边是川溪河，河宽水深；东面是通往县城的乡间公路，地势相对平坦；南边约一公里处是杜家大湾，站在山顶可俯瞰村庄全貌。杜家辉说当年四月红军正在这一带活动，被敌人发现，发生了激烈战斗，敌人大部队从东、南方向山上进攻，敌众我寡，红军决定向北秀川山脉撤退。经过几个小时的激战，留下阻击掩护的红军战士全部牺牲。几天后乡亲们偷偷上山掩埋烈士时，也发现了他爷爷的遗体。

站在先烈曾经战斗和牺牲的地方，我的心情十分沉重。如今，遍山都是杜鹃树，完全没有了当年战斗留下的痕迹。杜家辉说："杜家大湾的人对杜鹃花情有独钟，每年在杜鹃花开的时节，就会有成群的村民上山祭奠先烈。为了纪念烈士，那年小妹出生时，父亲给她取名叫杜鹃……"

不知不觉太阳快落山了，经杜家辉盛情挽留，我在他家进了晚餐，杜嫂很能干，她做的地道农家菜，给我留下了深刻印象。晚上，兄妹俩把我送到下榻的镇招待所，相约明天去烈士陵园祭奠爷爷。

第二天一大早，杜鹃就来到了招待所，说大哥在村里找了一辆面包车，一会儿就到。让我惊讶的是，杜鹃的两条辫子已经剪掉，圆圆的脸蛋，加上齐耳的短发呈现出别样的美丽。

我不由得埋怨她："昨天随便问了一句，怎么今天就把辫子剪了？"她腼腆地说："早就准备剪掉，与你无关。"

说话间，杜家辉已进房间，于是我们乘车去了烈士陵园。

烈士陵园位于秀川山风景区一隅，这里松柏蔽日，绿树成荫，两侧是先烈们一排排整齐的陵墓。我们在爷爷墓前虔诚地下跪，烧香磕头，以尽后辈的孝道。爷爷墓碑正中刻有"红军烈士杜东奎之墓"字样，两边简要注明了生卒年月及牺牲的地点和立碑时间，没有更多的生平介绍。见我很认真看碑文，杜家辉说："那时我们这里当红军的人很多，牺牲的也很多，绝大多数连牺牲地都找不到，爷爷堂兄弟七人，全都参加了红军，也全部牺牲了，只有爷爷还有墓地。"

从陵园的介绍得知，秀川山属大别山南麓，山深林密，方圆几十里是适合打游击战的地方，红军曾在此地与敌人做过英勇斗争，这里的人民为中国革命的胜利，做出了巨大牺牲……

此刻，整个陵园静悄悄，一派肃穆，我在心中默默地说：先烈们安息吧！我们一定会沿着你们的足迹走下去，守住你们用鲜血和生命换来的江山。

竹川之行，虽然了解了部分先烈的英勇事迹，但一些具体细节还不甚清楚，如杜家山那场战斗的详细经过，收留红军伤员的农民是谁？被收留的战士新中国成立后来寻找了恩人没有？也没发现夏叶的爷爷在大别山战斗的线索，这些重要的历史资料如果缺失，会留下永久的遗憾，我感到很焦急，决定去省图书馆翻阅相关资料，碰碰运气。

而此时省里却传来了好消息，为了更好地挖掘革命老区大革命时期的这段历史，省有关方面准备在大别山召开三县作家小型笔会，届时有史学专家参加，我被列为参会的人选，感到很激动，期盼心中的难题能在会议期间找到答案。

04

竹川县境内的秀川山主峰海拔592.2米，是大别山南麓的最高峰。进入初冬，山间聚集了大量云雾，站在主峰远眺，群山若隐若现，美不胜收。主峰以下有三潭瀑布、云影寺、东游记度假村等景点，山下有庄严肃穆的烈士陵园，组成了偌大的秀川山风景区。

三县作家笔会选址在风景区的度假村，参会者有省史学专家、各县志办和文联负责人及本土作家。作为与笔会主题有关联的烈士后代，杜鹃参与了会议接待。

笔会期间，通过专家讲解和上山考察，我对大别山大革命时期的斗争脉络有了初步的了解：红柏起义受挫后，副总指挥带领几十人转战于秀川山打游击，很快就组建了一支红军队伍，参加者大多是穷苦农民，也是后来中国工农红军第四方面军和鄂豫皖苏区的重要组成部分。夏叶和杜鹃两人的爷爷应该是这个时期参加红军的。

虽说已进入了冬季，度假村幽静的环境，各方相关历史资料的汇集，杜鹃等工作人员的热忱服务，让人感觉温馨，作家们对这段历史的写作也顺畅多了。

一天，正在整理笔记，杜鹃从门卫处打来电话，说一个姓夏的女士要拜见我，我感到很纳闷，在这里无亲无故，怎么还有人要见我？一会儿，杜鹃带领一位年轻的女士来到了房间，她指着我对那位女士说"这就是你要找的方作家"，然后很礼貌地退出了房间。

"大哥，总算找到你了！"那女士深深松了口气。我惊呆了，面前站着的分明是夏叶，我怕认错了人，定了定神，又仔细看了眼前的这位女士，不错，就是夏叶，虽说过去四年了，但她的模样已刻在记忆里。当年护士长何大姐明确告诉我，夏叶患血癌已病逝，难道何大姐弄错了？我一下子糊涂了，只机械地说："你怎么现在才来找我？"

"我看了散文《杜鹃红似火，你没如约而来》，知道你没忘记夏叶，我才找到这里来的。"对方解释道。

"为了遵守当年的那个约定，每年四月我都会在家乡的杜鹃山等你，你没如约而来，没想到今天在秀川山遇见你。"我充满惊喜又略带忧伤的神情似乎提醒了对方，她急忙说："大哥，你弄错了，我是夏叶的双胞胎妹妹夏紫竹。"

"啊……双胞胎妹妹……难怪长得这么像！"我惊异得说话都不利索了。稍缓过神来，我为刚才的失态有点不好意思，但她的到来使我分外激动，于是问她："你怎么知道我在竹川？"夏紫竹连忙说："父亲是看了那篇怀念姐姐的散文，才知道你和姐姐是战友，很感谢你，嘱咐我一定要找到你，当面致谢。按文中地址找到桃源县文联，被告知你在竹川县参加笔会，我就赶了过来。"

平静下来后，夏紫竹向我讲述了姐姐的往事和此次过来的目的："当年姐姐完成救灾任务返回医院，就感觉身体不适，做化验检查发现血液有问题，在北京301医院进一步检查，确诊为一种类型很不好的白血病，因病情进展很快，虽然经医院全力救治，还是不幸病逝。我的父母亲都是国家机关干部，均年过五旬，经不住白发人送黑发人的打击，双双病倒。姐姐病危时，我正在国外读研，匆匆赶回与姐姐见了最后一面。因疾病的折磨，姐姐几乎无力说话，很艰难地流露出了对父母的歉意，把孝敬父母的重任托付给了我。姐姐的去世，让全家充满了悲伤，为了不让父母睹物思人，我狠心在墓前焚烧了姐姐的遗物。几年来，虽然父母言谈中从不提姐姐，但我清楚，姐姐依然在二老心中占有重要位置。时间过得真快，我和一起出国留学的男友已读完博士，为了身体内流动着的红色基因，为了不负姐姐重托孝敬父母，我说服男友一块回国发展。我从网上无意间看到了散文《杜鹃红似火，你没如约而来》，一下子涌起了对姐姐的无限思念，也对姐姐的战友，本文的作者方大哥充满敬佩。回北京后，我让父母听了这篇散文的音频，主播贾晓林那忧伤的诵读，把父母的思绪一下子带回了与姐姐共同生活的岁月，两位老人思念的泪水一直未干，他们为姐姐有你这样的知心战友而欣慰。父亲认定你是值得信赖的人，拿出了一个精致的木盒，说里面有爷爷的遗物，要我交给你帮助完成爷爷的遗愿。"说完夏紫竹从包里拿出了一个小木盒。

夏紫竹忧伤的叙述让我沉浸在思念战友的悲痛之中，对未能去北京见夏叶最后一面而深深自责，也对她父母的信任充满感激，同时感到了沉重的责任。我缓缓打开木盒，见里面有一盘老式录音磁带，下面压着一个油纸包，包里有一枚已褪色的布质五角星和一张写有人名的字条，其中杜东奎、黄德胜两个名字赫然入目，我不由得心中一震，冥冥之中预感这人名似乎与我存在某种联系，答案应在这盘磁带之中。

杜东奎，是杜鹃的爷爷吗？我止不住心中的激动，连忙打电话喊来了杜鹃，向她介绍夏紫竹后，两位姑娘情不自禁地握紧了双手。杜鹃惊喜地说："难怪一见到你就有似曾相识的感觉，你有一位好姐姐，字条上杜东奎的名字，肯定是我的爷爷，他们是战友。"此时大家更想知道录音带里的内容，于是，情绪激动的杜鹃去风景区管理处借来了录音机。

我小心地安上磁带，启动了录音机的按钮，耳边立即响起了低沉颤抖的声音：我叫夏修银，光山县人，因家境贫穷，十七岁就参加了红军，部队主要在大别山一带打游击。那年四月，我们排护送几位领导干部路过竹川县大汪乡，因叛徒告密，被敌人堵截在杜家山上，带队的连长决定向北秀川山转移，命令我们班留下掩护狙击敌人。战斗从晌午打到黄昏，异常惨烈，完成任务后，全班只剩下我和黄德胜，记得遍地映山红残枝花瓣上洒满了烈士的鲜血。我和黄德胜都负了伤，因天色已晚，加之敌人在山上和村湾排查得紧，我俩互相搀扶着跌跌撞撞来到了山北不远的独居农户家。那家主人姓刘，见是受伤的红军战士，连忙把我们藏在很隐蔽的地窖里，才躲过了敌人的搜查。几天后，为了不连累老乡，也为了追赶部队，我把身上仅有的一块银圆托老乡帮助置办了便衣，并与黄德胜互换帽子上的红五星，缝在上衣角里，以作留念，挥泪告别了刘姓老乡，踏上了艰难的寻找部队之路。新中国成立后，我曾委托工作人员到大别山一带寻找过失散的战友黄德胜和救命恩人，都无功而返，现渐渐老去，对战友思念至极，留下录音，希望后辈不要忘记他们。杜家山战斗中牺牲战友的名字是胡厚江、张家全、杜东奎、岳中海、闻宗运、景安全、骆金友、沈从国、汪恒章、刘厚华，他们大多是竹川县人，黄德胜是桃源县人，刘姓老乡住杜家山北边不远处的独屋……

整个录音还没听完，杜鹃和夏紫竹已泪流满面，尽管留学博士和乡镇护士身份有着巨大差别，但阻止不了血脉中流淌的那份亲情。夏紫竹激动地拥抱着杜鹃，此时两个红军后代的心紧紧地连在了一起。

"爷爷临终前要求父亲一定要找到黄德胜爷爷和烈士们的后代，了却他的心愿，父亲一直在多方寻找，始终没有线索，哪知今天碰到了杜鹃妹妹，还有这么多好消息，我替爷爷感到高兴。"夏紫竹兴奋地说道。

面对此情此景，我心中掀起了巨大波澜。夏叶的爷爷留下的精神遗产，后辈们应该怎样去继承？录音中提及的黄德胜难道是我外公？外公也叫黄德胜，我出生不久他就病逝了，从未听母亲说他参加过革命。世上同名同姓的人很多，也许是别人吧，但外公曾参加红军的念头是如此强烈，我决定回家后询问母亲。

这份录音回忆，给我们进一步了解尘封的那段历史提供了线索和依据，几十年前杜家山那场战斗的经过也在思绪中渐渐清晰，我向夏紫竹承诺，会尽力完成她爷爷的遗愿，并向其父母亲致以诚挚的问候和祝福。

夏紫竹返回北京后，我静下心来，梳理了一下写作思路。杜家山战斗背景的资料补充可以在笔会期间完善；而救护红军战士的那家农户，在县志办和杜鹃兄妹协助下进一步寻找，也会有个结果；使人困惑的是外公黄德胜和夏紫竹、杜鹃的爷爷究竟是不是同班战友？直觉告诉我，从认识夏叶到杜鹃兄妹及夏紫竹的出现，所发生的这一切事情，显示出了三家几代人的缘分，世界上的事，很多都是相通的，有因就有果，我希望心中的期盼能成为现实……

05

相对于往年，今年秀川山的初雪来得早，雪飘了一夜，给了人们一个惊喜。清早起来，见景区路面上、草地上、树上已覆上了一层白纱，漫山遍野白茫茫一片，不远处云影寺弹孔斑驳的砖瓦墙也披上了雪的外衣，添了一份岁月沧桑，山下烈士陵园里被白雪覆盖的众多墓碑，更凸显出了庄严肃穆和历史的厚重。

我和杜鹃漫步在景区，心情格外轻松。几天来，按照夏爷爷生前录音提供的线索，我就大革命时期秀川山斗争相关问题，请教了参加笔会的省史学家，在杜鹃的带领下拜访了竹川县史志办的专家，也去档案局和图书馆查阅了相关史料及《竹川县志》，并再次去杜家大湾实地寻访了当年的战斗遗址，终于弄清楚了秀川山斗争的起源和杜家山战斗经过。特别是在文史著作《秀川山风云》一书中，发现了日军血洗刘家独屋的记载。当年日军为了防范游击区的百姓与抗日武装联系，强迫杜家山北刘家独屋村民迁居，被拒绝后残酷杀害了兄弟两家三十多口人，房子也被夷为平地。日军暴行引起民众无比愤慨，抗日热情更加高涨。我敏锐地意识到这个刘家独屋的故事与当年隐藏负伤的夏爷爷等红军战士的农户背景十分吻合，其中刘姓农民应该就是救治红军战士的恩人，因惨案发生在二十世纪三十年代末期，中华人民共和国成立后夏爷爷身边工作人员来寻访时无功而返。为慎重起见，我请求竹川县文联联系相关部门进一步核实当年的信息。

一路上，杜鹃秀发间散发出的淡淡芳香使人心动，与杜鹃相处的时间虽然较短，却有种相见恨晚的感觉，她的热情、纯朴、正直和美丽打动了我，特别是得知她爷爷很可能与我外公是红军时期战友时，潜意识有种亲近感。如果说夏叶是妹妹，那么面前的杜鹃则是一生相伴的人，在这银色的世界里，我大胆地向她敞开了心扉，点破了心中那层薄纸。

只见杜鹃羞得满脸通红，低下头不语，时间似乎凝固，让人感到紧张。终于，她缓缓地点了点头，同意建立恋爱关系，不过表示还得征求母亲和哥嫂意见……

一个月的笔会很快就结束了，这段经历在我生命长河中留下了深深的记忆。回到桃源老家，我兴奋地告诉母亲竹川之行所接触的人和事，谨慎地提到了杜鹃。

母亲是知识女性，她默默听着我的叙述，渐渐露出了笑容。这些年来，母亲十分关心我的婚事，但她很开明，尽管托人介绍条件很不错的姑娘被我婉拒，也从未唠叨，并表示终身大事以个人意向为主，她只充当参谋。知道我和杜鹃的恋情后，十分高兴，要我尽快把杜鹃姑娘领进家门，她要见见这位未过门的儿媳。

母亲的态度使我放下了那颗悬着的心。于是转换了话题，我讲到了战友夏叶的悲情，母亲面色凝重，为这么好的姑娘早逝而惋惜。当讲到夏紫竹时，母亲面色才转晴，她为夏叶双亲有一对优秀的双胞胎女儿而感到欣慰。

母亲情绪出现明显变化是在听夏紫竹的爷爷那段录音时，当听到黄德胜的名字，母亲已经是泪流满面。红军战士牺牲在杜家山上，只剩受伤的夏修银和黄德胜被当地农民救起这段充满悲壮的讲述，让母亲泣不成声，见此状我急忙关闭了录音。母亲双手颤巍巍地拿起夏爷爷遗留的布质五角星，捧在胸前喃喃地说："这个黄德胜就是你外公，他去世时，遗物中也有一枚同样的五角星……"

此时，我的双眼也含满泪花。虽然出生不久外公就过世，我对外公生平并不了解，但我们的血脉是相通的。一个月来外公早年参加过红军的想法就一直在脑海里盘旋，今天从母亲情绪变化中更坚定了我的预感。稍微平静后母亲给我讲述了外公的故事。

外公黄德胜出生于贫苦家庭，自幼父母双亡，吃百家饭长大，成年后靠给大户人家打短工度日，无牵无挂的他曾随一位云游的僧人出外闯荡，两年后爬山时摔伤了左脚留下了残疾，回到家乡小镇。外公很聪明，心地善良，租房开了一家小饭馆，经常给乡亲们力所能及的帮助，深受家乡父老的喜爱。不久，外公婆了出身贫寒的外婆，外婆漂亮能干，他们过了两年平淡而清静的日子。母亲出生后，外公十分高兴，拖着跛腿日夜奔波，他要让母女过上好日子，但外公的愿望很快被现实击碎。一天，外婆突发精神病，差点将襁褓中的母亲掐死，幸亏外公发现早，母亲才保住了性命。从此外公在抚育母亲时还要给外婆治病，身心疲惫，好不容易撑到新中国成立后，外婆的病得到控制，家里经济状况才稍见好转。外公曾见过世面，深知读书的重要，倾其所有供母亲上学，母亲也很争气考上了省城的女子中学，毕业后当上了国家干部，不幸的是外公却突然病故，母亲很伤心。在那个特殊年代，曾有几位军人来找母亲，说北京一位老干部受冲击，提出外公黄德胜是其红军时期的战友，可证实他参加革命的身份，找到县里才知老人早已过世，希望母亲将知道的实情说出来，并提供有价值的证明，遗憾的是外公未对母亲讲过参加革命的经历，唯一有关联的是外公遗物中用牛皮纸包着的那枚布质五角星，也被悲痛的外婆发病时烧掉了……

母亲的讲述，特别是她还曾看到过外公留下的布质五角星，与夏爷爷的讲述形成了证据链，我不由得一阵激动，心中认定外公就是夏爷爷的战友，一位普通的红军战士。

于是我问母亲："国家对失散的老红军是有照顾的，在家庭还很困难的状况下，外公为什么不向组织反映这段经历呢？"

"我曾问过你外公年轻时到过哪些地方，他一笑而过，从不正面回答，只说在外学手艺，遇上了贵人相助，脚上的外伤也是走山路摔倒所致。现在才明白他是不愿讲出心中的秘密，怕给组织添麻烦，能活下来比起牺牲的烈士要幸运多了。"母亲的讲述，使我对外公和他的战友有了全新的认识，他们人生所达到的思想境界，我辈望尘莫及。

母亲是个知恩图报的人，得知惨遭日军杀害的刘姓农民一家有可能是救护外公和夏爷爷的恩人时，流出了伤心的泪水，她叮嘱我这天大的恩情，虽然无以报答，但要永远牢记在心里。

接下来的日子，我完成了文史资料《大革命时期红军在桃源县、竹川县、麻安县的战斗史》的写作，并以三位红军战友后代的悲欢离合创作了抒情散文《杜鹃花开时节的思念》，此文发在网上，引起了强烈反响。

俗话说，一事顺百事顺，我和杜鹃的情感水到渠成，计划来年春天就要走进婚姻的殿堂。在国外参加博士毕业典礼的夏紫竹也发来短信，说明年杜鹃花开时节将陪伴父母来大别山祭悼先烈，以了爷爷和姐姐的心愿。

又是一个春暖花开的季节，给了我无限的期盼。

06

五月，楚东北大别山革命历史纪念馆落成典礼即将举行，我也抽调至组委会参与接待工作。

一个明媚的早晨，我和新婚妻子杜鹃来到火车站，迎接从北京来的夏紫竹父母，他们作为老干部后代被邀请参加纪念馆落成典礼。列车到站时，却只见到了紫竹一人，她抱歉地说："临上车前父亲身体不适，委托我作为代表前来参加活动。"

突然，紫竹见到我身后的杜鹃，连忙打招呼："你也从竹川过来了？"见状我立即说："我俩已经举办了婚礼，怕影响你学业没告诉你。她现在调到桃源县医院上班，今天特地来接伯父伯母的。"

紫竹微微一怔，随即笑着说："方哥，祝你们新婚快乐，我要吃喜糖啊！"

"喜糖敞开供应，待会到家包你吃个够。"我满口答应。

她诡秘地抿嘴一笑说："方哥，怎样称呼这位漂亮的夫人？"

"叫嫂子呀！"我随口说道。

杜鹃赶紧说："紫竹，别听他的，叫杜鹃就行了。"此言一出，三人都会心地笑了，我佩服杜鹃的机灵，紫竹比她年龄大，去年在竹川时她一直叫紫竹姐姐，一时间很难改口，这样称呼就化解了彼此间的尴尬。

一路上，紫竹告诉我们，已在中科院找到工作，男友在国外还有工作交接，年底才能回国，到时完婚定居国内。我们也对她表示了祝福。

父母退休后，在县城与我们住在一起，紫竹的到来令母亲很高兴，她和父亲准备了丰盛的午餐，正好当兵的弟弟探亲在家，妹妹也回来给母亲帮厨，一家人在一起相聚其乐融融。母亲将她做的桃源滑肉、粉蒸肉及本地鳝鱼汤等特色菜放在紫竹面前，一个劲地要她品尝，并不时询问紫竹家庭及父母身体状况。紫竹谈到了爷爷的遗愿、父母的身体现状以及姐姐的往事，对母亲的询问做了详细回答。弟弟当过军首长的勤务员，对军队大院很熟悉，与在部队大院长大的紫竹聊得来，饭桌上的氛围十分融洽。我和妻子插不上话，默默倾听也是一种享受，不过当听到紫竹提起姐姐夏叶时，我感到了忧伤，仿佛母亲身旁坐的就是夏叶，那段受伤后与夏叶相处的日子似乎又浮现在眼前……

下午，紫竹婉拒了接待组邀请参观市区的安排，提出要去我外公墓地祭拜。母亲连忙摇头，认为路程太远了，心意到就可以了，紫竹固执地说："父亲叮嘱一定要去杜爷爷、黄爷爷墓地祭祀，以了却爷爷的心愿。"见她坚持要去墓地，我只好安排车辆去了几十里地外的无名山里。

外公的坟包在山间一处平地，外婆的土坟紧挨旁边，因坟前墓碑已风化，清明节又重新立碑。四周茂密的花草迎风而动，特别是几株艳丽的映山红不停地摇头，好像在迎接远方的来客。

我按本地风俗在坟前下跪烧纸上香，紫竹也跪着不停地上香，流着泪喃喃说道："爷爷生前多次找您，今天我替爷爷来看您，带来了茅台酒，敬黄爷爷一杯，愿从此天下太平，再无战争！"紫竹的一番话又引起了我们心中的悲伤，母亲忙说："今天紫竹来看外公外婆，是件高兴的事，谁也不要哭。"我却看见母亲眼角也挂着泪水。此时，山风渐停，燃烧后的纸灰片突然旋转着飞向空中，令紫竹十分惊讶。母亲说这是外公、外婆在欢欣地接收后辈们孝敬的钱物……

楚东北大别山革命历史纪念馆，建在杜鹃山上的方家岩村一处平坦地，离我老屋较近，这里位于桐柏山与大别山脉交汇处。馆前广场中矗立着革命烈士纪念碑，当年在此战斗过的国家领导人撰写了碑文。纪念馆落成典礼仪式在广场举行，现场庄严隆重。妻子杜鹃和妻兄杜家辉以红军烈士后代身份参加了典礼，紫竹则代表当年在此战斗过的老干部的后代做了发言，她向纪念馆捐赠了爷爷寻找战友的录音带和珍藏的布质五角星。

典礼仪式结束后，妻兄杜家辉带着我们去秀川山烈士陵园祭拜先烈。在杜爷爷墓前，紫竹深情地说："杜爷爷，我代表父亲看您来了，找到了您的长眠之地，也算实现了爷爷的遗愿！"

往年的四月，是杜家山映山红盛开的时节，今年由于天气寒冷，五月花蕾才绽放。花群从山坡开到山顶，形成了花的海洋，颇为壮观，引来了无数的游人观光。

"大哥，山上的杜鹃花为什么这样红？"紫竹问杜家辉。于是杜家辉讲了一个凄美的传说：众多红军战士牺牲在杜家山后，山上分外寂寞。又到春天来临，山间才开始有了杜鹃鸟凄凉的叫声，渐渐地，杜鹃鸟喙及舌头都呈红色，嘴巴啼得流血，滴滴鲜血洒在大地，染红了漫山的杜鹃花，自此杜鹃花开鲜红茂盛，迎风摇曳，年复一年似乎在向游人娓娓道来红军战士的悲壮。

这个传说，使人忧伤。我们异样的表情迎来游客不解的目光，他们哪里知道这山、这花与三个家庭有着不解之缘。妻兄指着山北不远处的花丛说："那里就是曾经的刘家独屋，当年被日本人烧毁，救过夏爷爷和黄爷爷那家人全部遇难。"这桩遥远的往事，使人心中难受，只见紫竹从包中拿出酒瓶，以酒洒地，然后双手合十，向北一拜，虔诚地说道："恩人，我代表爷爷看您来了，愿您全家在天堂安康！"

此时，我的眼睛模糊了，面前这位美丽的姑娘分明是小妹夏叶，她似乎在说："烈士和民众的鲜血染红了这片热土，才有今天的遍山映山红，花好月圆杜鹃香。"

生死之间

银行营业大厅里的枪声

二十世纪九十年代中期，北方的春江省斯宁市，已是早春二月，仍然寒风料峭，树梢上、屋檐下都还挂着冰凌。

那是一个平常的早晨，我被一高一矮两个歹徒挟持着，走出了昨晚被绑架时所呆的一栋旧楼房，外面未见行人，此地应该是城乡接合部。还未来得及瞅一眼楼房的外貌，两名歹徒很快把我推进了停在楼房口的一辆白色面包车里。

车后排座位上，我被夹坐在正中，矮个子用左手臂紧挽着我的右胳膊，高个子右手握着锋利的军用刺刀，紧抵着我的左腰部。只见高个子从口袋掏出昨晚被搜去的银行卡和身份证，递给我后冷笑着说："胡经理，如果好好地跟我们合作，这卡中取出的钱，分给你一半，如果玩花招，不光你的命保不住，我们还会杀死你那两位同事。"说话间他用力将刺刀尖戳了一下我的腰际，顿时，我感觉到了一阵钻心的疼痛。

坐在驾驶位的瘦个子歹徒，也回过头来撩开了上衣，拍了一下插在腰间的手枪，对我进行威胁恐吓。见我没说话，瘦个子启动了汽车，向城区方向开去。

此时，昨晚被歹徒绑架时的画面快速浮现在我的脑海中，被打得遍体鳞伤的两位同事那绝望中求生的眼神，深深刺激着我的神经。绑匪之所以没下狠手毒打我的头面部，是因为持大户额存款卡去银行取现金必须要存款人亲自到场。他们当着我的面轮番毒打两名同事，其目的是逼我就范。为了寻得获救的时机，我答应了他们的要求。我心中清楚，只要现金没到他们的手，两名同事暂时是安全的，必须抓住去银行取款的唯一机会，想办法脱险，否则我和同事的结局将会很惨。我打定主意，在通往城区的路上只要碰到了警察，哪怕是执勤的交通警察，也要不顾一切地向他们求救。

我一直用余光注视车窗外，盼望能有警察突然出现，但渐渐失望，这才意识到所行路线应该是绑匪精心选择的，也只能等到银行取款时再相机行事。

不一会儿，车就开到了当地最大的一家工商银行门前，掉头后停在离大门几米远偏僻处，车未熄火，处于随时启动状态。

高个子示意矮个子从车窗向外观察银行门前及周围的情况，然后恶狠狠地对我说："进门后，按我原先所说的方式取款，你给我放老实点，不然的话先杀死你。"他举起刺刀在我眼前一晃，做了个抹脖子的动作。

见银行周围一切正常，矮个子向高个子使了个眼色，高个子点了点头，于是矮个子打开车门，两个人拥着我下了车。稍微停顿后，高个子命令我用左胳膊紧挽着他的右胳膊，他顺势将右手握着的刺刀抵向我的腰部，然后缓缓向银行营业厅走去。早春的天气依然寒冷，穿的衣服较多，走路的形态显示出两人很亲密，局外人根本看不出异常。

此时，我才发现矮个子没有一起跟进来，绷紧了的神经才略微放松，毕竟只对付高个子一人胜算要大得多。过后才知道，因为心虚，矮个子留在门口望风，等着接应后撤的高个子。

进入营业厅后，我感觉整个大厅空间很大，靠里面直对的一排都是营业窗口，时值营业高峰，办业务的人较多，我还是一眼就看见了大厅那头一位身穿制服的保安，他正和身边的人说话。我心中既紧张又惊喜，立刻有了报警的冲动，但瞬间就打消了这个念头，因为离保安还有段距离，大声报警后保安的反应和处理过程有时间差，这个时间段，十分警惕的高个子有足够时间杀伤我，然后逃走。

看着前面只有几步之遥的营业窗口，我决定还是到柜台取款时向工作人员报警。行走中我感觉到了高个子的紧张，他的手在发抖，刺刀尖也紧抵在我的腰部。

高个子领着我走向一个没人办业务的窗口，他紧靠背后，左手搭在我肩上，右手仍握着刺刀抵在我腰部，两眼警觉地注视着周围。我紧张得心怦怦直跳，不停地默默祈祷：成败在此一举，千万不能出错！

营业员是位二十多岁的姑娘，我递上了存款卡和身份证，说取工程款，她顺手给了张取款单要我填写数目和密码。当写下取款数目后，我用眼角的余光瞟了高个子一眼，见他正紧张地望着大厅那头的保安，我敏锐地意识到机会来了！于是在密码一栏快速写下了："110!!!"我考虑110是报警电话，又打了三个惊叹号，营业员一看就应该知道有情况，会不动声色踏上脚底报警装置在系统内报警。

哪知，营业员没理解我把密码写成110的意思，认真地查看了原始存单上留下的密码数据后，提醒"密码写错了"，要我重新填写密码。

我心中着急，又不能明说，只有坚持说前两天才存款，怎么会忘记密码？并对她频频眨眼暗示。怎奈她还是不懂，我就要她把单子交给领导核对。见客户与营业员有争议，内台一位领导模样的女士走了过来，她看了单子后仍说密码写错了。

见这阵势我心中十分焦急，于是故意和她们争了起来，想激怒对方报警。争吵声引起了高个子的注意，见取不了钱，高个子好像意识到了什么，朝着柜台里边说："我们不取钱了，请把卡退还。"又在我耳边小声严厉地说："别捣鬼，赶紧走!"此时，我感觉到抵紧了的刀尖已划破了腰间的皮肤。

这突然的变故，使我处于生死之间，我意识到现在必须行动，再稍迟疑就没有机会了。而如果就这样贸然喊保安，高个子瞬间就会将锋利的刺刀插进我胸膛，必须先制服高个子。

三十多岁的我，正处于生命的旺盛时期，加之一米七六的身高完全可以与约一米八的高个子抗衡。昨晚至今我粒米未进，身体虚弱，还有在他面前表现出的"顺从"，对他也起了麻痹作用，搏斗时，只要挺过最初的十几秒钟，保安就可赶过来。我决定立即动手。

趁高个子不备，我猛然发力，突然把身子往下一沉，犹如金蝉脱壳，使他双手瞬间游离落空，随即我双肩后耸两手上抬，猛烈撞击对方双手腕处，在生命遇到威胁时候爆发出的巨大潜能，顷刻间将高个子双手掀开，手中的刺刀被震飞。趁他还未站稳，我顺势扑上去，抓住他的前胸衣领尽力将他摔倒压在身下，同时朝着保安站立方位大声吼叫："快来人，有劫匪!"

　　大厅里的人们慌乱起来，保安及其身边人迅速向这边跑了过来。高个子完全慌了神，他拼命反抗，我因体力不支反被他压在身下，他乘机用双手紧紧卡住了我的脖子，瞬间我就有窒息濒死的感觉。突然，一声枪响，高个子稍一迟钝，马上就放松了双手，飞快起身向门外跑去。过后才知，大厅那边和保安交谈的便衣是城南派出所的王所长，恰逢他在此地治安巡查，见我处于危险境地，两人又纠缠在一起，分不清谁是坏人，不便对人射击，于是他向天花板开了一枪，这一声枪响，救了我的命，也惊跑了高个子。

　　保安过来连忙把我扶起，见状态还好，问是怎么回事。我很着急，指着大门口大声说道："快，追劫匪！外面有同伙，他们身上有枪！"

　　保安一听，忙说："他跑不了，王所长已追出去了！"于是拉着我一同去大门外追赶劫匪。此时，营业大厅已乱成了一锅粥，人们纷纷找地方躲藏。

　　一出大门，见那辆白色面包车已沿来时路线开出了几百米，但速度很慢，站在车门处的矮个子，在向奔跑的高个子招手。显然，是营业大厅的枪声引起了外面歹徒的警觉，才开动了没熄火的车子。

　　后面紧追的王所长见状，大声呵斥道："把车停下，不然我要开枪了！"但开车的歹徒置若罔闻，车子仍缓缓向前转动着轮子等着后面奔跑的高个子。

　　"砰"，王所长向面包车开了一枪。可能是枪声的震慑，车速明显加快了，但仍未关上已打开的车门，矮个子还在急切等着接应后面的高个子。

　　这时，我们身边又加入了一名穿制服的持枪警察，保安说是城南派出所民警。可能车里的劫匪害怕了，顾不上后面的高个子，一溜烟把车开跑了。

（周鼎翰绘图）

　　高个子见乘车无望，在跑动中，突然转弯折向大街旁的一条小巷，我们追进巷子时，高个子已爬上了不远处的一堵围墙。怕他翻墙逃走，那位民警举枪要打，被王所长拦住了，说墙那边没有路，他跑不了。

　　很快我们几个人就来到了高个子翻墙的地方，王所长先攀爬上围墙，我也在保安帮助下爬了上去。放眼望去，墙那边不远处是几排平房，只见高个子慌里慌张在四处乱撞，就是寻找不到出去的路。

　　"站住，不要乱动，走到墙下来！"王所长威严地发出了指令。

　　高个子转过身来，见围墙上坐着的王所长举着手枪对着他，只有举起双手顺从地走到了围墙下面。

　　王所长和民警跳了下去，迅速给高个子戴上了手铐。然后爬上墙与保安合力将高个子拉上了墙头。

此时支援的民警已赶到现场，将高个子押至离银行不远的城南派出所后，我向王所长表示了谢意，简要介绍了来此地经商遇劫匪的经过，央求他赶紧去解救留作人质的两位同事。

王所长认为案情重大，立即打电话向上级领导做了汇报，接下来按指令派出部分干警，参加市局在城区各交通要道设卡拦截劫匪车辆的行动。然后，他亲自带领几位民警押着高个子，驱车前往绑架地点解救人质，保安大哥也热情陪同前往。

一路上，王所长见我对被困同事的安全十分担心，安慰道："一般情形下，劫匪如果拿到了钱，为了掩盖罪行，是会杀人灭口的；现在他们没有得到钱，又有同伙被抓，是不会杀害人质的。"

警察赶到歹徒绑架我们的那栋旧楼房时，劫匪已逃走。在五楼一单元，用特制工具打开紧锁的防盗铁门后，见客厅一片狼藉。我领着几名干警冲进关押同事的房间，见床上摆放着的两个扎了口的麻袋在蠕动，我掀起堆在周围的行李，在警察协助下，赶紧打开了麻袋，同事贺存贤和齐先悟赤身裸体，手脚均被捆绑着，口中塞有毛巾，他们被打得鼻青脸肿，身上有多处青一块紫一块的伤痕，我们赶紧解开了捆绑在他们身上的绳索，这惨状令警察同情，我也流下了心酸的泪水。

穿上衣服后，贺存贤和齐先悟感激地说："胡经理，多亏了你，救了我们的命。"我指着身旁的公安干警和银行保安说："是公安局的同志和保安大哥救了我们，应该好好感谢王所长和保安大哥。"王所长急忙说："很抱歉，我们来晚了，让你们吃了不少苦。"

解救出了同事，国家资金没受损失，有警察的保护，我那绷紧了的神经彻底放松了，人一下子就软了下来。

当天下午，王所长带着贺存贤和齐先悟去市医院检查了伤情，医生说未伤及内脏和筋骨，只需服点跌打损伤类的药丸，加强营养，休息几天就行了。

为了安全，警方把我们安置在一家条件较好的宾馆住下，并派有专人保护。保安大哥也从家里拿来许多营养品给我们补身体。

晚上，当地电视台播送了一条重要新闻："今天上午，外地来我市经商的某贸易有限公司胡经理，在工商银行营业大厅面对劫匪的凶残，机智报警，并与之进行了生死搏斗，最终在公安干警、银行保安、人民群众通力合作下，将歹徒制服，警方在城乡接合部一栋旧楼房内，顺利解救了被困人质……"同时电视屏幕上出现了我与高个子歹徒搏斗的画面。

这段录像应该是在银行调取的，触景生情，我心中有种悲壮的感觉。见贺存贤和齐先悟不自主地掉下了眼泪，我对他俩说："大家平安就好！"

虽然在安慰他俩，我心中其实也不平静。十天前，公司安排我带领他们来北方收购大豆粕，在春江省万溪里市粮油贸易公司何经理介绍下，一路来到斯宁市，中途有多处可疑现象，并未引起警觉，误入歹人的圈套，险些丢了性命，我深感自责和内疚。好在这次命大，三人九死一生安然脱险，总算对单位和家庭有个交代。

不一会儿，王所长过来了，他说案件发生后，引起了省公安厅高度重视，斯宁警方已向楚中市公安局通报了案情，要求派员协助破案，所派人员明天就可到达斯宁市，明天市局领导也要来看望大家，要我们早点休息。这些消息，让我感到了一丝安慰，盼望明天的时光早点到来。

翌日，当见到单位的姚运清局长和家乡公安局刑警支队支队长席永福时，我的心情异常激动，贺存贤和齐先悟当着两位领导面，孩子般痛哭了起来，这种劫后与家乡亲人重逢的场景十分动人。

姚局长深情地说："昨天得知你们遭遇劫匪的消息，市领导很重视，肯定了你们与歹徒搏斗的英勇行为，特派我和席支队长来接你们回家。"

下午，姚局长和席支队长与当地警方碰头后，陪着斯宁市公安局耿局长、刑警大队队长柳树海、派出所所长王国强一行，来宾馆看望了我们。一番赞扬后，耿局长说："你们放心，我们一定会把这帮劫匪抓捕归案。可以肯定，这是一个跨市作案的犯罪集团，有较深的社会背景，甚至有国家工作人员参与其中，破案难度较大，我们需要了解你们这次经商的详细过程，从中发现有价值的破案线索。"

同贺存贤和齐先悟合计后，我向斯宁警方详细讲述了几个月来做生意的经历……

初见大草原

我所供职的单位是江汉省楚中市政府所辖的一个行政局，下面有十多个二级单位。因历史的原因，部分人员没有行政事业编，按上面要求，必须精简机构，恰逢此时社会上掀起了全民经商的热浪，局领导决定成立经营科，对外挂楚中市粮油贸易公司的牌子，合法参与市场经济竞争，为职工谋取福利，并为下一步机构改革，安置分流人员做准备。

让人意外的是，我被任命为经营科科长兼楚中市粮油贸易公司经理。去年初冬的一天，姚运清局长把我叫到他办公室，开门见山谈了对我的任命，并说这是局里的决定，主要是对我的锻炼和培养，没有条件可讲。我大学毕业分配到单位已五年了，从事工程技术管理工作，现担任工程科副科长，对经商做生意完全是外行，虽说心里不情愿去经营科，但姚局长对我有知遇之恩，加之又是组织上的决定，我也不便拒绝，只是提出了面临的困难。

姚局长是位待人宽厚，又有魄力的领导，爽朗地答应愿做我的坚强后盾，并夸我人品好，头脑灵活，一定会完成这项艰巨的任务。

虽然注册的公司名称很时髦，但怎么经商做生意，我心中完全没有底。姚局长的设想是公司先经营粮油及饲料买卖，待条件成熟再建一个饲料加工厂，以缓解饲料行业的供需矛盾，也可安置单位分流人员。

既然如此，我在"粮油"两字上进行了一番琢磨，准备先从最简便的异地收购运输转卖农产品做起，赚取差价。

在一位老领导推荐下，我在省城见到了专门从事粮油类产品收购加工并出口的正宙集团驻江汉负责人，他说近期饲料企业需要大量玉米等待加工，建议我们去草原省通泽市收购玉米。

通过了解才知道，通泽的黄玉米，外表色泽金黄、颗粒饱满紧实，淀粉含量高、角质率高、含水量低、霉变率低，富含多种氨基酸和微量元素，是玉米深加工业和饲料加工的优质原料。

分析了市场行情，我们打算去通泽收购玉米。请示上级后，为稳妥起见，公司先准备了十余万元的货款，预计收购十五万公斤玉米，从中赚取差价，并以此锻炼经商能力。

与我同去通泽市的是公司副经理贺存贤和会计齐先悟。贺存贤，三十六岁，大我四岁，是局下属一个二级单位的办公室副主任，为人善良稳重。齐先悟，二十八岁，人很机敏，新婚刚度完蜜月，赶上了这趟出差。

去通泽那天，气温很低，在火车站候车室，齐先悟的寻呼机响了多次，原来是他妻子叮嘱出门在外，要多注意安全，临上车时，他妻子赶过来送了一件亲手织的毛衣。

九个小时后，列车到达北京西站，我们于下午一点半转乘至通泽市，到达目的地已是次日凌晨。当地虽然是晴天，但刚下过入冬后的第一场雪，寒气逼人，我们在火车站附近找了一家旅馆安顿下来后，就去旅馆旁的串店夜市吃烧烤。

不大的门店内坐满了人，几瓶啤酒，一堆烤串，天南海北，吹牛胡侃，畅谈人生。烧烤品种很多，如羊肉串、牛板筋、骨肉相连烤串、烤面筋、烤冷面，还有特色鱿鱼。这特有的景象，呈现了夜市生意的兴隆。

我们点了肉串和烤冷面，每人喝了几口自带的烧酒，很快就觉得身子暖和了。填饱肚子后，才注意到，店内顾客不光是本地市民，也有从北京站转乘来通泽市买玉米的各地经商者，老板说店铺通宵达旦营业还忙不过来。让我惊讶的是夜市不远处的卖车门店外，待销售的新摩托车和自行车仍排列街边，甚至连照场的人都没有，已至后半夜了，店铺应早就打烊了，这么贵重的商品，难道不怕别人顺手牵羊偷走？

店老板见我面带疑惑，笑着说："车行平时生意很好，放在外面展示的车子多，店铺狭窄，嫌每天收放麻烦，他们就干脆把新车留在外面，晚上有人照看，只有刮风下雨才收回。这里民风好，真正是路不拾遗，户不关门，还未听说过发生偷窃的行为，晚上守夜人也可在门店睡觉。"

回到旅馆，大家都很兴奋。串店夜市的生意火爆，店老板的热情笑容，还有车行夜不关门所显出的淳朴民风，使我对这个城市产生了好感，临出发时的担心一下子无影无踪，也坚定了首战成功的信心。

第二天上午，我们来到位于郊区的通泽市辽疆玉米工业有限公司，受到了一位王姓经理的热情接待。他仔细看了我递过去的相关证件后，就带领我们去看储存的玉米，只见偌大的仓库里堆成小山状的金黄色玉米，粒粒饱满，晶莹剔透，十分惹人喜爱，质量应该是上乘的。经过商谈，按每公斤玉米一元钱的价格，签订了十五万公斤的合约，由卖方联系火车皮运往江汉省城。

王经理是性情中人，生意谈成了，自然十分高兴，因等待火车皮，有一天空闲时间，就诚心地安排我们去看看近在咫尺的大草原，他说冬天有雪的草原是"仙境"，正好被我们碰上了，值得一看。因生意已尘埃落定，我们平时很向往春夏季节绿草青青，牛羊成群，一望无际的大草原，得知冬天的草原别有一番景色时，有了一睹为快的欲望，对王经理的邀请欣然应允，小齐更是高兴得手舞足蹈，老贺也连忙向王经理道谢。

翌日，天气晴朗，给我们当导游的是辽疆玉米工业有限公司员工金银飞，小伙子二十岁出头，人很热情，十分健谈。他说大学毕业入职两年了，以前他们家姓爱新觉罗，后来才转变成金姓。我曾听说过爱新觉罗原属于满族皇亲国戚的姓氏，随着清朝的灭亡，这个姓氏就自然消失了，不过这些细节我不会当面问他。

小金把面包车开得很慢，让我们尽兴游览了整洁的市容，郊区那一排排房檐下及路边的皑皑白雪，银光耀眼，使人感受到了久违的清新。

不一会儿，车就开进了大草原，映入眼帘的并不是一望无际的绿色世界，也未见到奔腾的骏马和欢快的羊群，而是漫山遍野的白雪，好似一层绵软的垫子铺在荒野上，银装素裹，分外妖娆，尽显出荒芜空旷之美，犹如仙境一般。

我们三人均是初次见到大草原，头脑中只存有电视中那绿草青青的画面，没想到冬天的草原还如此美丽。小齐忙着用相机拍照留念，我和老贺按捺不住心中的好奇，向小金询问草原春夏秋季的景致特色。为了不让我们留下遗憾，金银飞兴致勃勃地描述了草原的四季景色。

春天的草原生机勃勃，地上的小草长出嫩芽，铺满了地面，像一张碧绿的地毯，踏在上面十分舒适；从南方飞回来的大雁，排着整齐的人字形在蓝天白云下飞翔；各种鸟类悠闲地唱着动听的歌，牛羊吃着美味嫩草悠闲漫步，孩子们在草地上追逐打闹，这自然交织的美景，会使游人心旷神怡，流连忘返。

夏天是草原一年中最美的时候。一望无际的绿草连天，花香遍地，牧歌悠悠。在湛蓝的晴空下，牛羊成群，盛开的野花姹紫嫣红，大片的格桑花更会给美丽的大草原添加一道迷人的色彩，游人打一个滚就是一身花香。如果运气好，还能碰上一年一度的赛马节，欣赏到惊险刺激的比赛场面。

秋天的草原色彩浓重，天地之间一片金黄，游览的客人能感受到黄灿灿的草丛随风掀起的层层草浪，热情而迷人。

金银飞还指着远处告诉我们："草原的冬天，天地之间，一片雪白，浑然一体，简直是个大雪原。冬天的草原不寂寞，你看鸟儿依然在雪野里跳跃；待积雪融化后，牧人依然会在马背上放歌；羊群和马群依然会在广袤的草原上嬉戏；还有那洁净的暖融融的蒙古包内，时时备有招待客人的香甜奶茶……"

此时，我们脚踏在那片雪原的草地上，嘎吱嘎吱的压雪声让人心情十分舒畅。见小齐在给身后深深浅浅的脚印拍照，我顿生感慨，这串串留下来的痕迹，难道不是帮我们在记忆中留下了大草原的另一种美丽吗？

随着金银飞的讲解，我们加深了对神秘大草原的了解，草原省最不缺少的就是草原，那是草原人的灵魂所在，那是一方的宝地，孕育着草原儿女，世世代代，繁衍生息。

（周鼎翰绘图）

中午，金银飞安排大家在蒙古包进餐。为了不惊动畜群，他把车停下步行了一段路，才进了一座蒙古包。招待我们的是一对蒙古族中年夫妻，他们十分热情，先让我们喝热奶茶，然后慷慨大方地把香甜的黄油、醇香的奶酒、酥脆的油炸果子和炒米以及独具草原风味的手把肉都摆在我们面前，请我们痛饮饱餐。中途主人还递上精致的鼻烟壶，要我们品闻烟味，并按风俗向我们献上了雪白的哈达，他们的真诚、热情和豪爽使我们深深感动。

临别时，我们与这对蒙古夫妻照了张合影，这冬日草原的人和景，留给我们的是无尽的眷恋。

在王经理的帮助下，运玉米的火车皮很快落实，随即十五万公斤的优质玉米自通泽市发往了江汉省城大渡口，我们也怀着万般感激的心情告别了王经理，而他那句"做生意如做人，要讲诚信，才能保住根本"的话，使人终身受益。

第一笔生意的成功，使公司赚了两万元，得到了姚局长的肯定，他在全局二级单位负责人会上对我们进行了表扬。那段日子，我感觉良好，联想到在通泽市所邂逅的人和事，那热腾腾的夜市、"夜不闭户，路不拾遗"的民风、讲诚信的王经理和热情的小伙子金银飞、蒙古包内好客的中年夫妻，还有那美似仙境的冬日草原，让人觉得这个世界的一切都是那么美好。

初战的出奇顺利，增加了我们在生意场上的自信心。为了取得更大的成功，我们根据国内经营饲料的龙头企业正宙和环球两大集团驻江汉省分公司的建议，准备去北方春江省收购利润较大的豆粕。

万溪里经商受挫

元宵节过后，我和贺存贤、齐先悟登上了北上的列车，尽管已是早春，车厢里仍有微微寒意，我们心里却依然温暖。

　　为了随身携带的资金安全，我们买的是卧铺票，小齐在上铺，我和老贺在中下铺。硬卧车厢人少，没有硬座车厢的喧嚣。此时，老贺和小齐躺在铺上，随着列车运行的节奏很快睡着了，我侧卧位躺着，两眼盯着靠窗而放的暖水瓶，想着心事……

　　按照正宙和环球两大集团驻江汉分公司建议，我们此行目的是去春江省万溪里市收购豆粕。豆粕是在大豆提取油的过程中所产生的一种副产品，外观形状为不规则的碎片，呈浅黄色，主要用来制成禽畜类的饲料，也可以制成花肥、食品、化妆品等。现在国内市场开放，禽畜养殖持续增加，饲料需求缺口增大，豆粕就成了抢手的香馍馍，而春江省是大豆的高产区，豆粕的产量最多。得知信息后，为了抓住这稍纵即逝的商机，我们立即踏上了去春江省的征途。公司预计购四个火车皮的豆粕，分别销售至正宙和环球集团，统一供应给有关禽畜养殖业。我们准备了四十万元购买资金，其中三十万元存在银行卡里，随行自带十万元现金。还是妻子心细，考虑到途中的安全，准备了两个大暖水瓶，分别装下这笔钱，嘱咐我们多加小心，瓶不离手。虽然有了去通泽收购玉米的成功经验，也有足够的信心，但这次去的是完全陌生的春江省，谈的是豆粕生意，能否成功心中没底，还带有大量现金，不免心里一阵忐忑。

　　乘坐的 198 次列车是江汉省至北京的一趟快车，不到十个小时就到了北京西站。在中转换乘期间，感觉到北京气温明显要比楚中市低，我们赶紧穿上了携带的棉衣。转乘的是北京至春江省会的336 次直快，中途换乘卧铺失效，改签硬座车厢，已是夜晚，气温下降，好在我们都年轻，身体素质好，当时车上乘客不多，又有座位，一晚上很快就对付过去了。

　　列车到达春江省城是早上八点钟，又坐了五个小时的客车，于下午到达了万溪里市。我们挑选了一家安全设施较好的旅馆，三人同住一个房间。安顿下来后，经过一番周折，找到了万溪里市粮油贸易公司经理何耀富，初次见面，他可能认为我们几个人有点"土气"，准备叫旁边的一位瘦高个子年轻人出面洽谈。

我赶紧小心翼翼地自我介绍道："我是江汉省楚中市粮油贸易公司经理胡远韬，正宙集团江汉分公司的刘总让我来找您，想购买豆粕，请您帮个忙！"

听说是刘总介绍来的，他态度立刻转变，十分客气，吩咐给我们上茶。一看这阵势，我心想有戏了，立马递上了我们公司的有关资料和经上级审定的购买豆粕计划。

何经理看了计划后，笑着说："你们的胃口不小啊！四个车皮的豆粕，加上人工装车费，要现钱四十万元啊！"此话一出，我心里明白，他怀疑资金到不了位。

"我们虽然是个新公司，资金周转还是有保障的。发货时不需要从当地银行汇款，我手中持有银行卡，可随时提取现金。"我如实向何经理告知了付款方式。

"哈哈，胡经理，我不是那个意思，何况你们还是刘总介绍的客人。问题是市场上的豆粕百分之七十来自万溪里市，因销售量大，年前就断了货，实在对不起，你们可以去别的地方想想办法。"这句话无异于在寒冷的天气里，泼了一瓢冷水，我的情绪有些低落，而对方随机应变、场面上滴水不漏的应酬，使我感受到了什么是精明和老道，在商海中他绝对是个厉害的角色。

缓过神后，我思量到下这么大的决心做这趟生意，难道就这样空手而归？一下子封死了进路，也不知道他说的是实情还是另有他意？我决心进一步试探他的底线。

"临出发时刘总也说过，如有困难何经理是会帮忙的。我们在万溪里人地生疏，只有靠您了。"

见我再次提起了刘总，何耀富忙说："那是的，目前万溪里市确实没有货源，不过，离此地二百公里的斯宁市货源很充足，主要原因是那里离边境线很近，交通不便，去省城只有单一火车轨道，省里计划分配的车皮数量少，才有大量豆粕积压。"

见他有所松动，我连忙请求道："您能否帮我们介绍一家公司?"没想到何耀富十分爽快地答应了我的要求，建议去找斯宁市粮油贸易公司经理贾正金，他说贾经理人缘很好，其老婆是民主人士，在省里有关系，可搞到火车皮，他们是很好的朋友。何耀富经理还在我的记事本上写下了贾正金的地址和名字。萍水相逢，何耀富把话都说到这份儿上了，我们只有与他道谢告别，再做打算。

随后，我们分头询问了当地销售豆粕的行情，确实全市缺口大，没有存货出售。下一步怎么办?齐先悟说只有按何经理的意见明天去斯宁市，见到贾正金多说些好话，再相机行事。贺存贤担任过办公室副主任，考虑问题要周全些，他说斯宁市离边境太近，没有去通泽市购玉米时那种安全的环境，我们此去是两眼一抹黑，如果碰了钉子，会一筹莫展。看得出来何耀富经理是个热心人，最好能请求他派人一同前往，生意成功的保险系数要高些。

我也认为老贺的建议切实可行，于是决定晚上请何经理吃饭，虽然公司对生意往来之间的请客送礼费用有限制，但这顿饭花费再多也是有必要的，争取能把事情搞定。考虑到老贺有应酬方面的经验，就把邀请何经理赴晚宴的任务交给了他。

晚宴设在我们居住旅馆的餐厅包厢内，何耀富经理带着两名员工准时赴约，他指着身边瘦子青年介绍说："他姓苟，人很机灵，平时我们就喊他'猴子'。"又指着胖子青年说："他姓蒯，人很诚实，平时我们就喊他'小胖'。"

入座后，老贺拿出了从家乡带来的楚中春瓶装白酒，何耀富经理先喝了一口，连呼过瘾，随之，三人轮流向他敬酒，大家也相互敬酒，气氛十分融洽。酒过三巡，我向何耀富经理提出了派人同去斯宁市的请求，他立即点头同意，红着脸对猴子和小胖说："你们明天跟胡经理去一趟斯宁市，一定要把事办好!"听了此话，我们很感动，又连忙敬酒表示谢意。何耀富却说："刘总是我们的衣食父母，你们是他介绍的客人，所以帮助你们是我们义不容辞的责任，不必感谢。"

谈笑间，两瓶白酒均已见底，大家酒足饭饱，我喊服务员过来结账，服务员指着猴子说："这位客人刚去前台把单买了。"听此言，我一下愣住了，两眼盯着老贺，颇有埋怨他没办好这件事的意思。

老贺赶紧说："何经理，您这就有点不够意思了，虽说我们不富裕，这顿饭钱还是付得起，况且还是为了感谢你们的大力帮助而请客，怎能要你们结账?"何耀富经理见我一脸窘迫，笑着说道："应该由我们招待你们这些远道而来的客人，大家既然是朋友了，哪个结账都是一样，以后我去楚中市一定接受你们的宴请。"这番入情入理的话，遮掩了饭桌上的尴尬，我不得不在内心佩服他的为人处世。

晚上大家回到房间，一扫刚到万溪里时的失望情绪，热烈地谈论着今天下午面见何耀富经理时由悲转喜的情形和刚才酒席桌上的兴奋，为能够碰上何耀富这样的贵人而感到高兴，小齐更是对何耀富的豪爽敬佩得五体投地。

不过此时老贺倒是很冷静，他有另一种担心：面对一群陌生人的求助，何耀富的待人接物表面上无懈可击，还有那个猴子，小小年纪，眼眨眉毛动，太机灵了！凭他多年在办公室工作的经验，隐隐感觉到这种过分的热情有点反常，心里有种不踏实的预感。具体会发生什么，他也说不上。

小齐则直言快语对老贺说："提出请何经理帮助的是你，现在人家很爽快地答应派人与我们同去斯宁市，甚至还宴请了我们，你反而谨慎起来了。通泽市的王经理和小金待人接物比何经理还要热心，我们的生意不是做得很顺利吗？世上还是好人多嘛！"

见他俩意见不统一，我肯定了老贺的分析，认为目前面临的情况复杂，这次投资金额巨大，如果有个闪失，是承担不起责任的。不过，在当前无路可走的困境下，也只有相信像何经理这样的热心肠人。但人心隔肚皮，为了预防发生不测，我要求大家随时提高警惕。

统一认识后，三人简要商定了明天的行程，然后在酒精的作用下，很快就进入了梦乡……

温情背后的疑惑

第二天早上，我们一行五人乘上了春江省城至斯宁市的过路列车，与何耀富经理在酒桌上结下的友谊，使我们消除了初到万溪里时的沮丧，上车时心情十分轻松。

有猴子和小胖的加盟，行程就顺利多了。猴子很健谈，一路上不停地介绍斯宁市的风土人情，引起了我们极大的兴趣。小齐为他描述的二人转和男女同台新潮劲舞表演所吸引，可能都是年轻人，共同话题多，他俩很快就熟悉了。老贺对猴子讲述的斯宁港很关注，他还询问了城市的治安，显然是担心我们此行的安全。我则向猴子了解斯宁市豆粕的有关信息和贾正金经理个人相关情况，猴子说："斯宁市为万溪里代管的县级市，是中国大豆之乡，盛产豆粕。因与贾经理只有一面之交，感觉他人很和气，其他情况并不知道。"

与猴子的活泼相比，小胖则言语不多，很少插话。他人很勤快，倒水、叫盒饭这些琐碎事儿他都主动去做，很招人喜欢。他们的热情，让人感动，尽管我们表示承担猴子和小胖几天的住宿及生活费用，心里还是感到过意不去。

一路谈笑，五个小时很快过去了，下午三时列车到达终点站。有猴子和小胖带路，没费周折就见到了斯宁市粮油贸易公司贾正金经理。贾正金四十多岁，肥胖的体态看上去有些臃肿，与何耀富的清瘦精明形成了鲜明对照。

贾正金待人十分热情，当知道了我们的来意后诚恳地说："能结识你们这些远方的朋友，也是缘分，我一定会尽力协助你们把生意做成。"他邀请我们住他私人开的旅馆，先安顿下来休息，以解除旅途疲劳，并示意公司副经理史德成先去安排。

见我们有些犹豫，史德成解释道："贾经理是我市闻名的企业家，他不仅创办了公司，还开办了旅社、餐馆等，给全国各地来公司办理业务的客人提供一条龙的服务。"听此言，盛情难却，也为了谈生意方便，我们去了贾经理的私人旅馆。

旅馆离公司办公楼约一里地，为一栋五层楼的商品房。史德成介绍，一楼是餐馆，二、三、四楼是客房，五楼住公司员工和服务员。

我和老贺、小齐同住二楼的一房间，猴子和小胖住另一间房。

见房间门锁很普通，我流露出了对安全不放心的神情，这微妙的表情变化被史德成察觉，只见他哈哈一笑，说道："胡经理，你放心，住我们这里绝对是安全的。"见他这样说，我也不好再说什么。

把居住事宜安排妥当后，已过下午四点钟，由于斯宁市特殊的地理位置，不一会儿天就黑了，贾经理在楼下餐厅为我们摆了一桌洗尘酒，陪酒的是公司副经理史德成和贾正金的两位朋友。虽然贾正金十分热情，席间气氛非常友好，但毕竟是第一次见面，一阵寒暄后彼此间没有多少交流的话题，我心中更担心豆粕生意能否成交，于是相互敬酒后，提到了有关豆粕的买卖事宜。

谈到了正事，贾正金明确表示，何经理的朋友，就是他的朋友，他会办好这件事的，他建议明天上午去仓库看货，然后商谈价格，成交后向省里申请火车皮。贾正金的表态，使我暂时放下了那颗悬着的心。

酒席结束后，贾正金邀请我们去看银岭市朱本山艺术团在斯宁市演出的二人转。猴子极力炫耀二人转是东北具有特色的地域文化，十分好看，说得小齐动了心，他要老贺做我的工作一块去看节目，我看大家兴致很高，也就同意了。于是史德成带领我们五人向不远处的剧场走去。

走了不到半里地，晚风一吹，顿时头脑清醒了许多，我担心房间两个装钱的暖水瓶不安全，对老贺说饮酒后胃不舒服，不想看节目，就一人先回到了旅馆。

此时，虽然只是夜晚七点钟，但斯宁市靠近边境，城区常住人口相对较少，旅馆只对口接待各地来做粮油大豆生意的经销人员，所以回房间时未见到其他住宿人员，前台的一个服务员也在打瞌睡。

走进房间见皮箱、暖瓶等随身带的物品没有动过的痕迹，我关好门窗，然后熄了灯，躺在床上静静地思考着下一步需要做的事情。按贾正金的安排，明天先去仓库看货源，再商谈价格及申请车皮有关事宜，顺利的话最少五天时间才能把事情办妥，这中间存在很大的变数，务必要小心谨慎。旅馆的简陋环境也使我对其安全性有些担心，明天的第一件事就是把放在暖水瓶里的现金存入银行。

迷糊中，似乎听见房门处有吱吱嘎嘎的响声，我猛然惊醒，再仔细一听是掏门锁的声音，我立即下床站在了房门侧边，很快门锁就被掏开，随着门被打开，一个黑影闪了进来，我顺手扭住其胳膊，用力按压其头部，此人猝不及防，一下子双膝跪地，我同时大声呼叫："快来人！这里有窃贼！"

听见喊声，贾正金和服务员连忙跑了过来，服务员打开房灯后，我松开了双手，窃贼抬头露脸的一瞬间，我非常惊讶，贾正金也满脸尴尬，原来此人是晚上贾正金招待酒席上的陪客，我十分愤怒地问道："贾经理，这怎么解释？"

只见贾正金指着跪在地上的窃贼呵斥道："我把你当人，你做鬼来吓人，干这等下三烂的事来害我。"他向我双手抱拳说道："胡经理，我与他只是'对缝'关系，平时来往不多，今天有事来我这里，顺便就叫他一起吃了晚饭，没想到竟干出了这样的事，实在对不起，怪我交友不慎，使你受到了惊吓，我把他交给你，任凭处置。"

贾正金顺势把这道难题交给了我，令我颇感意外。把此人扭送派出所显然不适合，贾正金一副交友不慎受害者的表情，也不知道他是否知情，如果撕破脸皮，往后的生意就做不成了，我思忖再三后说道："既然是贾经理的朋友，还是你处理吧！"贾正金见我松了口，对此人说："我们之间的来往就此了断，你要感谢胡经理放了你一马，还不滚!"窃贼连忙向我磕了两个头，爬起来就跑了。

发生了这种不光彩的事，贾正金也不便再说什么了，象征性地安慰了几句，嘱咐服务员给换了个房间，就离开了。

出门第三天了，生意没有眉目，还碰上了窃贼，我心里很焦急。不一会儿，老贺等四人看完演出回到了旅馆，得知此事也着实吃惊。我对老贺和小齐说出了自己的担忧：生意人碰上小偷是很平常的事，好在没有受到损失，蹊跷在这个窃贼是贾正金请来的陪客，我虽然不知道"对缝"指的是什么，但他们起码是朋友关系，如果合伙算计作案，不仅国家财产要遭受重大损失，我们人身安全都没有保障。但从贾正金对这件事的处理来看，合情合理没有破绽，如果我们贸然离开，万一他确实不知情，就会失去一次很好的合作机会，我打算明天把随身携款存进银行，换个旅馆住，看了货源后再做下步打算。老贺和小齐见分析得有道理，一致同意我的意见。

斯宁市的早春，不到五时天就亮了，贾正金陪着我们去餐厅过早，每人喝了一大碗大楂子粥，这是由玉米和一些大豆一起下锅熬熟的当地特色饭食，香糯可口，虽然口感粗糙，但饱腹感很强，感觉很舒服。

吃过早饭后，贾正金邀请我们去仓库看豆粕，我婉转地对他说，为了方便几个小年轻空闲时逛街，我们想先去市区中心找家旅馆住下。他知道这是借口，但也不好意思挽留了。

我们在城区中心找了一家安全设施较好的旅馆登记住下，然后到该市最大的工商银行把随身携带的十万元现金存入，返回贾正金办公室时已是上午九点钟了。贾正金热情地把我们带到一处很大的库房前，介绍说这是他们公司租赁的仓库，豆粕全部储存在里面。走进仓库，我们看见偌大的空间堆满了麻袋装的豆粕，贾正金很得意地说，这里全部是以浸提法提取豆油后的一浸豆粕，符合二级豆粕的国家标准，绝对保证质量，边说边让保管员打开了一包麻袋。年前老贺曾去正宙集团学习过豆粕相关知识，他仔细看了麻袋里的豆粕，认可了货源的质量。于是我们进入了商谈价格的关键环节。

首先，贾正金要我报价格，我以刚涉足豆粕买卖不知行情为由，请他定价。此间老贺插话说："贾经理，您的货按国家标准只能定为二级豆粕，价格是否要便宜点？"贾正金笑了笑："目前二级豆粕，蛋白质含量达百分之四十三，是国内现货市场上流通的主要品种，加之价格不高，很受买家欢迎。看在我们良好合作的基础上，每公斤两块五给你们，怎么样？"这个价格比我们拟定的底价还要低，自然同意。剩下来就是棘手的运输问题了，斯宁市豆粕货源充足，但火车皮很紧张，如果没有关系，去铁路局十天半月都申请不到车皮计划。贾正金说他老扒在省里开会，让她想想办法。见我们有点茫然，不知"老扒"是什么意思，旁边的史德成忙说："上了年纪的东北人一般对妻子称老扒，贾经理的夫人是民主人士，省里有熟人，很快会搞到车皮计划的。"

生意谈成后，双方都高兴，中午贾正金请我们在他旅馆吃饭，并表示招待不周，请求我们多加谅解，我心中明白这是对昨晚发生不愉快事情的歉意。面对贾正金的热情和诚意，我心中很感激，席间宾客互相敬酒，氛围非常友好。

因车皮计划最早也得三天后下达，第二天贾经理带领我们参观其妻子的电热制品有限公司，并让我们看了《春江日报》及《万溪里日报》对优秀企业家贾妻相关宣传报道文章。这一天的接待事宜都是他妻子公司刘秘书安排的。

接下来的一天史德成还带我们参观了斯宁港。虽说东北的天气仍然寒冷，但贾正金超乎寻常的热情，加之没有生意上的压力，我感觉到了温柔之乡的温暖，不过在等待车皮计划下达的日子，心里还是忐忑不安。

来斯宁市的第五天下午，史德成兴致勃勃地告诉我火车皮调拨计划刚拿到，晚上贾经理请客喝送行酒。这消息让大家很兴奋，小齐因要回家与新婚妻子相逢特别激动，猴子和小胖因要结束这趟"苦差事"而感到高兴，我和老贺忙着商量明天发货、付款及运输的相关事宜……

晚上的招待是贾正金妻子公司刘秘书安排的，菜肴很丰盛。酒过三巡，贾正金扬扬自得地掏出铁路局下达的车皮调度计划书递给我看，见确实是盖有公章的火车皮调度通知单，标明的货物是四个车皮豆粕，地段是斯宁市火车站至江汉省火车站，发车时间大概是明天中午十二时。我赶紧向他敬了一杯酒表示谢意，贾正金却要求晚饭后付款办手续，说明天要装货发车怕时间来不及。这个要求使我有些吃惊，连忙说货款存在银行卡里，晚上取不了现款。贾正金却说他认识银行行长，特殊情况可以随时提取。老贺赶紧打圆场说："天太晚了，大家又喝了这么多酒，晚上取款不安全，我们明天起床后就去银行，不会耽误办手续的。"史德成也劝贾正金明天早上办理现货和现款交接手续，贾正金就再没谈此事，大家继续喝酒，一直尽兴才散。

回到宾馆房间，想到刚才贾正金违背常理要求我晚上取巨款办手续，还有刚来那天晚上的遇盗，我感到有点不对劲，难道这温情背后有陷阱？我向老贺和小齐谈了心中的疑惑，提出立即去火车站核实一下明天有无去江汉省的调度计划，他俩也意识到这些现象不好解释，于是，我们避开猴子和小胖，摸黑悄悄向火车站方向走去……

子夜惊变

入住的宾馆与火车站相距不远，不一会儿我们就来到了站前广场。记得刚到斯宁市那天下午，走出车站就见一些人聚集在站前广场上扭秧歌，很是热闹。猴子曾介绍说，这里虽然是个三等小站，却位于市中心最繁华的南街道，能容纳上千人扭秧歌的站前广场上，长年不间断的秧歌舞表演，凸显出了这座小城别样的韵味，更是一道靓丽的风景线。

此时，刚过晚上八点钟，夜幕下的站前广场少有行人，那宽敞高大的候车厅门前也鲜有人进出，透过灯光下的玻璃窗见里面候车的旅客寥寥无几，整个车站显得很冷清。天空没有星星，阴沉沉的，一股寒气迎面袭来，我不禁打了个冷战。

调度室在车站主楼北边的两间平房里，值班的调度员约四十岁，人很随和，面对我们询问明天发往江汉省四个车皮豆粕的具体启运时间时，他不假思索地说近期没有至江汉省的货运计划。这个答复使我们惊讶，我说亲眼见过发往江汉省的车皮下达通知单，央求他帮忙查一查。值班调度员自言自语道："这就奇怪了！"见我们态度诚恳，他就指着室内墙上挂的两个大黑板说："一周内发往全国各地的车皮时间都在上面，你们自己看。"

室内灯光很亮，我们反复看了黑板上写着的由斯宁发往全国车皮终运地，没有发往江汉的，就问调度员是否忘记了而没有写在黑板上，他肯定地说，自参加工作以来，从未出现过货运前发货地址没上黑板的现象，见我们很执着，他答应问问站长，于是打了个电话。

不一会儿，一位自称副站长的人过来了，告诉我们有发往江汉四个车皮豆粕的计划，明天上午装货，中午发车，说他忘了告诉调度员，并要求调度员把发往江汉的时间补写在黑板上，说话时表情不太自然。

身为站长，如此重要的货运发车时间怎么会忘记通知调度员呢？这显然是不能自圆其说的谎言，他这是在刻意掩饰着什么？我意识到了面临的危险，为了稳住对方，我们表示明天来车站装货，完善货运手续。

种种迹象表明，歹人已盯上了我手中购买豆粕的巨款，精心设计下了可怕的陷阱，若不是对方在货运站这个环节的疏忽露出破绽，后果不堪设想。回旅馆后我把自己的想法告诉了老贺和小齐："当前处境已十分危急，酒席桌上贾正金拿出的车皮调度通知单，没容我细看就收回去了，他提出晚上立即付款办手续，实际上是在试探我们是从单位转账还是去银行取现金付款。估计对方会在天亮后下手实施诈骗，具体采取什么手段不得而知，现在任何人都不能相信，必须尽快离开此地，可花高价包出租车走高速，天亮前到达春江省城，然后转乘回江汉省的飞机。"

老贺和小齐也意识到了事态的严重，一致同意立即返回。老贺提出了两个具体问题：离开宾馆时结不结账？是否告知猴子和小胖？我态度坚决地表示，入住宾馆时交的押金够这几天的住宿费，为了减少麻烦，宜悄悄地离开。至于这两个小子，几天的相处中，虽然未发现可疑之处，但人心隔肚皮，晚上离时不能让他们知道。

既然做了决定，我催促他俩赶快清理随身物品，立即出发。哪知小齐低声对我说："经理，晚上喝酒时把毛衣脱了，遗忘在刘秘书那里，我想去拿。"

一听此话，我十分生气："一件毛衣能值多少钱？现在时间来不及了，不能去拿，回去后公司给你买件毛衣。"

"这件毛衣是我老婆花了一年时间精心织成的，是我俩爱情的见证物，如果遗失，我会后悔一辈子的。"小齐带着哭腔恳求。

都是过来人，见小齐这么重感情，我把语气放缓和了些："现在快到十点钟了，我们用的是数字传呼机，短时间联系不上刘秘书。"

"刘秘书有大哥大，他告诉了我联系号码。"小齐连忙说。

"好吧，那你用房间的电话打他的大哥大。"见我同意了，小齐掏出了随身携带的记事小本，按上面记下的号码拨通了刘秘书的大哥大。对方很爽快，答应在办公室等待小齐去拿毛衣。

我和老贺计算了一下时间，半个小时内就可到刘秘书处，于是决定拿了毛衣就直接联系出租车去春江省城。收拾妥当准备开门出行时，突然传来了敲门声。在这个节骨眼上有人敲门，大家难免很紧张，打开门见是猴子和小胖，直觉告诉我情况有些不妙。

小胖说："明天就要分开，想先与你们告个别，来敲了两趟门都没人答应。"老贺赶紧回答："晚上喝多了，我和小齐刚才陪胡经理到外面吹了吹冷风，清醒一下头脑。"

小齐准备外出的样子，引起了猴子的注意，他问这么晚要到哪里去，见瞒不过猴子，小齐说毛衣落在刘秘书那里，明天没时间，准备现在去拿。猴子和小胖连忙提议五人一同去，也好顺便道别。

　　猴子和小胖的到来，打乱了我们的撤离计划，见他们的建议符合情理，我只有同意一起去拿毛衣，待回宾馆他俩休息后再离开。

　　一路上猴子和小胖的话特别多，小齐与老贺有一搭没一搭应答着，二十多分钟后到了刘秘书的办公室。刘秘书满脸愧色说："不好意思，毛衣被郝经理拿回家去了，他说上面的图案很好看，让他老婆看看学着织一件，已与他联系，很快会送过来。"

　　听了此话，我想起了晚上陪酒的郝经理，印象中他很年轻，言语不多，敬酒很殷勤，刘秘书介绍他是万溪里市土特产公司在斯宁市下设的分公司负责人，是结识不久的朋友。现在却出现了他拿走毛衣如此"巧合"的事，难免有些反常，于是我对刘秘书说："打扰您了！时间已经很晚，我们明天来拿。"

　　见我要回宾馆，刘秘书忙说，郝经理应该已经在路上，要我们等几分钟。现在就走，就意味着丢弃毛衣，小齐心有不甘，他用充满哀求的眼神望着我，我心一软再次妥协了，答应再等五分钟。

　　办公室侧面套间正在播放欧洲杯小组赛，猴子和小胖拉着小齐去看电视。刘秘书见我焦急地踱着方步，说开车送我们到郝经理处拿毛衣，一会儿的时间不会影响我们休息。我征求了一下老贺的意见，他认为也只能如此了。

　　刘秘书车开得很快，不一会儿就来到了一幢楼房的一个单元门口停下，他说郝经理在 501 室的办公室等我们，他就不上楼了。

　　改革开放初期下海经商开公司的人很多，租住私人单元套间做办公场地是常态，501 室普通住家式的木门加简易的防盗铁门装饰并未引起我的警觉。走进屋内就发现这是一套普通三室一厅的家庭住房。郝经理很客气地请我们在客厅沙发上就座，说他老婆马上送毛衣过来。见此情景，我第一反应是受骗了，必须立即离开此地，转头一看，站在门后的猴子和小胖正用眼睛盯着我，目光完全没有了以前的柔和，更令人揪心的是门外传来了嘈杂的脚步声，我知道已经走不脱了，必须趁郝经理还没撕破脸面，想办法隐藏银行卡。

我向郝经理打了个招呼，说晚上喝酒太多，胃肠不舒适，就去了卫生间，迅速将门反锁后，立即取出随身携带的银行卡和身份证放在抽水马桶水箱后面的空隙里。

此时客厅传来了乱哄哄的声音，接着就有人撞击卫生间的门，高声喊叫着："里面的人，快出来!"打开门，客厅的场面让我惊呆了，老贺和小齐已被几个持有铁棒和木棍的人制服，我意识到遇上了劫匪，没来得及想，就被几个大汉架着胳膊推到了客厅。他们强行脱去我们身上的衣裳，三人被捆绑着双手，赤身裸体关在卫生间里，然后应该是劫匪在客厅翻搜我们衣服上的口袋，找银行卡和现钞。

卫生间内，大家的心情十分沮丧。客厅里，劫匪们忙于在脱下的棉衣内裤里翻找，给我们留下了短暂的交流机会。

小齐年纪轻，家庭条件较好，一直生活在阳光下，今天面临平时只在影视节目中出现的劫匪绑架，对他刺激很大。他哭泣着对我说："经理，都怪我，为了毛衣连累了大家。"我安慰他说："不能怪你，是我的责任，应该是在万溪里就被盯上了，一步一步落进了圈套，发现异常后虽然有所警觉，做了防诈骗的准备，但完全没想到这些人敢在光天化日下丧尽天良实施绑架抢劫。"

老贺则十分担心银行卡被劫匪搜去，怕公司四十万巨款被歹徒取走，国家财产蒙受损失。我要他们放心，已把银行卡藏在抽水马桶里了，万一被发现也不要紧，我们用的是工行刚推出的贵宾牡丹金卡，设有双重密码，本人不到场是取不出钱的，只要我们坚持不说，劫匪是没办法的。

听我这样讲，老贺朝我点了点头，小齐也表示就是被打死也不会说。为了鼓励大家树立信心，我说在未拿到现款前，劫匪不会动杀机，大家的生命还是安全的，但皮肉之苦难免，只要挺过天亮前的几个小时，白天再找机会脱身。

果不出所料，在我们脱下的衣服中没搜出银行卡，劫匪恼羞成怒，多人涌进卫生间，举起棍棒对着我们赤裸的身体就是一阵乱打，老魏和小齐疼痛得直叫喊，我强忍着疼痛，没有呻吟，过后才知道为了骗我天明后去银行取款，他们没打我头面部，相对老贺和小齐而言下手要轻些。

一阵暴打后，一位高个子劫匪问我："姓胡的，你老实交代，把银行卡藏在哪里了？"我说没带银行卡，生意谈成后会电话通知公司转账汇款。高个子说我不老实招打，话还没说完，旁边两位劫匪的棍棒就落在了我身上。接着高个子又问老贺和小齐，他们也说不知道，照例又挨了一顿乱棒，疼得他们直叫受不了。

面对我们极不合作的态度，高个子喊来了猴子和小胖，猴子指着我说："他手中有银行卡，来斯宁的第二天我们一块去工行，他存过款，来这里后他上过卫生间，肯定是把卡藏在了这里。"面对他的指证，我咬牙切齿，只怪自己瞎了眼，没有看破他俩的伪装，忽略了人性的邪恶，酿下的苦酒只有自己喝。

高个子见问不出结果，指使人把我们从卫生间转押至一个房间里。北方的早春，子夜气温只有两三摄氏度，房间又没暖气，见我们冻得直发抖，他们就把每人装进一个厚麻袋里，捆口后丢在了床上，高个子吩咐留下两人照看，其余人去我接触过的门框、沙发缝隙处及卫生间翻找银行卡。不一会儿就听见客厅一阵号叫声，一个劫匪告诉两个看守说银行卡找到了。

听了此言，我不由得心中紧张，立即意识到，真正的生死意志较量马上就要开始了，必须做最坏的打算，要尽最大努力保护同事的生命安全和国家资金不遭受损失。此时，我听到了老贺和小齐在麻袋里不断挣扎的响声，接着是棍打肉体的沉闷声和他俩的呻吟声。我感觉到了一阵心痛，眼里浸满了泪水……

生死之间的意志较量

搜寻到银行卡后，劫匪没有立即与我交锋，客厅的喧嚣声也渐渐停止，应该是在等待着什么人，或者外出找人查看银行卡上的资金金额。我心中清楚不管如何折腾，他们是取不出现款的，接下来将是一场与劫匪艰难的意志对抗。

厚厚的麻袋闷得我有点窒息，捆绑着的双手已经麻木，身躯稍一动弹，被铁棍打过的腰腹部和膝盖处钻心的疼痛，但已经顾不了这些，我得赶紧想好应对办法。还有三四个小时天就会亮，在这个时间段要巧妙地与他们周旋，尽量保护老贺和小齐，天明后要利用对方取款心切的心理，争取外出寻找机会报警，只要出了这间屋子，就有办法了。想到这里，我坦然了许多。

"你还乱动，不服气吗？等会儿头儿回来了，看不打死你！"可能老贺和小齐在麻袋里翻动幅度过大，引来了劫匪的吼叫训斥，而"打死你"三字深深地刺激着我。

我深知目前的危险境地，不管是否达到目的，劫匪为了灭口，最终会采取极端行为，在与他们的对峙中，稍有不慎就会坠入万劫不复的深渊。虽然人生苦难多欢乐少，但正值盛年的我对未来充满憧憬，从未想到过死，而今天死亡离得如此之近，我想到了年迈的双亲，贤惠的妻子，不满五岁的女儿，心中不免感到了恐惧和悲哀。老贺本来在二级单位办公室副主任的岗位上干得得心应手，是我把他要到公司担任副经理，误了他的大好前程，还可能会搭进性命；小齐新婚不到半年，这次来北方他妻子送行至火车站时，小两口如胶似漆，依依难舍的场景让人羡慕，没想到出现了这样的事情，我感觉愧对他们夫妻。

毕竟车站之行打乱了劫匪的计划，他们才狗急跳墙实施绑架，此时虽然是最危险的时刻，但他们的目标是钱，只要抓住机会沉着应对，挺过这一关就会取得主动，潜意识里我坚信定能与同事一道安全脱险……

不知过了多久，客厅传来了嘈杂声，随后听到多人进入房间的脚步声，感觉麻袋被人移动靠在了床背上，随即有人解开了封口的麻绳，让我的头露出麻袋外口。

我睁开眼睛扫视亮灯的房间，只见装有老贺和小齐的麻袋横向排在床的另一端，房间内站着几个留着长发的年轻人，手里拿着约一米长的铁棒或木棍，虎视眈眈看着我，露出的臂膀上面，文着镰刀的图案分外刺眼，使人望而生畏，站在中间的是先前指使打人的那个高个子劫匪，看上去三十多岁，满脸横肉，应该是个头儿。

"胡经理，委屈你了！我们镰刀帮成立时间不长，经费有点困难，知道你很讲义气，兄弟们想借点钱讨个生活。"高个子皮笑肉不笑地说。

见我双目怒视，没有回答，高个子又说道："谢谢你给我们提供了银行卡，不知里面存了多少钱？"

我本来就怀疑搜出银行卡后这段时间，他们去找业内同伙咨询去了，现正好借其话题进行试探，于是回答："卡里只有少量存款，主要用于在外生活方面的开支，至于货款则是由公司转账到发货单位。"

听此话后，高个子凶巴巴地说："姓胡的，你这是骗三岁小孩，来斯宁市第二天你就去工行存了十万元现金，现在卡内有四十万元存款。"

他的答话，证实了我先前的判断。"既然知道了，你就可以拿着卡去取钱，何必问我？"见我态度强硬，他又软下来了，干笑着说："银行的人说了，这是刚推出的牡丹卡，设有密码，必须由持卡人取款，还得麻烦你亲自去帮忙取出。"

面对他的要求，我愤怒地说："你们使用恶劣的手段残害我们，想窃取国家巨款，痴心妄想！"

"人为财死，鸟为食亡，你们辛辛苦苦大老远来做生意，还不是为了赚点钱。我们可以做笔交易，只要帮忙取出这笔钱，可以分一半给你们，到时三人拿着巨款，远走高飞，去世外桃源过快活日子，何乐而不为。"

面对这种赤裸裸的诱惑和忽悠，我决定不和对方兜圈子，直截了当回答说："劫取国家巨款是杀头的重罪，你要我出卖国家利益是不可能的。"

"你如果不合作，我们现在就可以杀你，你就什么都得不到。"高个子露出了狰狞面目。

"那好啊，你使我成为烈士，留下了英名，还得感谢你。"貌似不经心的回答，应该戳到了高个子的痛处，他气急败坏地说："如果还是绝对不配合，只有把你们处理掉投入宁水江中，江下游就是境外，到时连尸首也找不到，警察更是难以发现。不过，现在我还不想那样做，我自有办法让你愿意配合去银行取款。"讲这话时他向身旁的劫匪使了个眼色。

劫匪们心领神会，举起手中的木棍和铁棒丧心病狂地向捆在麻袋中的老贺和小齐身上打去，一时间棍棒的击打声和喊叫声混杂在一起，整个房间笼罩在恐怖气氛中。

没想到对手会采用这种下流手段，老贺和小齐的声声喊叫，使人心碎，我丝毫不怀疑他俩坚强的意志，但是人的身体终归还有一个承受的限度，这样打下去会致残甚至致命，必须立即制止这种野蛮行为。

"住手！"我向行凶的劫匪大声吼道。高个子赶紧示意停止棒打，然后满脸堆笑对我说："怎么，心痛了吧！"

"你们真卑鄙！公司负责人是我，持卡人也是我，一切与他俩不相干，要打冲我来！"面对我的斥责，高个子说："打他们也是无奈之举，只要你愿意去取款，一切都好说。"

事已至此，我顺势说："可以去取款，但必须答应我几个条件。"听此言，高个子显得十分迫切，忙说："你这是识时务，什么条件？快讲！"

"首先要善待我的同事，必须保证他们的生命安全，再不能出现打骂现象，并让他们穿上衣裳，保留做人的起码尊严，取出钱后要立即放了他们，并与我在电话里确认。"高个子认为这条能够做到，到时可以用他的大哥大通话，只不过要等取钱后才能让他俩穿衣服。

"还必须让我适当休息，天亮后才有精力外出取款。"这一条高个子也答应了。

为了迷惑对方，我煞有介事地要求他做出"事成后放人、分钱"的承诺。只见高个子把胸一拍说："在江湖中行走，是要讲究江湖的规矩，你是个很爽快的人，我不能只认钱而忘掉江湖义气，肯定会兑现的，你们分了钱，我们就是同伙了，面对警察也不会供认，大家都安全了。"无论这个说法多么荒谬，我知道他是为了稳住我，企图达到顺利取款之目的，而我也要利用争取来的宝贵时间调整自己，以利于天明后的殊死搏斗。

达成口头"协议"后，高个子对我讲了天明后的行动计划：上午九点钟左右，将银行卡和身份证交给我，由他带人押着乘车去工商银行取款，然后在一个适当的地点，让同事与我通话，确认后分钱放人各奔前程。接着他把手中锋利的军用刺刀在我眼前一晃，说："如果不老实，只需将此轻轻往胸前一插，你就完蛋了，你的同事也会遭遇灭顶之灾。"同时他在我胸前比画了一个插入动作。我心里清楚，这种威胁是在为铤而走险的行为壮胆，也是心虚害怕的表现。

见没有提出反对意见，劫匪把我拖出了麻袋，穿上衣服，仍绑住双手靠在床上，同时也解开了装着老贺和小齐麻袋的封口，让他俩头部露在外面，见他俩无光的眼神和疲惫的表情，我感到了心酸。

这时，高个子假惺惺地说："胡经理，只有再委屈你几个小时，取了钱后就解脱了，天快亮了，你好好休息一下。"他又指着床上的老贺和小齐对看押的劫匪说："别再打他们了。"

高个子一走出房间，我的脑筋就飞转了起来：天快放亮，必须想好脱险方案，尽量做到万无一失。参考昨夜来时的路线，此处离存款的工商银行应该还有一段距离，在路上碰上警察，不管是哪类警察，拼了命也要报警。如果没见到警察，对决地点应该是银行，印象中营业大厅很宽敞，当时只顾去存款，没注意安保情况，不管怎样，这么大的银行，报警系统应该是完善的，听人讲营业员脚底就是报警器，如发现异常情况只要脚一踏就会自动报警。但怎样提醒营业员呢？牡丹贵宾卡设有顾客和工作人员才知道的密码，取款填密码时写上报警号码"110"，打上三个惊叹号，不就是报警信号吗？如果在填写密码时不慎被劫匪发现了怎么办？只有抢先动手与他们搏斗，就是拼死也不能让他们罪恶目的得逞，到时挟持我的劫匪可能在两人以上，但在人来人往的大厅里，他们是孤立害怕的，只要熬过最开始几分钟的危险时段，待保安和群众反应过来后，他们就跑不掉了。这个行动设想在大脑来回了几遍，确实感到可行了，紧张情绪才稍许舒缓。

此时我感觉很疲乏，想休息片刻，却控制不了自己的思维，脑海中出现了难解的疑惑：这次遭遇绑架，问题究竟出在哪里？何耀富肯定脱不了干系，因为是他介绍猴子和小胖一同来斯宁市的，联想到在万溪里初次见面时的傲慢，而当得知我的银行卡里有巨款时立刻就显得特别殷勤的样子，应该是藏有祸心，他难道与劫匪、郝经理、猴子和小胖是一伙的？还有来斯宁市后发生的反常现象令人生疑，现在看来此次绑架，可能是对方仓促实施的，因为待我们取出货款后，再下手抢劫容易多了，也避免了去银行取款的危险。本来事发前有机会撤离，怪我警惕性不高，行动不果断，完全没想到歹徒敢丧心病狂下此毒手，连累了老贺和小齐，不由得悔恨交加。那么此事牵涉的贾正金、车站副站长、刘秘书……想到这里，我不由得倒吸了一口凉气。

迷糊中，似乎听见一个声音传来：钱是每个人的向往之物，你们是为了大多数人利益而保住钱财，虽遇歹人，会有惊无险；而他们是为了一己私利窃取钱财，伤天害理，死有余辜。睁开眼才意识到这是梦境之言，却增添了我与劫匪抗衡的信心。

天大亮后，高个子来到我身边，解开了捆绑双手的绳子，笑着说："你把衣服整理一下，准备出发，上车后会把银行卡和身份证给你。不准玩花招，否则我把刺刀轻轻往你身上一捅，你就完蛋了。"他用刺刀在我胸前比画着，重复了插胸动作。

我稍微整理了一下衣服，见老贺和小齐眼巴巴地望着我，眼神中透露出期待和担忧。我安慰他们说，再坚持一个小时，等钱取出来就自由了，又警告看押的劫匪不准虐待他俩，否则我是不会去取钱的。

我被高个子和矮个子劫匪挟持着走出 501 室的一刹那，只感到心跳加速，神情异常紧张，完全没有电视剧中经常描述的那种大义凛然。来到单元楼口时，见停有一辆白色面包车，车上的劫匪已把中间的车门打开，此时我的内心反倒平静了，因为又看见了蓝天、白云和大地。

……

劫后重生

在斯宁市公安局刑警大队会议室，当我讲到来斯宁市买豆粕遭歹徒绑架，在银行营业大厅与歹徒殊死搏斗的过程时，斯宁市公安局耿局长紧紧握着我的手说："你在银行与歹徒生死搏斗的细节，我们已经观看过监控录像。和平年代，为了保护同事和国家财产，能将生死置之度外，令人敬佩。你讲述的从商经历中诸多细节，为破案提供了重要线索，对此，我们表示衷心感谢！"

楚中市公安局刑警支队支队长席永福也激动地表示，回去后要为我们请功。

对于耿局长和席支队长的肯定，我自然十分高兴，但心中仍关注着案情的进展，提出了对何耀富、贾正金等人的怀疑。

面对疑惑，柳大队长说，通过审讯被拘留的犯罪嫌疑人，确定这次绑架为团伙作案，罪犯涉及万溪里市和斯宁市，案情复杂，性质恶劣，已惊动了省厅，很快上级就会派专家来指导破案，现阶段要尽快抓捕团伙成员。

柳大队长还嘱咐我保留好相关证据并协助警方对监控中另两名露脸的罪犯进行确认。

这时，侦查员播放了案发当天银行大厅门口及室内监控拍摄到的视频，画面显示：上午九时三十五分，一辆白色面包车缓缓驶入银行门前，掉头后停在旁边几米处，车子未熄火，车窗里面有人在向外张望，一分钟后我被一高一矮两人挟持着下了车，三人手挽着手看上去很亲热，走了几步后，矮个子转身返回到车上。

针对这段视频，柳大队长询问道："车上共有几名劫匪？其中几人参加了头天晚上的绑架？如果再见到他们，能否认出？"我明确表示车上共有三名劫匪，如果再见面肯定能认出，高个子是头儿，留在车上的司机那天晚上没参与绑架，但见他身上带有手枪。

团伙成员涉枪是警方尚未掌握的情况，柳大队长认为这条信息非常重要，他要侦查员截下矮个子和司机图像，以备通缉时用。

接着播放的是进入大厅的那段视频，里面顾客很多，没人注意到我和高个子挽着胳膊行走时的异样，因侧身贴得太近，加之厚棉衣的遮挡，视频中看不到劫匪手中抵着我腰部的军用刺刀，看上去我的神情很紧张，高个子则显得有些慌张，几次把目光瞟向大厅那边穿制服的保安。随即是我在营业窗口与工作人员交涉填取款单后同高个子发生搏斗的画面，突然爆发出的冲击力使劫匪手中的军用刺刀瞬间弹出的场面很惊险。搏斗中，在劫匪双手掐住我脖子的千钧一发之际，大厅那头穿便衣的王所长急中生智，突然朝天花板上开了一枪，高个子顿时松开了双手，如丧家犬般爬起来向外逃走，王所长随后追出，保安连忙上前把我扶起，见无大碍，立即拉着我义无反顾地去追赶劫匪。今天看到这段惊心动魄的视频，真是感到后怕，没想到当时会有这么大的勇气和力量，而王所长和银行保安的救命之恩，我将终生难忘。

看完监控录像，柳大队长深有感触地说："这次能成功脱险，得益于你们面对歹徒时的智慧和勇气，在与劫匪搏斗的紧急关头，王国强同志开的那一枪，不仅救了你的命，也震慑了劫匪。上级决定，以监控现场实录为框架，由警方和电视台联合录制专题片《银行营业大厅里的枪声》，以达到弘扬正气，打击邪恶势力之目的。"

这个决定，使我们受伤的内心得到了安慰，姚运清局长代表单位向柳大队长表示了感谢，承诺回楚中市后一定要宣扬这种正气，向市委领导汇报斯宁市破案的决心。

柳大队长表示，要通过专题片让车上另外两名劫匪丑陋嘴脸暴露在大众面前，要发布悬赏通告，发动群众指认、检举罪犯，布下天罗地网，尽快将所有参与绑架的罪犯缉拿归案。

接下来的几天，席永福支队长一直与柳大队长保持着密切联系，协助案件的侦破工作，而我们则在姚运清局长带领下，忙于接受记者采访，向警方查证提供笔录，给派出所和工商银行送锦旗。这期间发生了很多感人的事情，我们与王国强所长和银行保安李先勇大哥结下了深厚的友谊。

在案件侦破方面，席永福支队长透露，随着省厅领导坐镇指挥，很快就将参与绑架的劫匪缉拿归案。因这个犯罪团伙涉及面广，案情重大，可能还有保护伞，必须依法办事，故结案还需要时间。他要求我们整理好相关证词及材料提供给斯宁警方，以协助案件的审理。

向专案组提供了相关证明材料，就没有什么事了，劫后重生，此时思乡之情异常强烈，与斯宁市警方沟通后，我们乘上了直达春江省城的列车，为了尽快回家，姚局长托人买了春江至江汉的飞机票，让人更加归心似箭。

在银河机场，感受到了来接机的领导和职工的热情，我的妻子和老贺的妻子都泪流满面，小齐则和新婚妻子抱头痛哭。我对她们说："我们不是好好的嘛，现在领导和同志们都在场，应该高兴才是，怎么反而哭哭啼啼。"这样一说她们才破涕为笑，接机现场充满了欢乐气氛。

初回楚中市的那些日子，我们享受到了英雄般的待遇，局里专门下发了《关于开展向胡远韬、贺存贤、齐先悟同志学习的活动通知》，我也多次被邀请到局下属二级单位演讲与劫匪搏斗的事迹，一时间风光无限，但每次回忆起这段生死攸关的经历时，内心深处都备受煎熬，对自身的失误不断地进行反省。值得欣慰的是，经历了这场生与死的磨炼与洗礼，我感觉到思想境界真正得到了升华。

短暂的轰轰烈烈之后，生活又恢复了往日的平静。因完全适应不了以市场经济为主导的经商模式，我申请调回了工程科。经过这场变故，小齐比先前成熟多了，已辞职下海经商。老贺接任了公司经理的职务。不久，按照政府公职人员不得经商的规定，单位撤销了经营科，公司也与单位脱钩，转化为民营企业，经过努力经营，老贺不但扩展了相关饲料业务，还建起了大型养猪场，形成了一条龙服务产业链，获得了本市优秀企业家的称号。

时间在不经意间流淌，弹指间我已退到了二线。一天接到老贺电话，他兴奋地说国际德朗有限公司齐董事长要来楚中市，专门洽谈投资的有关事宜，邀请我去作陪。我心里清楚因为非洲猪瘟的影响，老贺公司的养殖场损失很大，饲料也大量积压，虽说有政府补贴，但公司仍举步维艰。没想到齐先悟这小子还真有出息，如今是海外一家公司的董事长，身家过亿，此次能帮助老贺渡过难关，也是为家乡人民做了件大好事。虽说早已把世事看淡，但想起将与老朋友相聚，我心中充满喜悦和期盼。

这是一个阳光明媚的上午，在楚中市银海宾馆的高档套房里，曾经共生死的三兄弟又相见了，在这令人激动的时刻，齐先悟带来了更大的惊喜，他指着身旁的一位男士对我说："老兄，给你请来了一位尊敬的客人，还认得他吗？"

原以为是齐董事长的随行人员，并未过多关注，经他这么一说，我才仔细打量此人。看上去六十岁开外，虽然清瘦，脸上布满了笑容，双眼炯炯有神，似曾相识——终于想起来了，正是救命恩人李先勇。当确定身份后，我们情不自禁相互拥抱，激动地流下了热泪。

齐先悟见状连忙说，面对非洲猪瘟对养猪业的重创，他决定尽微薄之力，投资扶持楚中市生猪养殖场，以回馈家乡人民厚爱，行前分别到通泽市及斯宁市考察了牲畜饲料生产基地，联系上了李大哥，才有大家今天的老友相聚。

当得知我仍从政，已退居二线，老贺老当益壮，事业有成，还有小齐的事业如日中天，李大哥满心喜欢，为大家都有好归宿而感到欣慰。从交谈中了解到，王所长已调至外县工作，此次没能与他见上面让人遗憾，我们只有把思念留在心里。

因为身体原因，李大哥已内退多年，平时在家照看孙子，弄花草，日子过得倒也清静。自那年斯宁一别，由于世事变迁，相互间渐渐失去联系，此次二十年后重逢的喜悦溢于言表。李大哥说，警方对"镰刀帮"团伙最终一网打尽，涉案的公职人员受到了严肃的处理。

我深情地对李大哥说："这些年来，我忘不了在与劫匪生死搏斗时那声枪响，不仅救了我的命，也为抓捕劫匪赢得了时间。"

李大哥也讲述了当年现场的感受："当时，你被滚在一起的劫匪紧掐着脖子，危在旦夕，已来不及上前解救，向劫匪开枪射击，又怕误伤你和旁边的群众，王所长只有朝天花板开了一枪威慑劫匪，使他松手而逃，从而解除了你的危险。"

"救命之恩终生难忘，李大哥在得知车上劫匪有枪时，还只身追赶劫匪，体现了英雄气概，给我树立了榜样。"我激动地说道。

"当年被歹徒绑架命悬一线，连挣扎的机会都没有，已完全绝望，多亏了胡大哥机智应变和王所长、李大哥全力相助，才有了今天的劫后重生，对几位大哥的恩情我是不会忘记的。"齐先悟也诚恳地说。

"人类的悲欢有时并不相通，生活的苦难没有发生在自己身上，是永远无法感同身受的，王所长、李大哥面对危险却向我们伸出了援助的手，这种崇高的境界值得敬佩！"作为东道主，老贺言语中充满了对王所长和李大哥的赞美。

"其实，我所做的这些，是职责所在，作为一名普通的基层工作人员，虽然卑微，也有自己的人格，我们无法预料人性的恶，面对邪恶应该挺身而出。"李先勇谦逊地答道。

这朴素的话语，使我对人生有了新的感悟。正因为有无数个像王所长、李大哥这样的基层小人物的辛勤努力，这个社会才充满阳光，他们是忠勇正义的化身，在他们身上闪耀着人性最耀眼的光芒。

此刻，我的双眼已经湿润，他们正义凛然的高大形象又在眼前清晰起来……

相聚总是短暂的，与李大哥告别时虽然依依不舍，但不伤感，我相信这个世界纵然有邪恶，依旧是正义占主导，人性的真善美是永恒的。

路 痕

人生有如菜籽命，肥处拈来瘦处生，立稳了那片地，撑起了那个天。

——题记

01

那年代，农村提倡过革命化的春节，刚过正月初三，生产队里就开始上工。不过，过年期间走亲访友是千百年来的风俗，上头对催工之事抓得并不严，生产队里的管理者也就睁只眼闭只眼，只要社员能去上工就行，中途回家招呼客人，甚至去走亲戚，当天工分也照记。至于活计，也很轻松，主要是修修田埂，挖挖水沟之类的手上活，故在正月十五前出工，人们戏称为"蹭工分"。

已是正月十三了，柳林公社马钧大队第九生产队老队长田福按惯例吹响了出工的哨子。此时，十七岁的赵云生，对拿着铁锹准备出门的养父赵树成说："六爹，我今天到街上去给同学的爹爹拜年，就不去出工了，你跟田福叔说一声。"赵云生虽说过继到六叔赵树

成名下多年，仍习惯称其为六爹，对同学的爷爷也习惯称之为
爹爹。

赵树成见儿子近段时间一直闷闷不乐，今天去公社，一定会打
探升高中之事，也不便多问，就叮嘱他："别忘了把瓦盆里下水的
糍粑捞一块，还有你娘攒的二十个鸡蛋带给木子的爹爹。"说完就
上工去了。

赵云生看着养父的背影，心中充满感激，在他记忆里，哪怕生
活再艰难，六爹一直供他读书，去年底他初中毕业，考试成绩还不
错，有望升区里的高中。眼看新生都要入学了，还没等到入学通知
书，他不死心，要去公社文教组问个究竟。

赵云生也牵挂着同学木子。木子的父母亲是国家干部，住在县
城，因他奶奶前几年过世，为了照顾年迈的爷爷，就回家乡柳林公
社读初中。木子与赵云生同班，两人一见如故，很快成了要好的朋
友。赵云生家境贫困，大部分时间吃住在木子家，木子的爷爷很慈
祥，也经常在家为他们准备饭菜。在这样的环境下，两人学习成绩
在班上均名列前茅。往年过年期间都相互拜年，一般是木子先到乡
下赵云生家，到上学前一天赵云生再回拜。今年木子到现在还没
来，也没有联系，联想到毕业前夕木子父亲因政治原因受冲击，学
校对木子已十分冷淡的现实，赵云生不免有些替他担心。

准备停当后，赵云生与养母打了声招呼就出门了，向东走了大
约两里地就到了大队中心学校，他是在这里读完小学的，不由得停
下脚步往学校院子里看了几眼。学校旁是大队部，外面两间屋为代
销店，平时各个生产队订阅的党报和社员信件都是由公社邮递员送
到此处，赵云生抱着一线希望走进去，听到售货员说还是没有他的
信件，不免感到沮丧。

学校前面两百米处横着一条公路，沿路往北走三公里就到了公社所在地柳林街。木子的爷爷住在街南一个小巷里，离中学不到五百米。小院门半掩着，赵云生推门走了进去，当老人得知云生是特地来拜年，还带了糍粑和鸡蛋，十分高兴，连声道谢。赵云生倒有些不好意思，忙说："本想早点来给爹爹拜年，有事耽误了。"

听闻此言，木子的爷爷说："自去年木子他爸爸倒霉后，家里就十分冷清，一过初六木子就到外面打工去了，他估计你会来拜年，要我转告对你的歉意，来年再去看望你的父母。"

老人的话有些凄凉，赵云生感到了人世间的冷漠，于是他说道："爹爹，我和木子是最好的同学，我会经常来看您。"当然，从木子的爷爷口中他已知道了木子不能读高中的原因，怕老人家伤心，就没有再问。

赵云生帮老人生着了煤炉子，然后挑了一满缸水，就去房间看了看几位要好同学经常同睡的那张大钢丝床，如今床在，好朋友却分开了，不由得一阵心酸……

下午，告别了木子的爷爷，赵云生径直去了公社文教组。文教组办公地在公社院子里，因还在新年期间，公社机关除了办公室有人值班，其他部门都关了门。至此，他才想起去学校找班主任赵家华。

今天正好是赵家华值班，他对赵云生的到访非常客气，连忙倒水让座。赵家华的热情不仅是因为赵云生已毕业，不是他的学生了，还源于他们同宗同族，论辈分，赵云生比他长，他的家族观念很重。

面对赵云生欲言又止的样子，赵家华猜到了他的来意，开门见山地说："云生叔，我打听了你的情况，本来，你考的成绩不错，区高中初录名单中有你，但有人检举你生父曾当过国民党的保长，属于有历史问题的一类人，领导为了稳妥，就换了别人。"

尽管赵云生已有思想准备，听到落榜的确切消息后，还是很难接受，他问有无补救办法。赵家华想了想说："现在国家开始重视教育了，因为你们这届学生成绩普遍好，在全区升高中的人最多，虽说升学看重成分，你生父也只是一般历史性问题，况且你养父还是贫农，你是在养父家长大的。只要领导开明，应该是可以读高中的。"

因赵云生无任何社会关系能与领导套上近乎，赵家华建议他直接去找教育局局长反映情况，说不定能成功。赵家华的这番话，使赵云生又燃起了心中的希望，他想去县里反映实情，以争取升高中的名额。毕竟是第一次去见这么大的官，赵云生有点胆怯，于是他匆匆辞别赵家华，要赶回家去与养父商量。

走出学校办公室，赵云生听见了一阵锣鼓声，原来操场那头在练习玩采莲船，只见几位漂亮的女学生正携一只旧船在文体女老师指导下进行排练，锣鼓手由学校几位年龄稍大的老师担任，他才想起正月十五就要到来。

正月初一和十五是农村最热闹的时间，各个生产大队都会在社员门前玩采莲船，彩船由公社统一安排有手工绝活的匠人编扎，不仅美观结实，而且色彩鲜艳，样式新颖。年轻的女孩子头上扎着彩绸，脸上化着彩妆，身上穿着彩衣，腰间飘着彩带，一个个打扮得花枝招展，格外引人注目。让赵云生难忘的是，这些姑娘中，撑船的女孩最漂亮，还有扮小丑男青年的滑稽表演也会让人捧腹大笑，当玩到他家门前时，他和养父就会热情地端水递烟，兴趣来了也会唱一段自编的船词。连续放鞭炮时，紧密的锣鼓声催促姑娘们和丑角的互动不断加快，整个场面热闹非凡。

不过这船是不会在"五类分子"门前玩的，每到这天他生父就会关门回避，心中的失落可想而知。这些，赵云生虽然知道，但那时他在享受贫农儿子的政治待遇，没有切身感受。今天，他看见了排演彩船，联想到自己升高中受到生父历史问题牵连落榜，才体会到了玩船这天生父闭门不出的那种难受和无奈。赵云生不由得在心中泛起了对生父的同情，也为自己感到可怜。

回到家，赵树成见赵云生情绪不好，没有多问，和老伴连忙招呼儿子吃晚饭。赵云生本想与养父商量托关系的事，但见两位老人这么疼爱自己，不忍心让他们低三下四去求人，于是说："六爹，这次没考好，加上录取人数有限，我落榜了，其实在农村只要好好干也是有前途的，到时儿子还会给你们娶个漂亮的儿媳妇，生个胖小子，为赵家争光。"

没想到十七岁的儿子会说出这样贴心的话，赵树成也就放心了，老伴也对儿子说："云生，你几位老表早都来拜过年，明天都正月十四了，一定要去回拜，看看你舅舅、舅妈！"

农村过年走亲戚，舅舅为大，本应正月初二先去给舅舅、舅妈拜年，因心情不好，一直拖到今天还没去舅舅家，听养母这样一说，赵云生心里感到了内疚，于是他顺从地对养母点了点头。这时，赵云生才感觉有点饿，去厨房端来了养母已做好的饭菜……

放下了心中的纠结，晚上，赵云生睡得很香。高中往往是农村孩子通往外界的阶梯，他放弃了争取入学的机会，从此，人生轨迹就定格在种田—攒钱—娶媳妇—生孩子—种田的代际循环中。

02

　　马钧大队所属第九生产队是由一个自然村湾组成的，称为田家大湾，虽然新社会对农村宗族房头有所扼制，由于历史的惯性，生产队长一职一直由田姓社员担任，不过这些管理者大都在框架内行使管理权限，虽无大的建树，倒也相安无事，与全湾乡亲磕磕绊绊走进了二十世纪七十年代。

　　田福担任生产队长十多年了，湾内各种矛盾交织，加之上面不断变化的形势，使压力都到了他这个最底层的队长身上，觉得有些力不从心，几次找大队党支部撂挑子。老书记倒是很体谅他，要他自己物色一个接班人，现在赵云生回乡务农，让他眼睛一亮。

　　田福是看着赵云生长大的，这孩子自小就聪明、善良、正直，是湾里唯一的初中生，也算个文化人，是个合适的接班人。他首先安排赵云生当记工员，放在一线磨炼。每天给社员记工分，自己要以身作则，赵云生早上工，晚收工，坚持原则，不怕得罪人，真正做到了公平公正。这些田福都看在眼里，记在心里，社员们对赵云生反映蛮好，田福感到欣慰。

　　对老队长的知遇之恩，赵云生心存感激，他除了做好记工员的事之外，就生产队的发展也向老队长提出了自己的建议。

　　田家大湾由于地理原因一直缺水，政府修水渠，从百里之外溪沙河水库引来了河水，也只有北边几个大队受益，到不了马钧。田家大湾主要靠三个当家塘蓄水，以供人畜用水和农田灌溉，在雨水充足的年份，可勉强满足需要，如果碰上天旱，就会导致庄稼减产，甚至人畜饮水困难，所以缺水是全湾人的一块心病。

　　为此，赵云生仔细观察了湾子周围的环境，他认为如果能在北边清水河筑坝，将水挡住，再建成二级泵站抽水上来，就可满足南边几个大队用水，不过，工程量太大，不是他们湾子和生产大队所能办到的，也只有望河兴叹。于是，就把目光盯向了门前塘、侧塘和湾子后面的大塘，这几口塘看上去面积很大，实际上由于长时间没清理淤泥，蓄水面积明显减少。经过计算，如果挖至塘底清掉淤泥，可增加一倍的存水量，整个工期在雨季前可完成，蓄的雨水可以满足用水需要，挖出的塘泥也能肥田。这个想法形成后，他立即向老队长提出了"挖塘泥，修塘埂"的建议。

　　田福虽说五十多岁了，思想并不保守，他认可了赵云生的建议，召集社员开会，大讲挖塘泥的好处，动员过后说干就干，湾里男女劳力掀起了一场轰轰烈烈的挑塘泥比赛，引起了邻近生产队社员的好奇围观。为加快进度，生产队承诺全部劳力按"双抢"待遇记双工分，使多劳多得的社会主义分配原则得到了体现。社员们热情高，干劲就大，终于抢在雨季来临前把三口水塘修整完成，并按饮水卫生要求确定了洗衣塘、洗菜塘和饮水塘，同时挖了几个大水坑积水，平时供牛、猪饮用，天热时供牛困水，湾里整体面貌有了明显改善。在别的生产队因旱情导致农作物减产的情形下，九生产队取得了粮食大丰收，引起了县驻马钧大队社会主义教育工作队的关注，为了表彰先进推广经验，工作队决定在田家大湾召开现场会。

　　马钧大队管辖九个生产队，每个生产队有队长、副队长、民兵排长、妇女队长、贫协组长、会计和出纳等人参会，加上大队干部，公社驻队干部及县工作队成员，现场会阵容颇为壮观。对于很少外出的田家大湾社员来说，一下子来了这么多当官的，他们感到很拘谨，不过，这些干部都是自带中餐，倒没有给生产队添多少负担。

县工作队队长柯学民身为文化局局长，是个务实的人，他认为九生产队这种做法符合"抓革命，促生产"的要求，赵云生这个回乡知识青年也自然进入了县工作队的视线。现场会过后，在柯学民建议下，赵云生被任命为生产队副队长。

突然而至的荣誉，使赵云生连日沉浸在喜悦之中，落榜的沮丧心情荡然无存。一位刚满十八岁的青年，能得到县里领导的青睐，在社员们看来，是祖坟在冒烟。赵云生有些飘飘然，他单纯得像张白纸，一心扑在生产队的建设上，全然不知有人的地方，就有是非。

当年的农村，大都在门前靠池塘处，围起三面半人高的土墙，中间地面安个破水缸，形成开口向塘边的露天男女混用厕所。这样的厕所不仅难以遮羞，如果清排不及时，粪便还会溢出缸面，下雨时会冲入塘里，污染水质，严重影响着社员们的健康，于是赵云生提出了改造厕所方案。老队长田福认为各家统一改造厕所，虽然生产队可以计工分，但承担不了盖顶的材料开支费用，如果由个人出资购买，恐怕很难实施，他又不忍心泼赵云生冷水，就提出方案交队委会商议。

任何有人的地方，就会有矛盾和争斗。赵云生的出色表现引起了二十岁出头、出身贫农的朱二多的强烈不满和嫉妒。朱二多自小头脑灵活聪明，就是读不进书，小学还未毕业就辍学了，虽然怕吃苦，干不了农活，但有张会说话的嘴皮子，当年得到了公社驻队干部骆主任的喜爱，被任命为生产队民兵排长。本来骆主任还想提拔他为大队民兵连长，被老书记以不是复员军人为由给挡下了，只安排了个挂名副连长。

朱二多经常在年轻人面前标榜自己后台硬，说他老表的姨叔的父亲早年曾援助过隔壁大队的放牛娃江路去参加革命，前些年已是部队司令的江路探家时接见过他，夸他聪明，有前途。这八竿子打不着的自吹自擂竟然还有人相信，田湾人实在是太单纯。

朱二多本来认为接老队长的班是顺理成章之事，哪知突然冒出了个赵云生，风头盖过自己，他要进行反击，不能就此败下阵来。机会很快来了，他看出了改建厕所方案的漏洞，要把水搅浑，让赵云生下不了台。

在队委会上，老队长肯定了赵云生改建厕所的设想，但认为每家拿现钱买材料恐怕有些困难，队里也拿不出资金，建议暂停改建。朱二多却大力支持赵云生，他说："这是惠民工程，群众是支持的，每家修厕所出的钱不多嘛，还是拿得出来。"他极力主张实施改建计划，其他人则是说些模棱两可的话。田福见两位年轻人热情很高，只得同意先做动员，再根据情况做出决定。

会后，朱二多立即在社员中暗自放风说"厕所改建是搭花架子，没有一点儿用，是大家花钱，为赵云生邀功"，以至于征求意见时，厕所改造建议遭到社员们一边倒的反对，方案自然就落空了。

刚当副队长，就受到这么大的挫折，赵云生很伤心，情绪低落。在赵树成心中，县工作队就是党和政府的象征，儿子得到工作队的信任，并提拔为副队长，他感激不尽，也为儿子而骄傲。这次，儿子提出的改建茅司（当地方言，意为厕所）的建议，遭到众人反对，他一下就慌了神，不知问题究竟出在哪里，他要儿子去老队长那里求情，以获得谅解。

　　田福并不认为此事遭到群众反对完全是赵云生的错，只不过提出的时间有些过早。他安慰赵云生说："厕所整改不比春上修塘堰，那是生产队整体行动，有立竿见影的效果，公家所出资金又不多，社员只出工就行了，种田人最不缺的就是力气，所以这件事就干成了。乱建茅司，与农村落后有关，如果脏、乱、差环境不改变，乱建牛栏、猪圈，湾前屋后遍地是牛粪猪屎，单改厕所是没用的。另外每家还需要拿钱出来买材料，种田人最缺的是钱，常把一分钱掰成两半花，所以在他们不急需的情况下，这个方案自然会遭到反对。"

　　老队长一番话使赵云生茅塞顿开，终于明白了他不赞成的真实原因。此改建计划因没上报给大队，也没实施，没造成不良后果，也就无大的波澜。此时，赵云生才真正体会到了田福叔的宽厚和善良。

（黄莹绘图）

　　赵云生败走麦城，朱二多感到十分舒爽，不过，这种好心情没过两天，他就碰上了纠结之事。大队老书记找他谈话，开门见山地说："为了备战需要，国家在县城北十里台建大型军用机场，由县里组织基干民兵团承建，半军事化管理，要求一年内完工，大队组成民兵班参与，民兵连长张国民将担任公社基干民兵排长，民兵班就由你带队。"对于这个决定，朱二多本能地想要抗拒，因为他受不了纪律拘束，也怕吃苦，于是以身体有病为由，婉拒了领导的安排，并"好心"地推荐了赵云生。

　　民兵副连长带队去执行基建任务，是分内之事，但朱二多不愿意去，老书记没有勉强，经与工作队商量后，决定派赵云生带队，赵云生满怀信心的表态，使这位参加过土改的老书记感到欣慰。

　　赵云生走后，老队长又放了权，朱二多就成了生产队的实权人物。他是头脑灵活，耍嘴皮子行，实打实种地不行的那类人，刚单独执事就捅了个不大不小的娄子，失去了老队长田福的信任。

　　这天下午他带领几个年轻人修筑大塘塘埂，中途打安（当地方言，意为休息）时，有人要他讲一讲老红军江路的逸事，这正抓到了他的痒处，为了增加政治资本，他曾请一位相熟的中学老师在馆子吃了一餐，把流传乡间的有关江司令的早年逸事编成了桥段，他多次背记，今天正好实践一下。于是，他清了清嗓子正式开讲："话说我老表的姨叔的父亲的朋友是大名鼎鼎的江司令……"刚开口，朱铁蛋就打断他的话，说："二多哥，这么拗口，你就直接讲江司令的传奇革命故事吧！"这么一说，朱二多就只有开始背故事了。

　　将军为马钧村南边江家岗村人，早年参加革命，曾任红军营

长，八路军团长，解放军师长。一生出生入死，身经百战，为新中国建立立下汗马功劳，家乡至今仍有其英雄故事流传。

将军出身贫寒，自小就在财主家放牛，财主家有一名长工对其照顾有加，情同手足，两人兄弟相称。一日放牛途中，突降暴雨，雷电交加，牛群跑散。兄帮寻找，至晚牛群方归，因财主心狠，将军不敢见。兄将仅有一块银圆交与将军，劝其出走闯荡世界。兄弟洒泪而别，哪知一走就是二十余载，这是后话。将军辗转数月参加革命，九死一生，屡建战功。

时间飞快，转眼全国解放，将军功成名就。新中国成立初，将军回故乡，住区政府，轻装简行。一天随员得知兄在茶馆散坐，将军便衣前往，与其对坐，突发问："你认得我吗？"兄茫然。将军说出当年事，兄如梦初醒，两人抱头相拥，热泪盈眶。尔后，在住处交谈多是当年打工、放牛之事，历数别离之情。将军邀兄北京小住，兄随之。将军公务繁忙，嘱警卫陪同，生活、游玩安排甚好，无奈，兄感不自在，几日后含泪告别将军。多年后两家还有往来。

将军身在北京，对家乡建设多有帮助。再次回乡，正值那场运动之初，公社邀其做报告，将军先言爬雪山、过草地、吃皮带长征之艰辛，随后露手臂多处伤疤及双下肢被淤泥长期浸湿不能消退的黑色皮肤，告知胜利来之不易，不要忘记死去的先烈。

当今社会，百姓生活有保障，尽管仍有诸多不平，只是支流，与当年战乱，民不聊生，饥无进食，衣不遮体相比，堪谓天堂。为了老一辈打下的江山不变色，为了美好的明天更美好，仍需吾等团结一心，努力奋斗！

朱二多虽说普通话不标准，却把这个充满正能量的故事讲得绘声绘色。正当大家听得津津有味，不远处传来了老队长的声音："你们怎么还在打牌？日头要落山了，赶快修塘埂，广播说晚上有大雨。"众人看了放在田头的小闹钟后，才知道已休息了近两个小时，于是迅速干起活来。

朱二多正在兴头上，认为田老头是大惊小怪，县里天气预报向来不准，现在天气晴朗，怎会下雨？又不是过忙月，要赶时间，心中颇为不满。哪料到，当夜恰恰下起了大雨，大水通过没补上的塘埂缺口冲坏了下面的农田，让田福心痛不已，不由得在心里想起了赵云生。

此时的赵云生正在十里台过着准军营生活。民兵团长和政委分别由县人武部部长和驻军首长担任，各区、公社人武部部长担任民兵营、连长。以连为单位统一施工和生活，上工和休息以号声为令，每周一至周六为劳动日，周日上午由现役军人指导军训，下午休息，下雨、下雪天不能施工时，就搞时事政治学习，每个民兵由所在生产队记全工分，生活补助费从国防经费中支出。紧张的劳动、军训生活，使赵云生得到了锻炼。

工地上红旗招展，人来人往，到处挂着"提高警惕，保卫祖国""备战备荒为人民"的语录牌，各营、连之间施工竞赛的口号声彼此起伏，忙碌的挖土机、压路机和推着板车的人流有序穿梭在偌大的工地之间，还时有穿着军装的女宣传队员打竹板说唱现场鼓劲，场面十分壮观，这一切让赵云生感到心潮澎湃。他惊讶的是在军区文工团的专场慰问演出会上，首长讲话时竟然点名表扬了他，这对一个十八岁的农村青年来说是莫大的荣幸。

那是在一次偶然巡场时，赵云生及时发现了工地一处爆破现场存有安全隐患，避免了人员伤亡，得到了首长肯定。随后，赵云生受到了指挥部的表彰，被军分区授予三等功，一下子成了人们心目中的英雄。不过在荣誉面前，他表露出来的是低调和谦逊。

赵云生不知道的是县里确定在这批青年民兵中提拔一批后备干部，他已被列入预选名单，如果不出意外，其前途不可估量。

03

岁月流逝，不觉间已过去了一年，十里台机场高质量完工，赵云生回到了田家大湾。按县里统一布置，大队给了赵云生三天假。由于一年中很少回家，一时间乡亲们涌进赵云生家问长问短，场面很热闹。

赵树成满面笑容端茶递水，招待乡邻，心里甜蜜得不得了。朱铁蛋等几位年轻人迫不及待地向赵云生询问："机场里有无飞机？空军是怎么跳伞的？"显然，这些新鲜事赵云生是回答不了的，他只有笑着说，机场很快就会启用，将来大家看跳伞有的是机会……

乡亲们散尽后，赵云生小心地向养父提出："六爹，我想去趟赵湾。"三里路外的赵湾是第七生产队，那里住着赵云生的亲爹娘，赵树成心里清楚，儿子想他们了，出于某种顾虑，他要赵云生晚上过去，快去快回。

正当赵云生在舒心享受假期的欢乐时刻，大队部里，有关领导正在开会讨论年轻人的提拔问题，其结果将关系着赵云生的人生走向。

县里决定在参加修机场的青年中挑选一批表现突出者，充实到生产大队领导班子，然后培养过渡到公社、区领导岗位。柳林公社名单的五个人中，马钧大队就占有两名，于是，公社管组织的何书记亲自到马钧大队，主持了有县工作队队长、公社办公室主任和大队书记、大队长参加的有关提干会议。

公社办公室骆主任首先介绍了张国民的个人情况，二十五岁的张国民，出身贫农，马钧大队第三生产队社员，初中肄业，复员军人，共产党员，大队民兵连长，兼任公社基干民兵连排长，在建机场过程中，受到了县人武部嘉奖，群众反映良好。他的表现得到了大家认可，一致同意按拟任大队党支部副书记人选上报。

在提到十九岁的赵云生时就卡壳了，主要是其生父的历史问题。众人虽然清楚，他生父只是一般的历史问题，按政策对赵云生是没多大影响，但涉及入党，提拔为副大队长就必然要进行严格政审，担责者有一定风险，故一时间没人表态。还是老书记打破沉默，说在修建机场期间，赵云生毕竟担任过民兵班长，立过功，提议让赵云生担任生产队长，只需向公社报备就行了，不属这次县里选拔后备干部范畴，大家认为这个折中办法切合实际，就一致通过了，只不过赵云生人生发生转折的机会一下子就变得有些渺茫。

接任队长的当晚，赵云生让养母炒了几个菜，接老队长来家里吃晚饭，表示会一辈子尊重田福叔，不让他有人走茶凉的感觉；另一层意思是向老队长请教管理经验，生产队犹如一个大家庭，千头万绪，自己有点无从下手。

那时节的农村，还很贫穷，赵云生的养母取下了挂在土墙壁上的巴掌大块腊猪皮，用自家菜园摘的蔬菜和家养母鸡生的蛋，硬是做出了几样下酒菜。

桌上冒着热气的盆里是萝卜炖腊猪皮，肉香味扑鼻而来，还有辣椒炒鸡蛋、棉油炒的花生米，引得田福嘴馋，他心里知道，只有家里来客人，主家才会把过年留下来舍不得吃的腊猪皮做招待。于是连忙说："老嫂子，谢谢你！这肉味真香，今天能打牙祭啊！"

"大兄弟，不好意思，没有像样的招待，可不要见怪哈！"赵云生的养母不好意思地回答。

饮酒间，田福和赵树成两位老农民、老兄弟谈起了相处几十年的往事，有些伤感。三盅酒落肚，田福动情地对赵树成说："树成哥，你过继了这么好的儿子，你和六嫂晚年不用愁了。"接着他拍了拍赵云生肩膀说："大侄子，不必担心事情做不好，每天怎么派工都是手上活，时间长了就熟悉了。上面的理论我们不懂，但有一条必须记住，就是民以食为天，千万不能让社员们饿肚子，这也是符合社会主义原则的。再就是宁愿通过合法收入使社员日子过得好些，也不能个人多拿多占，社员都富了，就是有人说你走资本主义道路也会没事的，这就是我的总结。可惜我没做好，大家还是很穷。"说完田福做了个无奈的表情。那时的赵云生没想到，老队长的这番话，将使他受益终身。

万事开头难，开始赵云生在每天怎样派工上有点打乱仗，好在社员们都很信任他，队委会大多数成员也支持他的工作，生产队日常那些事儿才逐渐步入了正规管理。随着赵云生的威信增高，经过反复琢磨，他对原先生产队的有些做法进行了改进，使社员们获得了最大利益，却受到了个别人的实名举报。

赵云生担任生产队长，朱二多心中很不平衡，修了一年机场，就有了政治资本，这是他始料未及的。本来带队去十里台修机场是自己的差事，却怕吃苦拱手相让，现在是追悔莫及，但木已成舟也只能每天强装笑脸，服从赵云生分配。现在大半年过去了，他发现生产队是在搞资本主义那一套，于是实名举报了赵云生犯了方向路线错误。

柯学民得知举报内容时，感到问题严重，如果县社会主义教育工作队推荐提拔的生产队长犯有方向路线错误，是不好向上面交代的。于是他提议工作队员夏笑云和大队党支部副书记张国民去田家大湾调查此事。

面对夏笑云和张国民汇报的调查结果，柯学民心里有底了。本来这件事在全大队干部会澄清便可了结，但涉事较敏感，必须统一思想，他和老书记商量，准备在湾里开个社员大会，把事情挑明，再因势利导，可能效果要好些。

秋天，农村进入了收获季节。为了不影响秋收，一个月明的夜晚，在田家大湾村头那棵大栗树下，公社办公室骆主任主持召开了社员大会，全体县工作队员和大队干部也参加了会议。会议直奔主题，首先由民兵排长朱二多对赵云生半年工作进行评价，朱二多的发言来了个抽象肯定及上纲上线的具体否定，让人感到性质很严重。他提出了三个问题。

首先，允许孩子们将捡的麦子拿回家，是损公肥私，没有做到社会主义的颗粒归仓；其次，把队里开出的荒地分给了社员，扩大了私人自留地，不符合社会主义价值观；第三，鼓励个人喂猪卖钱，并把还可以吃的粮食和肥田的红花草子苗割下分给社员喂猪，增长了个人的私心。这三件事是走资本主义道路的表现，赵云生犯了方向错误。

面对这样的提问，赵云生一点儿都不慌，他认为所做这些都不是为了自己，于是做了如下解释：在农忙时节，允许农家孩子在被清理了一遍的麦地和稻田捡起漏下的庄稼，比马上犁田烂在地里要好，因为来不及组织人员清理第二遍了，这些孩子家大多是缺粮户，将所捡庄稼交给集体，队里给予折计工分，若拿回家食用也不反对，这特殊的颗粒归家也是珍惜粮食的表现；因为历史的原因，每家种菜的自留地很少，自供蔬菜不足，严重影响了社员的生活，所以队里才允许勤劳者在山坡石地适量开荒种菜以求自给自足，并没有分地；过年期间国家给每户社员发票供应三斤猪肉，对人口多的家庭完全不够，于是鼓励大家养猪，在不影响公家利益情况下允许他们割点草籽尖，并适当多分点瘪稻子喂猪，待猪出栏卖给国家做贡献，也可分得十三斤肉票，使生活有所改善，这是我们的初衷。当然，我们提议每个喂猪户匀出两斤肉票，由队里调配到困难户，这样一来，家家都有肉吃，就调动了大家的积极性，人心齐就好办事。

参会的社员虽然很认同赵云生的做法，却为这位刚上任的队长捏了一把汗，都把眼睛盯向了县工作队长柯学民。柯学民的内心也深深为赵云生务实为民的事迹所打动，他问了几位乡亲对赵云生的看法，这些社员虽然讲不出大道理，都一致表示对赵云生的支持和拥护，柯学民知道这是民心所向，他问朱二多对赵云生上述解释的看法，朱二多已意识到自己的检举不占理，完全没有了刚提问时的盛气凌人，连忙说"没有异议"。此时，柯学民做了表态性讲话，他肯定了赵云生的做法，说是社会主义分配原则下的灵活体现，不过也表扬了朱二多政治敏锐性高。此刻，会场气氛完全缓和，一场是非之争，在不经意间化解了。

作为工作队的负责人，柯学民考虑更多的是在社会主义框架下，怎样使全体农民致富，他宣布了一个决定，今后一段时间，年轻的工作队员夏笑云将在第九生产队与贫下中农同吃同住同劳动，帮助大家在社会主义大道上走向富裕。在热烈的掌声中，夏笑云站起来腼腆地笑了笑，表示一定向贫下中农学习，当好队委会的参谋。

至此,这个会开得很圆满,达到了预期目的,唯有朱二多感觉会议要求似乎与报纸上提法有点不一样,但又悟不出一个所以然,于是去找骆主任询问。骆主任是他的一位远房表叔,毫不客气地对他进行了批评,要他脚踏实地协助赵云生把生产队里的事做好,不然是自毁前程。

夏笑云大学毕业不到半年,又是单身,年富力强,精力充沛,工作队没有大的活动时,就泡在田家大湾,白天忙生产,晚上帮队里的年轻人补习文化,然后就去离村不远的大队部休息。

按上面规定,夏笑云每家轮流吃派饭,每餐交粮票四两,现金两角五分。整个生产队没有地主富农等被管制对象,他家家户户吃了个遍,乡亲们把他当亲人看待,在那个物资匮乏的年代,有的社员会特意摸鱼捞虾,甚至有大婶不惜杀鸡炖汤招待他,他也把这里当成了第二故乡,为生产队的生产发展和建设出了很多好点子。

为了改变湾里的卫生状况,赵云生把统一修建牛栏、猪圈、厕所的设想纳入了队委会议事日程,同时拟在侧边大塘边挖口深井,以保证全队社员能喝上干净水。但这些设施都需要钱,上年队里劳动分值是两角三分,队里没有积累,个人生活也只能勉强维持,没有资金就什么事都干不成,他感到十分焦急。

夏笑云在关键时刻向赵云生提了条建议:"目前,政策允许发展社队企业,以补贴农业,生产队也可在不影响生产情况下,力所能及地搞点多种经营,以促进共同富裕。现在人们买布需要凭票,农村就有大量土布上市补充供需不足,这些本色土布需要染色,本地少有染印厂。印染技术不复杂,派人学习两个月就能掌握,湾里可开个染坊。据我观察，后山土质以黏土为主，适宜烧红砖，技术要求相对于烧青砖要低，投资不大，也可建个窑厂，这样一来资金问题自然就解决了。"

夏笑云的建议，一下子化解了赵云生心中的忧闷，他马上写了建染坊和窑厂的报告递交给大队，然后在生产队里挑选了十多位年轻、聪明又能吃苦的社员到外乡去学习染印和烧窑技术。两个月后，田家大湾的染坊和窑厂就开张了。由于大家齐心协力搞生产，年底粮食获得大丰收，因为有副业收入进账，便集体出资在湾子里修起了卫生达标的厕所、猪圈和牛栏，并请专业人员打了一口几十米深的水井，社员们吃上了清洁水。年底分红结算，分值达到了五角六分，乡邻们欢欢喜喜地过了个富余年。

04

星移斗换，不觉间已至二十世纪七十年代末期。春节过后，经历过上一年特大旱灾的田家大湾人，还没缓过劲来，震惊世界的边境自卫反击战就打响了。

很快，自卫反击战取得了决定性的胜利，但赵云生得到了一个不幸的消息，中国人民解放军某部干部朱大鹏在战斗中光荣牺牲，他一下子就陷入了悲痛之中。

从穿开裆裤起，赵云生就得到了朱大鹏兄长般的呵护，两人有很深的情谊，让赵云生伤感的是，去年朱大鹏探亲时曾高兴地对他说："只剩一年就要转业了，到时咱哥俩就不会分开了。"这句话还时时响在耳边，哪知今天……赵云生不敢往下想了。还有，朱大鹏年过七旬的母亲李清芳及刚生孩子的妻子金桂芝，怎能经受老年丧子、产后丧夫的打击？在大队部，赵云生对已是支部书记的张国民说出了心中的担忧。

张国民与前来慰问烈士家属的县人武部蒋部长商量后，先叫来了朱铁蛋，告诉了他哥哥为国捐躯牺牲的消息。朱铁蛋流着泪悲伤地说："自从开战后，家里就一直担心哥哥的安危，哪知今天等来的是如此消息，咱爹死得早，是娘一手把我们拉扯大的，嫂子刚生了侄儿朱盼，小家伙连父亲面都没见就……"朱铁蛋哽咽地表示会协助政府安抚母亲和嫂子。

县区社领导来到朱铁蛋家，谁也不好先对烈士的母亲和妻子开口，气氛沉闷。赵云生望了望摇篮中熟睡的婴儿，悲切地说："李婶，桂芝嫂，大鹏哥英勇牺牲了，县里领导看你们来了！"话没说完，赵云生已是泪流满面，此时屋内也传来了哭声。蒋部长代表部队向朱大鹏悲痛欲绝的母亲和妻子进行了慰问，并赠送了慰问金，说大鹏是英雄，政府是不会忘记革命烈士的……

那些日子，田家大湾乡亲们回忆着与朱大鹏相处的点点滴滴，一直沉浸在悲痛中，当烈士生前所在部队首长和战友来探望家属时，这种悲伤达到了极点。面对烈士的遗物和军功章，年迈的母亲和抱着孩子的妻子泣不成声，现场每个人都感到扎心的痛。赵云生暗暗立誓，一定要协助政府，好好照顾大鹏哥的家人，以慰藉他在天之灵。

赵云生全程参加了县里对朱大鹏烈士家属的安抚慰问活动，直至四月下旬李婶和桂芝嫂情绪渐渐稳定，他才放下心来。

在农忙来临之前，顶层的一项重大决策，让赵云生十分感激。这一天，公社向赵寿成宣布了县委决定，根据中央指示，摘除其"四类分子"的帽子，享受与贫下中农同等的政治待遇。这无异于一声春雷，给了这个家族强烈震撼，赵寿成立即在家置办酒席，以示庆贺。

老弟兄七家三十余人聚会，场面很热闹，在赵云生印象里，这样的聚集是第一次，年近七旬的生父激动得要弟弟冬生到街上去买国家领导人的画像挂在正堂。赵云生理解生父此刻的心情，但毕竟三岁后就过继到贫农成分的六叔家里，除了升高中因生父历史问题有所影响，多年来在政治上没有受到歧视，何况贫下中农子女没读高中的多得是，并没有太在意能否上高中，所以他心中较为平静。生父完全摘帽能顺心安度晚年，哥哥春生和弟弟冬生也有了出头之日，全家对共产党的感激也在情理之中。

生父问题得到解决，赵云生生母向养母问起了儿子的终身大事，六妯娌说云生不听话，介绍那么好的姑娘都不答应，不过，她要嫂嫂不用担心，算命先生说儿子自有贵人相助。

对两位母亲的意愿，赵云生发自内心地感激，他并不担心会娶不到媳妇，倒希望在生命中有贵人出现。几年来，本地干旱缺水的问题一直困扰着他，思来想去他把目光盯上了湾子北边山下的清水河，希望县工作队干部夏笑云能成为他工作中的贵人。柯局长已回城，夏笑云升为工作队长，如果他能鼎力相助，向公社提出在清水河搞"大会战"筑河坝，此事准能成。于是，他拉着夏笑云来到了清水河边，谈了建坝蓄水的设想。

夏笑云没有正面回答，问他是否知道马钧大队的来历，这可把赵云生难住了，土生土长的他，确实不知道这个地名是怎么来的。是呀，此地没有一家姓马，怎么会叫马钧？夏笑云对他讲了马钧的故事：

汉朝末年，陕西出了与鲁班齐名的机械发明家马钧，他研制的十二蹑织机久负盛名。一天，他路过柳林乡，借宿在田家大湾，正值夏天，天气干旱，田里庄稼快要枯死了，人畜饮水也靠到山下清水河底挑运。马钧仔细观测了清水河地势，组织村民建造了几丈高的排灌水车，用人力踏车将河底的水引上来灌溉农田，解决了缺水问题。人们为了纪念他，将此地定名为马钧。

见赵云生脸有点羞红，夏笑云赶紧说这只不过是个传说，不能当真。其实，面对此地的旱情，夏笑云早就有在清水河建坝挡水的想法，不过他只是一名普通的驻队干部，没有机会提出如此重大的建议，此时讲马钧的故事，就是向赵云生婉转表达了支持的态度。

兴修水利是前几年农村建设的主要工作，公社范围的小工程易立项批准，各地也取得了很大成功。夏笑云顾虑的是，自去年开始，农村工作有了变化，"大会战"式兴修水利的模式渐渐停止了，工作队也只留下夏笑云协助大队工作。随着地主富农的摘帽，夏笑云意识到明年农村将有大的变革，所以现在提出兴修河坝有些不适宜。但如果能把清水河坝修起来，确实可解决几个大队缺水问题，连赵云生都在操心此事，作为一名党员、国家干部没有理由袖手旁观，经慎重考虑，夏笑云决定抓住最后机会，尽最大努力促使工程立项实施。

有志者事竟成，在夏笑云和赵云生不遗余力的共同努力下，关于修建清水河挡坝的报告得到了县里批准，经过一番筹备，秋收后就正式动工了。

经测算，整个工程用工量需一万至两万个，故称为万工坝工程，仍采取大会战模式，由公社成立指挥部，各大队派出精壮劳力，按技术人员设计的方案施工。

一时间，整段河道红旗林立，挖土、挑土人来人往，干劲冲天，挖土机作业轰鸣声不绝于耳，又展现出了千军万马搞"三治"的繁忙景象。

工程施工款由国家下拨，修坝人员的生活费则由所属大队补贴，生产队计工分，个人自带大米，公社还与食品公司商量，每月特批供应两次猪肉，以保证社员有足够的体力。各大队民工住宿在离河道最近的第八和第九两个生产队，在社员家集体做饭，打地铺睡觉。

这些日子，赵云生奔波在工地与村湾间，主要协调安排民工生活住宿问题，队里劳力则集体开伙，由副队长朱二多带队参加工地施工。

紫藤大队几十名修坝社员住在田家大湾空置的仓库里，食堂设在赵云生家，炊事员叫周凤英，是一位朴实的农村姑娘，其堂嫂毛三姐打下手，姑嫂俩同住在赵云生家厢房里。周凤英很能干，会做农家饭，把每天有限的菜金计算到了极致，使大家既吃得饱也能吃好，加上她人漂亮，勤劳善良，厨房和堂房都打扫得干干净净，收工后社员们都喜欢在这里多待一会儿，年轻的小伙子们甚至承包了挑水洗碗的琐事，一天下来，虽说有点劳累，大伙儿心里倒是很顺畅。

晚饭后做完杂事，周凤英和毛三姐有时与赵云生养母叙叙家常，见她年龄大了，为儿子纳鞋底、置袜垫、做布鞋很吃力，周凤英主动接过了这些手上针线活，几个晚上下来两双布鞋和带花的鞋垫整整齐齐放在老人家面前，引起了老人的惊讶，在心中喜欢上了这位心灵手巧的善良姑娘。她打听到姑娘今年二十二岁，比云生小一岁，家里双亲健在，有两个弟弟，贫农成分，人品是没得说的，是心中理想的儿媳妇，于是在与毛三姐闲谈时有意无意之间透露出了这方面的意愿。

一天晚上，当赵云生拖着疲惫的身子回家时，养母一下子把两双崭新的布鞋放在他面前，要他试穿一下，他问道："六妈，是谁做的？""是凤英姑娘看我眼神不好帮我做的，你还不去谢谢人家。"养母兴冲冲地回答。

赵云生忙于工地之事，回家不多，与周凤英没有直接交往，此刻却有了见面的强烈欲望，他顺从地随养母去了周凤英住的房间。

周凤英与堂嫂正在拉家常，见这娘儿俩进来了，她们连忙起身客气地让座。当赵云生看见周凤英的一瞬间，心中突然有种从来未有过的异样感觉，这个普通农家女此刻在他眼中简直就是天仙，不由得红着脸站在那里发怔。

赵云生的养母见状，忙说是和儿子过来谢谢周姑娘和毛家嫂嫂的帮忙，周凤英却腼腆地表示帮忙是应该的。平常交谈老人家就流露出喜欢小姑子的意思，见两个年轻人也似乎有意，毛三姐就找了个借口与老人离开了房间。

乡下人谈恋爱虽说没有那么诗情画意，也无花前月下的浪漫，却传递了最诚挚的情愫。赵云生与周凤英说的大多是天凉了要注意身体，做这么多人的饭累不累之类的体贴话，周凤英也以农村姑娘特有的羞涩，怯怯地问她做的鞋子合不合脚，纳的鞋垫舒不舒适。赵云生心中明白，给心仪人做新鞋和纳鞋垫是乡下姑娘特有的定情物，心中不由得一阵激动……

人在欢欣时，时光就流逝得快，不觉间又过去了两个月，清水河工程快要完工了，天空也飘起了零星雪花。两位年轻人平淡见真情，其婚事也提上了两家议事日程，让赵云生惊喜的是夏笑云和张国民将参加婚礼，分别当他们的证婚人和主婚人。

　　万工坝即将落成的事实，使赵云生相信了算命先生对养母说的话，他确实遇上了生命中的贵人夏笑云。在这恰到好处的时间，又遇到了周凤英，看似是个巧合，但他宁愿相信是命运早就做好了安排。尽管在旁人看来，有文化的小伙与不识字的妹子相爱，不那么般配，但缘分将把他们牵进婚姻的殿堂。

　　随着万工坝工程顺利完工，赵云生也迎来了人生中最重要的大

（吕露绘图）

事——他要娶周凤英回家过日子。这随缘而至的双喜临门，使他高兴得心花怒放。娶亲那天，是入冬以来少有的一个晴天，在通往紫藤大队的土路上，那举着红旗，敲着锣鼓的长长迎亲队伍，在广袤田野上形成了一道靓丽的风景线……

按上面喜事新办的要求，婚礼要尽量简朴。由于赵云生朋友多，亲戚多，还是在家中置办了十多桌具有农村特色的酒席。正席上除了新娘娘家客人，还有县工作队干部夏笑云，大队书记张国民及大队退下来的老书记和老队长田福。在赵寿成和赵树成眼里，这些干部能光临，是儿子三生修来的福气。婚宴没有典礼仪式，只是在开席前请夏笑云说了一堆祝福话，家族亲友都觉得很有面子，感到蓬荜生辉。

酒席过后，送走了新娘娘家客人，就进入了闹洞房环节，虽说新婚三天无大小，还是提倡文明闹洞房，在堂屋摆满喜糖花生瓜子的条桌上，一群年轻人围桌而坐，朱二多是他们的头，预备了好多"使坏"传统闹房四句。新娘害羞，自然扭扭捏捏不肯配合，越是这样众人就越闹得起劲，欢乐的气氛渐渐达到了高潮……

05

大年初一清晨，田家大湾家家户户的有线广播中，传来了省里领导恭喜大家发财的拜年声，赵云生在惊讶之余感到了亲切，但他毕竟是一名普通农民，并未意识到一场席卷全国的农村变革风暴即将来临。

按惯例，赵云生要去给湾里长辈拜年，于是他嘱咐妻子周凤英招待好来给双亲拜年的乡邻，然后穿上妻子亲手缝制的新衣裳，径自出了家门。

　　赵云生十分惦记朱大鹏的母亲、妻子和儿子，这不仅出于对烈士的敬重，更出于那份兄弟般的情谊。虽说有政府和生产队照顾，烈士家属不缺过年物资，但想象得出，刚失去亲人的家庭，除夕之夜的那种思念该是怎样刻骨铭心。

　　来到朱铁蛋家，赵云生首先向他母亲和嫂嫂连连打躬作揖，高声说："给李婶、嫂子拜年啦！"然后对着堂屋神柜上朱大鹏身着戎装的半身像，轻声说道："大鹏哥，我看你来了！"当与相片中朱大鹏的眼睛相碰的一瞬间，脑海中浮现出了年少时被人欺负，朱大鹏打抱不平的往事，感觉心里特别难受。

　　此时，李清芳感激地对赵云生说："政府和生产队里把我们照顾得这么好，一大早你就来拜年，铁蛋还没去给你爹妈拜年，婶过意不去啊！"于是，她嘱咐朱铁蛋待会儿一定要过去给赵云生六爹六妈回拜。赵云生赶忙说："照顾和拜年是应该的，婶不要想多了。"赵云生又关心地看了看熟睡中的小朱盼，金桂芝说晚上小家伙对外面的鞭炮声不适应，一直哭闹，早上才入睡。

　　这一家子的现状，使赵云生稍微放下心来，这时，朱铁蛋把他拉到一旁，吞吞吐吐地说："云生哥，妈和嫂子清明节想去广西烈士陵园看咱哥，想请你帮忙……"话没讲完，赵云生连说："是应该去看看大鹏哥，至于路费，你不用担心，队里还有积累，可帮忙解决。"朱铁蛋连忙说："不是这个意思，妈说抚恤金够来回的盘缠，她的意思是广西太远，我们又从未出过远门，你是我哥的好兄弟，希望能一块去，一路上也有个照应。"这句话使赵云生有些激动，他在心中敬佩英雄母亲的思想境界，感谢李婶没把他当外人。沉思了一会儿，慎重地对朱铁蛋说："我一定会同你们一块去看大鹏哥，有限的抚恤金要用在孩子身上，烈士遗属完全有资格接受生产队赠予的路费。告诉李婶，这件事由我来安排，到时一块出行就行了。"听赵云生这么说，朱铁蛋紧紧拉着他的手不停地感谢，赵云生说："事情就这样定了，待会儿当着李婶的面，说些高兴的事。"自从朱大鹏牺牲后，赵云生就想去边境祭奠这位为祖国献身的兄长，现在这个心愿可以实现，心里也就踏实了。

从李婶家出来，天空飘起了雪花，赵云生不时地与碰面的乡亲相互拜年问好，全然没有寒冷的感觉。

他来到湾子南边，走进了老队长田福的家，连连说："叔、婶，给您二老拜年来了！"田福没有儿女，刚送走来拜年的侄子一家，赵云生就来了，老两口十分高兴，连忙拿出瓜子、花生要他吃。

一阵寒暄后，田福问赵云生今天早晨听了广播没有。田福是经历过新旧社会变化的人，特别珍惜来之不易的幸福生活。这几年上面政策逐渐起了变化，恢复了高考，读书人又有了用武之地，农村改革的呼声也越来越高，他感到农民有奔头了。省里的大领导，大过年的在广播中恭贺人们新年发财，还是头一次听到，他有一种莫名的兴奋。不过，听说有的省已分田单干，他拿不准，又有些担忧。其实，为了使农民更快致富，上面也是在摸着石头过河，边走边看。

相对于老队长的顾虑，赵云生想得没有那么多，倒认为如果分田单干，能最大限度调动人的积极性，更加体现出了社会主义"多劳多得，按劳分配"的原则，不过，要分光好不容易聚集起来的集体家底，却有些心疼。

农村改革的春风，比老队长田福预料中来得要快。春节过后，全省农村普遍实行家庭联产承包责任制，也就是分田单干，各公社限期在农忙前实施完毕。对于这个政策，多数人是拥护的，因为田地分到个人，靠劳动致富，可自由自在地去做发财的美梦。马钧大队党支部书记张国民却犯了难，主要是集体经济搞得好的第九生产队，在分田的基础上，队里的积累怎么分？还有染坊、窑厂怎么办？孤寡五保老人的生活谁来承担？这些挠头的问题，他有些拿不定主意，于是，想到了工作队长夏笑云。

工作队早已完成了那个年代上级赋予的使命，已接到撤离通知，夏笑云也将调任到县委宣传部工作，但他对马钧大队，特别是第九生产队的农民兄弟有着深厚的友情，不愿意看到乡亲们在改革大潮中落伍，于是，受张国民之托，夏笑云参加了第九生产队关于分田到户的现场会。

一个晴朗的夜晚，第九生产队空置的仓库里，有关家庭联产承包责任制实施的社员大会如期举行，坐在中间的县工作队夏队长、公社的骆主任，还有大队的张书记，神情严肃，周围的社员们则抑制不住激动的心情，叽叽喳喳在小声议论着。学习文件后，当宣布分田方案时，整个会场突然安静了下来，人们屏住呼吸生怕听漏了与自己利益相关的条款。

首先划分了每户所得的田地，允许在不影响第三者利益情况下相互间进行协商调整。赵云生表示自己愿多分点离家远的山坡地，好点的水稻田让给别人，提议要保证烈属李清芳家分得好田，给烈士一个交代。众人纷纷表示将好田分给烈属无异议，方案得以通过。

赵云生在会上讲了烈士母亲及妻子清明节将去广西给烈士上坟的意愿，现家庭困难，建议在队里积累分给社员前，提取一笔资金，以承担烈士母亲、妻子、弟弟的来回路费。朱大鹏烈士为国献身，是田家大湾的光荣，大家自然是十分赞同由队里负担家属去边境祭拜烈士的这笔路费。

下一步就是生产队固定资产的分配问题。几年来染坊和窑厂为队里发展做出了重要贡献，现在因为生产队条件差，技术落后，染坊和窑厂已难运转。此时又没人愿意出面承包经营，只有当场决定停工关闭。队里三个大水塘，因投资不多，池塘养鱼是一本万利，有多人竞争承包，最后朱二多如愿胜出，当场与大队签了十年承包合同，不过合同中还有必须承担的责任，即在农忙"双抢"时要保证塘中五成蓄水供给湾里农田灌溉，大旱之年不得以任何理由拒绝农田及人畜用水，同时要保证侧塘旁水井和万工坝二级抽水泵站的维修和管理，维修费用从鱼塘承包费中扣除。夏笑云更是强调二级抽水泵站是人们用水的生命线，平时一定要维护好，否则损失将无法估量。尽管如此，由于缺乏对合约的监督，加之也没有对承包者损失的补救措施，留下了大旱之年发生冲突的隐患，使得夏笑云的谶语成真，这是后话。

分田到户，各干各的，队委会干部就没有存在的必要了，只保留了赵云生这个没有报酬的生产队长虚职，起个上传下达的作用，当社员之间出现矛盾纠纷时由大队干部出面调停。

将全部精力投入生产队发展的赵云生，面对一晚上就消失了的集体经济，难免有种失落感，这种情绪在送夏笑云回县城时表现得特别明显，夏笑云笑着拍了拍他的肩膀说："云生同志，在发展壮大生产队集体经济方面，你做出了贡献，相信在新的形势下，你一定能成为个人发家致富的典型。"多年之后，每当想起这句激励人生的话语，赵云生在心中对夏笑云就多了份感激。

俗话说"无官一身轻"，突然没有队长的职务，赵云生反倒有些不适应。周凤英见他无所事事，就建议他从今以后把心思放在种田上，政策这么好，凭自己的一双手勤扒苦做，不愁富不了。还告诉他自己有喜了，往后要多为未出世的孩子着想。

妻子怀孕的喜讯，给了赵云生惊喜和动力，他每天起早贪黑地在自家田地摸爬滚打，待把农活安排停妥，清明节快到了。

赵云生通过县人武部了解到了朱大鹏的安葬地，特别是知道了清明前三天烈士生前部队有人接待家属祭奠的消息，心里踏实多了。托人到县火车站预订了四月一日去南宁的火车票，并拿自家分的口粮去粮管所换了五斤全国粮票，以备路上应急用，还花钱托人从供销社购买了一袋当时很难买的全脂奶粉，用来加强孩子的营养。他要为这趟远乡祭奠尽份兄弟情谊。

作为一家之主的李清芳，深知这趟远行的艰辛，虽说乘车及与部队接洽的事有云生和铁蛋操心，但孙子盼盼刚满一岁，途中不能有半点闪失。她连夜为孩子缝了件棉袄，可以在火车上及野外抵挡风寒。为节省盘缠，她赶做了二十多个包粑（当地特色小吃），以备在路上充饥。为预防媳妇奶水不足，她碾制了足够的米粉喂养孙子。她带上密封在小罐里亲手酿制的米酒，要让儿子大鹏享受到最后的母爱，还缝了一个小布袋，让铁蛋将哥哥墓前的泥土带回祖坟地，使儿子的魂魄能回到家乡。她想到儿媳身子骨不好，再不能承受悲伤打击，一路上一定要克制，不能让她大哭大悲。李清芳心中最感激的人是赵云生，在全家处于异常艰难的时刻，赵云生如同她的亲生儿子般，顶起了他们家的半边天……

七旬老母将去广西祭奠烈士儿子的消息，深深感动了田家大湾的每个人，她的坚强和刚毅，将母亲的伟大展现得淋漓尽致。

06

四月一日是个晴天，赵云生一行四人带着小盼盼在县火车站上了去南宁的列车。由于是过路车，买的是站票，车厢过道都挤满了人。

两天两夜的路程，没有座位，老人和孩子怎受得了？赵云生找列车长说明了情况，出于对烈士的敬重，列车长在餐车一角腾出了两个位子，这样李清芳和金桂芝抱着孩子才有了歇息的地方。赵云生和朱铁蛋只能到餐车外车厢连接处站立，这里与餐车相隔很近，有事来往还是方便的。

不知是环境变了受到惊吓，还是饿了，盼盼突然大声哭了起来，金桂芝赶紧将奶头塞进他口中，孩子稍吸吮就把干瘪的奶头吐了出来，继续哭闹，李清芳喂米粉也不吃。赵云生见状，拿出特意买的全脂奶粉，用开水冲后倒入奶瓶，盼盼先吸吮了一下，尝到了甜味，立即停止了哭声，然后大口大口地吸吮起来。

那年头奶粉对农村孩子来说是奢侈品，金桂芝感激地对赵云生说："孩他叔，谢谢你啊！"

李清芳也说："云生，你们家也不富裕，花这么多钱买奶粉，难为你了。"

"李婶，嫂子，孩子比什么都重要，谁叫我和大鹏哥是好兄弟呢！"

见赵云生把话都说到这个份上，婆媳俩也不好再说什么了。盼盼吃饱喝足后，在妈妈怀里安静地睡着了，大人们才有了片刻的休息。

　　赵云生半靠在车厢连接处的车门旁，望着门窗外飞逝的景物，随着车轮与钢轨碰撞发出的"哐当哐当"声，思绪回到了与大鹏相处的日子。朱大鹏比赵云生大六岁，自小两人相处就好，亲如兄弟，当年朱大鹏在区里读初中，学校有好多从上面下放的名师，教学质量在县里名列前茅，学生基础知识掌握得比较牢固。初中毕业后朱大鹏就报名参了军，那时从农村入伍的新兵中，初中生算是高学历，加之他各方面都优秀，很快就入了党，提拔为干部，两年前回家完婚时，已是副连长了，赵云生记得大鹏哥曾说"自己文化起点低，没有军校学历，很难胜任部队工作，已向上级提出申请转业，回老家咱兄弟俩一起大干一场"，如今他却牺牲在前线，赵云生深感人生的无常……

　　经过两天两夜的颠簸，列车终于在四月三日上午十一时到达南宁站。南宁距离龙川县约两百公里，赵云生一行转乘长途班车，约四小时后到达龙川县城。

　　朱大鹏生前所在部队牺牲的烈士大部分安葬在龙川烈士陵园，虽说部队已调防，但首长很重视战后第一年的清明节，要求各团在县城设立接待处，做好家属前来祭奠的接待工作。团里两天前就接到银山县人武部电报，得知朱大鹏母亲和妻儿要来广西，政治处于主任考虑到干事姜星华与朱大鹏曾是同班战友，就把接待任务交给了他。

　　在长途汽车站与烈士家属一见面，姜星华就自我介绍是大鹏的战友，首长安排前来接站。他紧握着李清芳和金桂芝的手嘘寒问暖，关切地问孩子的饮食和生活状态，还称赞赵云生和朱铁蛋与朱大鹏兄弟情深，他表现出的极大的热忱，使李清芳感觉到了一丝欣慰。

李清芳一家被安排在县招待所休息，于主任和姜星华陪同进了晚餐，其间于主任介绍了朱大鹏参战情况，不过，为了不使家属过度悲伤，没有具体讲述朱大鹏牺牲时的惨状。于主任十分亲切地对李清芳说："老人家，您有个好儿子啊，虽说朱副连长英勇牺牲了，可姜干事和战士们都是您的儿子，欢迎您经常来部队走动。"这贴心得体的话让李清芳心里一热，忙说："大道理咱懂，鹏儿虽然是为国家而死，我们家属也要体谅国家的难处，这次来看了儿子就满足了，往后不会给政府和部队添麻烦。"

接着，于主任要姜星华清明上午陪同家属去烈士陵园祭奠，下午驱车将家属送至南宁，买好车票，搭乘晚七时返程的列车。李清芳代表全家向于主任表示了谢意。

烈士陵园离县城五公里，因为自卫反击战牺牲的烈士大多来自农村，加之路途遥远，能来扫墓的烈士家属不多，道路并不拥挤，清明节早上，姜星华驱车很快就把李清芳一行人送到了烈士墓地。

陵园建于新中国成立初期，这次牺牲的千余名官兵安葬在扩建的新区。一进入陵园大门，青松翠柏映入眼帘，气氛庄严肃穆，大门内侧面墙上作家张廷竹的一首长诗，无声地诉说着烈士为国献身的伟大情怀：

静静地，你们躺在这里

犹如梦的山野

为大地奏一曲无声的悲壮之歌

纱一样缥缈的云雾

云雾一样浓重的梦

掩盖着你们渐渐化为泥土的肌肤

细雨洗净了全身的血迹

硝烟散去，冷却了唇边的最后一抹微笑

墓碑前，耸立着高高的云彩

耸立着守候在黎明前的峭壁

一幅完整的中华人民共和国地图

覆盖在你的墓顶

是你们的身躯默默地撑起

九百六十万平方公里的土地

每个躯体都是一块放下的纪念碑

每一座坟里都藏着一个壮烈而永不消失的青春

那不朽的石碑将永远耸立

……

读着这首悲壮的长诗，赵云生想起安息在此地的朱大鹏，感到了一阵心痛。

在姜星华带领下，他们穿过了新区几排整齐有序的烈士墓地，来到了朱大鹏的墓前，只见其间绿树红花点缀，新栽的松柏已成活，烈士照片镶在墓碑上面，烈士英名嵌在正中。当众人看见朱大鹏面带微笑的相片时，瞬间泪奔。赵云生很快镇定下来，意识到不能长时间悲伤，他曾和铁蛋商量，祭奠时相机行事，避免老人和嫂子过度悲伤发生意外。于是，他立即从随身大包拿出带来的祭品递给李清芳，并不时地注意着抱着孩子有些木讷的金桂芝，朱铁蛋也在墓旁捧了几把泥土装进了小袋里。

此时，李清芳擦了擦眼泪，脸上呈现出刚毅的表情，她在墓前摆上供品，按家乡习俗上香烧钱纸，然后喃喃地说：

"鹏儿，妈和你媳妇，云生，铁蛋，还有你未见面的儿子，千里迢迢看你来了，一路上多亏有你云生兄弟照应，盘缠也是队里照顾的，我们才能来到龙川。部队首长和你的战友们热情接待，使妈感觉到你好像还生活在部队里。

"妈带来了你最喜欢喝的米酒，在困乏时喝几口可提提神；桂芝知道你不太习惯部队的胶鞋，特做了双布鞋给你在休息时穿；云生兄弟给你带来了金皇后香烟，想家时抽几根，就如同妈和兄弟在你跟前；铁蛋给你捎来了亲手种的红薯，饿了时也能填饱肚子。

"妈的养老和桂芝及孩子的生活，有你云生、铁蛋兄弟，还有政府照顾，你不用担心。对了，生产队已分田到户，我们家分到了最好的田地。

"人说白发人送黑发人，年纪轻轻的就没了当家的，是生命中最大的受难，妈和你媳妇就是最受难的人，但妈明白，你是公家人，必须为国出力，你为国家献出了生命，妈能承受这没有边的苦难。

"儿啊，家乡离这里太远，妈年纪大了，再也不能来看你，要铁蛋把你墓前泥土带回撒在祖坟上，你回来也有个落脚地，妈想你了也能去祖坟看看。逢年过节或想家了，托梦给你兄弟，他会去祖坟给你烧纸上香。"

说到此处，李清芳已是泪流满面，她从儿媳手中接过孩子，对着墓碑说："盼盼一岁了，与你小时候一模一样，长大肯定有出息。今天，一家人都来了，你不要再牵挂，放心地走吧！"

此时，现场一片浓浓悲情，赵云生见金桂芝两眼发直，忙向铁蛋使眼色，铁蛋说："妈，该说的都跟哥说了，哥也满意了，时间不早，还得赶晚上的火车……"话还没说完，只见金桂枝一下扑倒在墓碑旁，双手抚着朱大鹏遗像，发出撕心裂肺的呼喊："朱大鹏，你怎能忍心丢下我们一个人走了，往后这老的老小的小可怎么活呀！"这悲声瞬间直击人心，字字让人心酸。金桂芝压抑的悲情犹如决堤的江水铺天盖地席卷而来，似乎要淹没整个世界，她不停地对着丈夫的照片哭诉着心中的悲伤，直至声嘶力竭，泣不成声。

赵云生和姜星华见金桂芝面色苍白，连忙上前劝说，要她节哀，并试图将她扶起，但她双手紧抱墓碑不为所动，仍不停地哭泣。朱铁蛋见状要母亲去劝劝嫂子，抱着孙子的李清芳却异常镇定，她经历过中年失去丈夫的悲痛，也处在老年丧子的悲怆之中，很理解儿媳心中的悲凉，说道："让你嫂子对你哥把话说完，这样她心里会好受些。"

一番挖心掏肝的诉说之后，金桂芝内心的压抑得到了释放，心情渐渐平静下来。

毕竟生活还得继续，赵云生对着朱大鹏墓碑磕了三个头，流着泪说："大鹏哥，我们要回去了，你一人在外要多加保重，将来盼儿长大了，我和铁蛋会陪同他再来看你。"说完赵云生擦了擦泪水，和这一家子一步三回头缓缓地离开了烈士陵园，踏上了返乡的路程。

下午六时，在南宁火车站候车厅，姜星华将火车票递给了铁蛋，说是团里为烈士家属购买的。李清芳十分固执地要铁蛋付钱，说："生产队照顾了盘缠，已给部队添了这么多麻烦，不能再要队伍上破费了。"见老人态度坚决，姜星华说："阿姨，那车票钱由我们几个战友出，替朱大哥尽尽孝总行吧！"这话十分在理，李清芳想了想同意了。在往后的岁月里，姜星华并未食言，还邀战友去银山县探望过李清芳。

这是趟由南宁始发的绿皮车，凭车票对号入座，车厢里很少有站着的人，与来时的人满为患有天壤之别。

赵云生一行是三人位对坐席，十分舒适，此时盼盼也很乖巧，逗人喜欢。座位上的两位当地年轻人，听说赵云生他们是自卫反击战牺牲的军人家属时，顿生敬意，很快相互间就不那么拘束了。

列车启动后，李清芳和金桂芝忙着给盼盼喂奶，赵云生和朱铁蛋则与那两位年轻人聊天，侃大山。闲谈中赵云生得知，这里的农村也分了田地，这两人对往后国家发展趋势充满信心，年龄大点的那位是去东湖市投靠表哥，经营装修工程队，另一位是去长沙参加厨师培训班，最终目的都是到外面的世界实现发财梦。

面对外面即将开放的精彩世界，赵云生意识到城市建设是将来的发展方向，认为朱铁蛋小学毕业，有点文化，头脑又灵活，建议他闲时到县城学建筑装修技术，为以后的致富打基础，这样李婶和盼盼也就有了依靠。赵云生还想到了他的文盲哥哥春生和残疾嫂子，拖着两个孩子连生活都支撑不下去，必须催促哥哥学门手艺才能立足社会。弟弟冬生二十多岁了，还没说媳妇，虽然大字不识一箩筐，但有过目不忘的本事，学厨师是最好的选择。自己除把田地种好，如有机会也要外出搞份副业，争取发家致富。当然，妻子腹中还未出生的孩子，是他心中的最大希望……

就这样，带着对明天的向往，伴随着列车的震动，赵云生进入了梦乡。

07

随着分田单干在农村全面开花，人民公社也全部撤销，赵云生所处的柳林公社马钧大队第九生产队更名为柳林乡马钧村第九组。农村政策的开放，极大地刺激了人们发家致富的欲望，加之风调雨顺，三年来柳林乡连续获得农业大丰收，村民脸上挂满了笑容，更有个别头脑灵活者，投入运输、养殖业赚得了第一桶金，成了远近闻名的万元户。

赵云生家也是喜事连连，在种田取得好收成的当口，妻子周凤英连年生了两个女儿，家里添丁进口，一下子就热闹起来。不过从对大女儿赵招娣、二女儿赵享娣的取名就可以看出，赵云生在心里更渴望有个儿子。

生父一家命运的改变，也使赵云生感到欣慰。大哥春生学了门篾匠手艺，闲时用竹篾片制成生活小物品到集市去卖，家里经济状况比以前好多了。弟弟冬生自费去省城黄鹤大酒楼学厨师三个月，人很聪明，被酒楼留用，遗憾的是因为不认字，在一次重要商务接待中，把菜单上的菜炒错了，造成了重大影响，被炒了鱿鱼。不过，他手艺好，回乡后办了个移动饭店，主要承办村民红白喜事的宴席，生意火爆，很快就有姑娘来与他相亲，去年结了婚，今年生了个胖儿子。见哥哥和弟弟都有了赚钱的手艺，赵云生再也不用为亲生父母的养老担心了。

粮食连年大增产，人们的国家意识增强了，往往第一时间里挑选最好的粮食交公粮，但在交粮过程中发生的事使村民犯了难。大集体年代，公社按计划安排各大队有秩序去粮管所交公粮，工作人员对农民兄弟服务态度好，一般不会产生大的矛盾。如今，粮管所挤满了交公粮的村民，时不时因粮食质量不合格遭到工作人员拒收，赵云生就碰上了这棘手的事。

一个大晴天，赵云生和朱铁蛋与几位乡邻用板车把应交公粮拉到了乡粮管所，好不容易排到时，粮管所江主任检查后说他们粮食湿度太大了，得再晒几个日头才能入库，态度十分傲慢，完全没有商量的余地。

赵云生几个人只得将麻袋里的稻谷倒在粮管所后面水泥地面再次晒太阳，有人见朱二多没晒送来的粮食，就开玩笑说："二多哥，怎么不准备晒？是不是要等你亲戚的亲戚，帮你打个招呼，就直接收入库啦？"朱二多尴尬地笑了笑说："那是大集体年代，现在这个亲戚不管用了，不过，我自有办法让江主任收下。"众人以为他说此话是找台阶下，并未放在心上，哪知到下午他的粮食真的被收入库了，大家不由得佩服他的本事大。

傍晚时分，大家又找江主任验收，他仍说质量不过关，还得再晒，一下子引起了众怒，纷纷与他争辩。江主任还是那副高傲的样子，丢下"我说晒就得晒"这句话，竟扬长而去。事已至此，赵云生安慰了众人几句，就要朱铁蛋去打听一下朱二多是用什么办法通过验收的。

朱铁蛋曾经是朱二多的跟班，朱二多就一本正经地传授了自己的经验："其实也很容易，在自家承包塘里捞了两条鱼送给江主任，事情就办成了。"

朱铁蛋伸了伸舌头说："两条大鱼要值好多钱啊！"

"这你就不懂了，表面上看是亏了，但粮食收不了，就会耽误几天的工夫，加之稻谷翻晒，盘去盘来也会掉秤出现损失。现在是开放年代，要讲人际关系，江主任是粮管所里实权人物，与他拉上了关系，以后跑个粮食生意说不定能用得上。"

朱二多一番话说得朱铁蛋有点动心，忙说："二多哥，你有鱼送，我家什么都没有呀，送什么？"

"那把你妈喂的母鸡送一只就可以了。"朱二多笑着说道。

朱铁蛋心想，那怎能行，母鸡是母亲的宝贝，还指望下蛋给侄儿盼盼补身体呢，不过嘴上却说二多哥建议很好，回去与母亲商量。

赵云生得知朱二多是以这种方式交的公粮，感到有点不可思议，这不是公然行贿吗？他想去乡政府问个究竟，但心中没底，就和朱铁蛋去找老队长田福，要他帮忙拿个主意。

听了赵云生的讲述，田福淡然一笑，说道："这是预料之中的事，我们小老百姓也管不了，这些人违背了毛主席提出的为人民服务的宗旨，如此刁难群众，影响到了农民的生计，你李婶身为烈属，辛辛苦苦种田，交公粮为国家做贡献，还有人从中作梗，逼迫送礼，让人心寒，这是在给政府脸上抹黑，上面是不会容忍这种行为的。去乡政府反映，估计解决不了实际问题，可去县里找当年工作队的夏队长，听说他已经升副县长了，他人很正直，肯定会管这事。"老队长的一番话提醒了赵云生，他和朱铁蛋合计，决定明早去县政府找老领导夏笑云。

晚上，赵云生回到家时，养父母及女儿招娣、享娣早已入睡，妻子还在等他。当他说出这两天的遭遇，以及打算明天早晨进城找夏县长的事时，周凤英有些担心，叮嘱他只要求把公粮收了就行，千万不要说粮管干部的不是。赵云生知道妻子心地善良又胆小怕事，于是笑着说记住了。妻子又说夏县长是个好人，好些年没见面了，她要丈夫明天带两只母鸡给县长补补身子。赵云生说这是到办公室找人，什么都不能带，当然，忘不了当年他驻队时的情谊，待闲下来的时候再专门去看他。接着这对夫妻又谈到了老人的赡养和女儿的教育等家庭琐事，不觉间家里的公鸡开始打鸣了……

夏笑云的办公地点是二十世纪五十年代建造的一栋普通四层楼房，年久失修，却因处于老城区商业中心，楼上高高竖立的"全县人民齐努力，为建设社会主义新银山而奋斗"的横幅十分醒目。

赵云生和朱铁蛋很容易就找到了县政府办公楼。身为副县长的夏笑云，在办公室热情接待了当年驻队时的两位小房东。他亲自倒水，不停地问赵云生父母及媳妇的身体状况，分田单干后生活怎样，并问到了老队长田福，也提到了朱二多，他还指着朱铁蛋笑着说："当年我走的时候你还是个小少年，现已是大小伙子了。"感叹时间过得真快。他特别问到了朱铁蛋的母亲，表示有时间一定去看望老人家。

夏笑云的亲切，使赵云生很快打消了初进门时的拘束，又有了当年与夏笑云相处时那种亲密的感觉，心中有好多话想向他倾诉。但见夏笑云不时地接电话，那嘶哑的声音，疲倦的眼神，还有丝丝白发，以及门外等着进来请示工作的办事员，他意识到不能再占用老领导的时间了。

于是赵云生抓紧向夏笑云讲了交粮难的事，并不好意思地说："这件小事给您添麻烦了。"夏笑云却严肃地回答说："云生，谢谢你反映了真实情况！这可不是一件小事，交公粮是爱国的具体表现，却出现了拒收、刁难村民和烈士家属现象，让人痛心。说明在新形势下，我们银山县有的干部丢掉了为人民服务的宗旨，产生了严重的官僚主义，这是十分危险的。"

赵云生见夏笑云实在太忙了，就提出了告辞。临走时夏笑云把他们送出了办公室，并表示这件事很快就会处理好，要他们放心。

当赵云生和朱铁蛋火速从县城坐班车回到柳林乡粮管所时，见江主任和工作人员正在把他们两家公粮过秤入库。周凤英高兴地说："江主任亲自过来说大家的粮食都合格了，见我们没有劳力，还带人帮忙收谷装麻袋，得好好感谢人家啊！"

此时的江主任忙笑着说："为人民服务是应该的，何况我和赵队长是老熟人了。"他已完全没有了先前的那种盛气凌人。赵云生心里明白，江主任态度转变应该是夏县长亲自过问起了作用，但伸手不打笑脸人，于是他顺着媳妇的话向对方道了声谢谢，哪知江主任又说："赵队长，都是哥们儿，以后有事好商量，再不要往县里跑啊！"一听这话，朱铁蛋牛脾气上来了，回了一句："不到县里去，稻谷还得晒三天才能入库。"这话使江主任哭笑不得，满脸尴尬，赵云生则是大热天喝凉水——十分舒坦。

大承包后，人们释放出的激情达到了井喷，加之天遂人意年年丰收，马钧村民逐渐解决了温饱问题，有些人则躺在安逸环境中做着美梦，殊不知天灾一步步在向他们逼近。

分田单干后的第四年，是田家大湾村民遭遇的首个大旱之年，老天爷连续几个月滴雨未下，稻田都干得发裂，水井也枯竭了，抗旱成了村民头等大事。众人看上了清水河万工坝截流的蓄水，但当年修的抽水泵站，由于无人维修管理早已荒废，里面的设备被人拆除当废铁卖掉了，残缺的站墙成了流浪汉的栖身之地。

没有泵机自然抽不了水，但对田家大湾村民来说还有另外一个希望，就是湾里的三个蓄满水的当家大塘已经开始放水，可以救急。而第七、第八组村民则只有家家花高价买小潜水泵，在清水河自搭电线抽水自救。一时间河堤上牵的电线犹如蜘蛛网，连接着"星罗棋布"的家用潜水泵，因村里只有一名电工，监管不过来，有些自以为是的村民就私接电线，存在着严重的安全隐患。

此时，田家人湾的朱二多不得不按承包鱼塘合同规定向稻田开塘放水，但放水犹如是在他身上割肉，让他感到阵阵疼痛。承包鱼塘第二年就收回了成本，去年养的鱼卖了个好价，大赚了一笔，使朱二多尝到了甜头，故又加大投资买鱼苗及鱼食、鱼药，美滋滋地想发个大财，哪知今年遇上大旱，如按合同放去塘面五成的水，大部分鱼会缺氧死亡，这个损失由谁补？于是水放了两成后，朱二多就填了缺口，停止了放水。

朱二多的举动引起了众怒，村民纷纷与他论理，朱二多也不示弱，一副要与人拼命的模样，使矛盾迅速激化。俗话说解铃还得系铃人，在这关键时刻，当年参与和见证朱二多签订承包合同的骆主任（现为副乡长）和大队党支部书记张国民来到了田家大湾，召集朱二多、赵云生、老队长田福及村民代表一块协调此事，希望能找到好的解决办法。

这大旱时节，有村民提出，在人畜饮水都困难的情况下，朱二多必须履行合约，打开池塘水闸放水，并要追究他没有维修管理万工坝泵房，致使大家在急需之时用不上河水的责任。

见会场火药味太浓，骆副乡长要赵云生谈谈看法，赵云生想了想说："虽说有合约，但二级泵站遭破坏，不能完全归罪于二多兄，主要是分田单干后乡里和村里无人管理清水河，才导致了现在这种状态。至于池塘，我问了水产局专家，五成水面的池塘，管理得当是不会造成鱼缺氧的。当年生产队花大价请人在池塘边打的那口深水井就是为了防大旱，虽说现在井口到水面距离很大，水井底部与清水河面持平，应该有水渗透过来，可用国家下拨的抗旱资金，然后再筹一点儿钱买台大功率的潜水泵，从井里抽水上来，这样三个大塘里的五成水，再加上源源不断的井水，完全可供全湾人畜及生产用水。"

赵云生刚说完，有人急急跑来告诉他，赵冬生在清水河堤上抽水时意外触电，人已经不行了。听到这个消息，赵云生心中一紧，不顾一切地向村北清水河堤跑去……

08

赵云生跑到清水河堤时，村里电工吴开明和赵湾两位村民已在一处平地上给他弟弟赵冬生做胸外心脏按压，一旁的弟媳黄家娥哭啼啼地对他说："二哥，早上我们带潜水泵来抽水，吴师傅忙不过来，冬生就去接火，不小心触了电，人已经不行了，这怎么得了呀！"显然，她已完全没了主张。

吴开明也急忙对赵云生说："赵队长，已给120急救打过电话，救护车马上就到。"并示意他参与轮换做胸外心脏按压，等待医生的到来。令赵云生没想到的是，那年大坝落成泵房通电时，公社专门安排卫生院的医生给电工及生产队长们进行了触电后现场急救的培训，这些救命技能却在弟弟性命攸关之时用上了。

二十分钟后，县医院的救护车来到了现场，医生简单查看了病人，认为尽管患者自主心跳、呼吸都没有了，但触电后就地进行了人工呼吸和心外按压，这些措施为送到医院进一步抢救争取到了时间。于是，医生立即给病人注射了抢救药物，在众人帮扶下，小心翼翼把病人抬上了车，医生与护士在车内继续给病人进行人工心肺复苏，司机则开车闪着警示灯，鸣笛直奔县医院。后面赶来的张国民也赶紧安排村里的拖拉机把家属送往县城，嘱咐赵云生要求医院尽力抢救病人，费用不够村里会帮忙想办法。

县医院急诊科，五十岁出头的袁主任早已安排医务人员做好了气管插管等抢救准备，考虑到病人年轻，平常身体健壮，又是触电所致心脏骤停，持续行胸外心脏按压，有望恢复心跳，而人工心肺复苏是个力气活，他迅速通知全体医生护士到科室待命，随时参与对病人的抢救。

赵冬生被送入急诊科时，心脏骤停已达四十多分钟了，这期间全靠持续的人工口对口呼吸和胸外心脏按压维持身体的有效循环，才使得来院后的抢救能继续进行。常规情形下，有基础病的患者心跳停止，经抢救三十分钟后仍不能恢复呼吸心跳，可认定为临床死亡，但袁主任考虑到赵冬生情况特殊，为了挽救这位年轻人的生命，决定尽全力一搏。于是，他按抢救流程确定了治疗方案，并安排医护人员轮流对病人施行胸外心脏按压，全科室人员立即紧张有序地投入到对病人的抢救之中。

安排妥当后，袁主任向家属交代了病情的严重性，表示虽然抢救成功的可能性十分渺茫，只要家属不放弃，医院仍然会继续尽力抢救。

此时，处在悲痛氛围中的病人家属，面对是放弃还是继续对病人进行抢救的问题产生了不同的意见。

赵寿成和赵树成等老一辈认为，人已经没了半个时辰，怎能死而复生？医院表示继续抢救只不过是对家属的安抚，他们主张趁医院还没宣布死亡，拖回家去，好办后事。按农村风俗，人死后是不能进屋的，这样赵冬生就会沦为孤魂野鬼，对家中老人和子女来说也不吉利。

赵冬生的妻子黄家娥则哭着向袁主任下跪，要求继续抢救她的丈夫，表示就是倾家荡产也决不放弃。

在这种情形下，老大赵春生要赵云生拿主意。两难之间，赵云生突然想到了在县一中教书的好友木子，于是他给木子打了个电话，要木子赶紧来医院有事商量。

　　木子是赵云生的初中同学，三年同窗，两人亲如手足。在那个年代，木子受父辈所谓政治问题的影响，没能读上高中，十五岁就外出做苦力，受尽了磨难。在他人生最暗淡的时刻，赵云生冒着被牵连的风险，不离不弃，一直与他保持着联系，并经常到柳林街去看望其独居的爷爷，这种患难情谊使木子深深感动。木子在打工期间自学了高中全部课程，1977 年报名参加了全国统一高考，顺利被省城师范大学录取。毕业后木子分配到银山县第一高级中学任教，因教学成绩突出，已晋升为高级教师，逢年过节他都会去乡下看望赵云生。

　　县一中距离医院不足一站路，木子很快就过来了，问明情况后，就和赵云生急忙去找袁主任了解赵冬生的病情。因袁主任的小儿子在木子所带的"火箭班"就读，两人很熟悉，袁主任就直接谈了自己的想法："从病人目前状况看，还没有复苏的迹象，我们也尽力了，完全可以向家属宣告临床死亡。但病人这么年轻，还有家属一再请求，促使我下了继续抢救的决心，当然院前四十多分钟持续施行的心肺复苏至关重要。因触电致人呼吸心跳停止后恢复较慢，抢救时要有足够的耐心，临床上有持续行心肺复苏抢救四小时成功的案例，我想尽力一搏，说不定会创造奇迹。但我们没有抢救成功的把握，希望家属理解。"

　　对袁主任的真诚和医务人员付出的努力，赵云生充满感激，木子也觉得人命关天，救人一命，胜造七级浮屠，医务人员功德无量。尽管冬生生还的希望渺茫，只要医生不宣告临床死亡，家属就应支持配合，至于治疗费用，大家再慢慢想办法。

木子的意见得到家属的赞成，同意配合医院继续抢救。进院一个小时后，抢救室传出了好消息，赵冬生心跳、呼吸相继恢复，奇迹真的出现了，家属们激动得喜极而泣。

赵冬生转入重症病房后，赵云生嘱咐大哥春生回家筹集医药费，他与弟媳在医院继续守护三弟。直至入院后第三天，赵冬生完全脱离了危险，他才拖着疲惫的身子回到了田家大湾。

赵冬生住院后，赵寿成夫妻去了大儿子春生家，为了安慰过度伤心的两位老人，周凤英将六爹六妈送去赵湾陪伴他们，想到大嫂身体不好，家庭生活困难，还要照顾三弟冬生的儿子耀华，便买了一些食品带过去，然后把两个女儿送到了隔壁紫藤村的娘家，就与大哥春生外出为筹借冬生的医疗费而奔波。

今天一大早，大哥春生就将筹借到的钱款送到县里去了，也不知三弟脱离了危险没有，周凤英心中充满了担心。

赵云生回到田家大湾时，已至晌午，他告诉周凤英三弟冬生已脱离危险，当得知妻子在家为二弟所做的一切时，心中对周凤英充满感激。

三弟脱离了危险，压在周凤英心中的石头终于落地了。她见赵云生满脸疲惫，眼圈都黑了，很是心疼，连忙转身去后院抓鸡，准备炖鸡汤让丈夫补补身子。

这当口，朱二多提着两条活鱼满脸笑容地走进屋来，赵云生赶紧迎了上去，心中感到奇怪，很少来家里的二多哥今天是怎么了？朱二多动情地说："刚才在村里看见春生哥，才知道冬生弟已脱离了危险，你也回湾里了。今天来有两个意思，除表达对冬生的祝福，还来向你表示感谢。"

"给我致谢？这几天我在医院陪护冬生，没给你做过什么呀？"

赵云生有点诧异。

"感谢老弟在湾里用水出现纠纷时说了公道话！你提出的解决方案，使湾里旱情得到了缓解，我们家损失也减到了最低。"朱二多真诚地说。

经朱二多这么一说，赵云生才得知湾里三天前为水发生的冲突已得到圆满解决，并出现双赢的结局，于是高兴地答道："我只不过提了个方案，最后问题的解决还是你们共同努力的结果，用不着谢我！"

这次旱灾发生后，为用水，朱二多个人利益与村民利益形成了尖锐对立，多亏了赵云生从中调和，各方筹资购买的大功率潜水泵，可从深井持续抽出水来，全湾生产及人畜用水得到了保障，让朱二多承包的池塘留有足够养鱼的水面，不然这些年的辛劳全都会打水漂，所以朱二多再次向赵云生表达了感激之情。

面对朱二多的诚意，赵云生哈哈一笑说："我们以前是兄弟，现在也是兄弟，就不要说见外话了。你头脑灵活，又带头致富，为弟很羡慕啊！"

此时，赵云生看见白鲢鱼在地面跳动，就热情地说："来了就别走，尝尝你弟媳的手艺，正好用你塘里的鲜鱼做下酒菜，咱哥俩好好喝几盅。"赵云生叫出了在厨房忙碌的周凤英，示意她与朱二多打招呼。

赵云生夫妻的盛情，使朱二多有点过意不去。其实，朱二多今天来还有另一层意思，就是向赵云生道歉。在集体经济时期，朱二多曾认为是赵云生挡住了自己升迁的路，一直与赵云生对着干，没想到他不但不记仇，反而还为自己说话。当年分田到户赵云生是生产队长，有着绝对的话语权，如果他不同意，朱二多是承包不了湾里的三个大塘，得不到清水河管理权的，也就不会成为今天的"万元户"。今年干旱，按合约必须无条件给全湾人畜和生产供水，这样就要放干三个池塘的水，朱二多一夜间就会变得一无所有。而按赵云生提出的解决方案，不仅缓解了旱情，也保住了朱二多的承包鱼塘。多亏当年赵云生顶着压力，找专业人员打了一口几十米深的水井，虽说平时从井口往下看不到水平面，被认为是废井，现在却派上了大用场。所以面对赵云生，朱二多感谢与道歉之意皆有。

赵云生的大度和热情，让朱二多对往昔的作为更加内疚，他诚恳地对赵云生说："以前多有对不住的地方，望老弟包涵，以后需要帮忙之处你尽管说。"

见朱二多提起了过去的事，赵云生淡然一笑说："那时大家都想把生产队的事做好，只不过对事物认识不同，所采取的方法不同罢了，不存在谁对谁错，更用不着道歉。如今老兄响应号召，走个人先富，再带大家致富这条路，不也是值得肯定吗？"

这时，午饭已做好，当周凤英把红烧鱼块、青椒炒腊肉，还有土罐炖的鸡汤端上桌时，朱二多连声夸赞："弟媳手艺真好，今天有口福了。"夸得周凤英满脸通红，她赶紧回道："哪里比得上你家夏嫂子能干呀！"

周凤英这句话，让朱二多十分舒心。正是娶了堂客夏火莲，他的小日子才过得特别顺，今天也是在夏火莲催促下来到赵云生家致谢道歉的，这才有了与赵云生掏心窝子的交谈，一笑尽释前嫌。

09

朱二多的妻子夏火莲确实是个能干人，刚过门那会儿就显示出了过人的精明，那年分田地时，是她鼓励朱二多去竞争，承包下了生产队里的三口大塘，当时缺乏买鱼苗和维修塘埂的资金，也没有池塘养鱼经验，夏火莲从娘家借来资金，又不辞辛苦和丈夫向鱼塘水库承包大户学习养鱼技术，才赚到了人生的第一桶金。由于是改革开放初期，人们普遍贫穷，村里突然冒出一个"万元户"，就十分打眼，多方压力接踵而来，几年间，有来借钱的有来求施舍的，也有要求合伙入股的，甚至乡里有的职能部门也经常上门，巧立名目收取费用，使朱二多夫妇烦不胜烦。此时，年过三十仍然身姿绰约的夏火莲，展示出了善于交际的泼辣性格，采取灵活对待的策略，巧妙地渡过了难关，留下了"阿庆嫂"的美称。夏火莲很识大体，还担任了一届村妇女主任，出色完成了本职工作，得到支部书记张国民的肯定和群众的拥护。

干旱导致的鱼塘放水风波得以顺利解决，夏火莲打心里感谢赵云生，自嫁到田家大湾后，她就认定赵云生是个好人，在她的催促下，才有了朱二多提着鱼去赵家致谢道歉的那一幕。

自此，朱二多夫妻在鱼塘经营模式上有所改变，他们听从了赵云生建议，投资重新修建了清水河堤二级泵站，并对清水河万工坝破损处进行了修补，这样就保证了大旱之年全村乡民能用上水，也避免了鱼塘缺水的情况发生，利民利己，在此基础上顺势与村里签了清水河十年期管理合同，在河段采用了河流网箱养鱼技术。值得庆贺的是，由于鱼苗选得好，鱼塘及河段水质达标，水温适宜，养料丰富，不到两年，这批起网的鲢子鱼大都达五斤以上，卖了个好价钱。手里金钱的增多，更刺激了夏火莲的创业欲望，她要拓展经营发展项目，迈上新台阶。

一个偶然的机会，夏火莲看了电影《芙蓉镇》，不仅被小镇的美丽风光所吸引，更是从坐落在河道旁的农家乐受到启发，那些以吊脚楼为特色，前为小院，后临河水，游客如潮的饭店，引起了夏火莲的浓厚兴趣，她想利用现有的资源，在风景秀丽的清水河畔也建农家乐农庄，以吸引城里人来此钓鱼、打牌、休闲，呼吸乡村新鲜空气，品尝地道的农家菜，从而体现出自身价值。她把这个想法告知丈夫朱二多后，两人意见高度一致。他们做了一下预算，建农家乐所需资金没问题，但需一名好厨师，夫妻俩不约而同想到了赵冬生。

这天，赵云生受朱二多之托，陪同夏火莲去赵湾三弟家。虚掩着的院子门，轻轻一推就开了，里面静悄悄，没有了往日的喧哗，赵云生不由得心生凄凉。自从生父摘帽后，二老就随三弟居住。前些年在家里开饭店生意好，三弟翻修了三间老屋，并在屋前围了个大院子，这样接到生意后也能在院子里摆桌子接待客人，加之他手艺好，价格合理，夫妻俩勤劳又热情，乡邻们都愿找老三担当红白喜事宴席的主厨，院内平时人来人往很热闹，他们夫妻也小有积蓄，日子渐渐好了起来。哪知祸从天降，两年前抗旱抽水，出现触电事故，老三九死一生，多亏抢救及时，才捡回了一条命，但手中积蓄已花光，至今身体没完全康复，偶尔接点小生意，勉强维持生活，父母也去了老大春生家，所以院子里才如此冷清。

赵云生和夏火莲来到堂屋，赵冬生在忙着准备明天的生意，妻子黄家娥正在辅导儿子耀华识字，这两口子见二哥带来了客人，十分热情。稍事寒暄，夏火莲见赵冬生身体状况还好，就直接谈了受电影《芙蓉镇》的启发，准备开办农家乐的打算，特来聘请他担任主厨。

面对夏火莲的盛情，赵冬生略微思考就答应了，这主要出自对二哥赵云生的信任。在他心目中，二哥就是他们兄弟的主心骨，既然二哥亲自陪同夏火莲前来，说明朱二多夫妻是值得信赖的，再说这两年自己身体一直没完全恢复，困在家里也缺钱用。

夏火莲的邀请，无异于雪中送炭，令赵冬生心存感激，他告诉夏火莲，在省城学厨师时的结拜兄弟谭天彪，其老家在湘中省西部的一个古镇，也就是电影《芙蓉镇》拍摄的地方。

"你和谭天彪有联系吗？"夏火莲急切问道。

"有书信来往，他知道我家生活困难，前不久还寄来了钱款，说不用还，他在开农家乐，经济宽裕，我还托人代写过回信。"赵冬生边说边叫黄家娥去拿谭天彪的来信。

这个消息对夏火莲来说实在太重要了，她立即请求赵冬生与谭天彪联系，准备亲自去湘西古镇考察农家乐，早日实现心中的梦想。

一个月后，夏火莲邀请赵冬生夫妻、周凤英及娘家侄女夏小青登上了去湘中省城的列车，他们将去一个山清水秀的古镇游山玩水，享受湘式农家乐的休闲生活。在夏火莲心中，这次湘西之行对自己开办农家乐山庄至关重要。赵冬生夫妻是与谭天彪联系的纽带，也是合伙人，同去理所应当，周凤英没有文化，从没出过远门，更没有乘坐过火车，邀请她，算是对赵云生恩德的一种回报，当然，夏火莲给赵云生的说辞是"将来聘请弟媳参与农家乐后厨管理，需要她一同去参观学习"。夏小青高中刚毕业，未考上大学，作为自己的亲侄女，夏火莲想培养她参与农家乐的管理。

列车运行了四个多小时，就到了湘中省城，夏火莲一行转乘坐上了去湘西的长途班车，五小时后来到了蓉湾村古镇。谭天彪早已在车站等候，见面后宾主自然是一番热情寒暄，因天色将晚，一行人未及观赏沿街风景，径直去了谭天彪开的"谭嫂农家乐"。

谭天彪的农家乐位于西水河码头旁，客栈前面是个大院子，门庭上"谭嫂农家乐"五个仿古金字分外显眼，院中挂着红灯笼，搭的架棚上紫藤缠绕，鲜花点缀，显示出别致的清雅。屋檐下悬挂的一串串金黄色的玉米棒，散发出的淡淡清香，伴随着院中吊着的一

（吕露绘图）

串串鲜艳红辣椒，映衬出了山乡的好年景。后排则是晚清留下的古建筑，里面多间具有农家风格的包间正在招待外乡来的客人。再后面就是立于河边的吊脚楼，分为上下两层，全木质结构，均改作了一间间客房，房间装修具有简朴、整洁等农家特色，又留下了古色古香的韵味，特别是打开窗门，河面的美景会立刻映入眼帘，让人心旷神怡。这山水、庭院、简朴的客房，形成了古镇的一道风景。

晚餐很丰盛，具有特色的农家饭色味俱佳，使客人大饱了眼福和口福。夜晚的时间对夏火莲来说异常宝贵，她诚恳地向谭嫂请教农家乐的经营之道，而谭天彪则在与赵冬生夫妻叙说兄弟情，不停地询问赵冬生的身体状况。从没出过远门的周凤英坐在窗口，看着外面的景色，心中却担心着家中老人、丈夫及女儿的生活起居，夏小青在台灯下静静地写着旅游日记……

翌日一大早，谭嫂用胡葱煎蛋和特色碱面招待了夏火莲几人。接下来按行程将参观青石板古街，只见谭嫂换上了苗族妇女常穿的便装，面部略施淡妆，包上头帕，上身大襟短衣，下身长裤，镶绣花边，系上绣花围腰，再加上精致银饰的衬托，活脱脱一位苗家美女，让众人十分惊讶。谭嫂忙笑着说："换上本地衣装能带着你们吃上正宗米豆腐。"

出院子大门左拐就上了青石板街，谭嫂向众人介绍道："蓉湾村是一座具有两千多年历史的古镇，享有'湘西四大名镇'之美誉。因闻名遐迩的电影巨作《芙蓉镇》全部外景均取于此地，故又名'芙蓉镇'。"从谭嫂口中证实《芙蓉镇》电影是在这里取景的，夏火莲情绪顿时高涨，夏小青也惊讶地伸出了舌头。

接着谭嫂用手指了指不远处说："蓉湾村古镇是融自然景色与古朴的民族风情为一体的旅游胜地，这里四周是青山绿水，镇区内是曲折幽深的大街小巷，你们看那一家紧挨一家临河的土家吊脚楼，处处透露淳厚古朴的土家族民风民俗，其在水中的倒影凸显出了别样的楼台，美丽无比，会使人流连忘返。"经谭嫂这么一说，众人真想走进那各式吊脚楼内，一睹其内在的原始美。

"我们脚下就是青石板铺就的五里长街，依山势蜿蜒缓缓而上时，你们就会感觉到这是个有故事的地方。看上去路面瘦长，有梯有坡，弯弯曲曲，斑痕累累，走在上面，仿佛在听一位古稀老人诉说它的历史。"经谭嫂这么一讲，怀有文学梦的夏小青顿时心中添了几许向往。

沿着青石板路拾级而上，两旁那多处古楼阁间的遗痕，会使人想象出这条街曾经的辉煌。谭嫂介绍说："清嘉庆、道光年间，这里的街道有店铺三百余家，客栈一百余户，每日往来客商达两千余人，有'小南京'之称。如今青石街再度辉煌，得益于电影《芙蓉镇》的拍摄，引来了无数游客的观光。"

谭嫂这么一说，夏火莲才注意到，身旁鱼贯而过，身上银饰环佩叮当作响的年轻苗家女子，透出的是满满青春活力；背着小竹篓、缠着头帕的苗族妇女和抽着水烟筒卖曲药的老人，他们脸上的悠闲神情使人羡慕……

在这条街上，米豆腐最受游客的青睐，让夏火莲和夏小青迷糊的是，沿街好多家开张的豆腐店，墙壁上都挂着《芙蓉镇》中女主角的朴实剧照，都有着与女主角同名的店名，根本就分不出哪家是正宗的。也许是名人效应，每家豆腐店都是顾客盈门，个个吃得津津有味。

谭嫂看出了几位客人的心思，在牌楼内侧一家店里，给每人叫上一碗米豆腐，说这是正宗的，放心品尝。众人坐在青石板铺砌的阶梯上，吃上一口，耳边似乎响起了女主人公叫卖豆腐的声音。

大家正吃得津津有味，周凤英突然感到一阵恶心，随即把吃进胃的米豆腐吐了出来，引得众人紧张，旁边的黄家娥忙扶着周凤英问道："嫂子，哪里不舒服？"谭嫂也问道："要的米豆腐是咸辣的，是不是不合胃口？"

周凤英连忙摇手，表示不碍事，接着她对着黄家娥耳语了几句，随后黄家娥高兴地告诉大家："我嫂子有喜了！"众人脸上露出了会意的笑容……

10

冬去春来，转眼已是二十世纪九十年代末期。随着时代的变迁，田家大湾的青年已不甘于世世代代的种田生活，盯上了外面的精彩世界，带着对未来美好的憧憬，纷纷加入去南方打工的行列，赵云生的女儿招娣、享娣也在其中。当有些农户用孩子们打工挣来的钱，将简陋的土坯房改建成红砖水泥屋，享受改革开放的成果时，村头赵云生家那几间破房子显得十分寒酸。

自分田单干以来，赵云生靠勤劳的双手和庄稼人的精明踏踏实实种田，有了一些积蓄，但他不打算现在就盖新房，想积攒足够的钱供儿子上大学，以至于一些人嘲讽他为"铁公鸡"。当年周凤英第三胎生的是男孩，他给取名叫赵圆满，孩子也乖巧聪明，读书学习成绩在班上一直是第一名，位居年级前三，现已是乡中学初二的学生，虽说农村孩子考上大学难于上青天，但他坚信儿子定能圆大学梦，儿子寄托着他所有的希望。

这些年赵云生经历得太多。两个女儿读初中没读完自动辍学，去南方打工挣钱，赵云生也对女儿有过"只要愿意，仍会尽力供你们念书"的承诺，当女儿与同伴乘车南下去打工时，他心中充满内疚。当年，朱二多夫妻修建的农家乐刚开张，正准备干一番事业，夏火莲却得了癌症，发现时已是晚期，两年后不幸逝世。夏火莲治病用完了所有积蓄，农家乐又倒闭了，承包的鱼塘缺乏投资收入骤减，朱二多与两个女儿日子过得艰难，让赵云生很是伤感。

不过，也有让赵云生欣慰的事情：儿子是超生，政府只象征性地罚了超生款，赵云生充满感激；蓉湾村谭天彪夫妻对三弟冬生的资助，使冬生重新办起了流动饭店，深感世上还是好人多；盼盼已长大成人，被其父亲生前部队特招入伍，虽说金桂芝改嫁他人，朱铁蛋与夏小青结婚后在外带着一个建筑队搞工程，清芳婶晚年生活也有了依靠，朱大哥也该瞑目了；前几年养父母和亲生父母相继过世，他也尽到了做儿子的孝道，由此得到了乡邻的称赞；在粮食不值钱的时候，他看准了大蒜的行情，将大部分田地改为种蒜，经辛勤种植，优质的蒜薹超前上市，卖出了好价钱，引起了乡邻的羡慕，纷纷向他取经……这一切使赵云生对今后的生活充满了信心。

又到了星期六，在柳林乡中学住读的赵圆满回家过大周末。赵云生见儿子情绪低落，就问道："怎么，这次考试成绩不好？"

"全年级第一。"

"受了别人的欺负？"

"没有。"

"那你为什么不高兴？"

圆满再没有答话，径直去了自己的房间。午饭时，见他一直闷闷不乐，连平时最喜欢吃的红烧肉也没动几筷子，赵云生夫妻十分焦急。于是，赵云生去学校找到当年自己的班主任，也是家族的一个侄子赵家华，想问个究竟。

　　赵家华已是学校的副校长，快到退休年纪，弄清了赵云生的来意，笑着说道："圆满这次是参加全县摸底联考，虽说成绩在本校是年级第一名，但在全县只占中下水平，不够一中录取分数线，乡里教学质量差，这也是没办法的事。学校找成绩靠前的几名学生谈了话，告诉了实情，并进行了鼓励。哪知事与愿违，圆满由此可能背上了思想包袱，你回去不要与他说什么，来校后我再开导他。"

　　面对这样的现实，赵云生坚信儿子能考上大学的信念动摇了。如果连一中都考不上，就更上不了大学，不如趁手上还有几个钱，随大流把房子改了，给儿子娶个媳妇，早点抱上孙子，在乡邻面前也能直起腰讲话。但这样下去，他又心有不甘。妻子周凤英见他如此纠结，就说："木子兄弟见识广，你可以去请他帮忙拿主意。"

　　翌日，赵云生早早起来，到田里抽了一捆鲜蒜薹，搭车去了县城木子家。同学俩一番亲热话后，赵云生谈到了儿子圆满的现状，说没想到农村的伢考个高中这么难，目前手中有六万元钱，是盖房子还是留着儿子上学，要木子帮忙拿个意见。

　　木子稍做思考，说道："从国家以城市为主的发展趋势看，将来农村人口将会流向城镇，加之农产品价格低廉，不出十年，大量田地会没有人种，农村居住人口将大幅度减少，所以现在花钱盖新房实在是得不偿失。"

　　"不见得吧，现在乡村发展势头正旺，怎么一下子就会荒废？"显然，赵云生对木子的说法持怀疑态度。

　　"我是看了网上有关资料后得出的结论。还记得教物理的廖春波老师吗？他是武汉人，当年上课时就说将来打电话相互之间能看见对方的模样，我们这些乡里伢，连电视都未看见，就更不知道电视的原理，认为廖老师说的话很神奇，其实他并没有先见之明，那时国外已经出现可视电话，老师只是先读到了这方面的资料罢了。"

木子这么一说，赵云生想起来了，当时廖老师在课堂就是这么讲的，同学们都感到惊奇，难以置信。

"现在社会阶层逐渐固化，底层上升通道受阻，农村孩子上大学难，其中城乡教育资源不均衡为主要原因。大批农村孩子只有涌向大城市沦为打工族，贫穷将会代际传递，一代穷世代穷，这是一种可怕的现象。为了解决这个问题，县教育局将出台特别政策，对师资力量薄弱的乡镇，可让少数在本校很优秀，但达不到一中录取线的学生升一中，圆满应该是受益者，以他的学习劲头，三年高中读下来，考上大学是没问题的，但大学费用会越来越高，你这六万元钱就至关重要了。"木子的一席话使赵云生茅塞顿开，他决定不盖房子，尽力供儿子读书考大学。

平时各忙各的，今天又是个难得的星期天，木子让妻子炒了几个菜，拿出家中的陈酒，要好好地陪云生喝两杯。赵云生心中一块石头已落地，高兴地频频举杯，兴奋地与木子谈论着往事。

说话间，赵云生突然想起了不久前的一件事。那天，他来县城卖完蒜薹，回家路过南门菜场时，在一个卖土豆的摊位前，准备买几斤土豆带回家，摊主是位老年妇女，当时头上戴着一顶农村人常戴的尖顶三角帽，没看清她的脸。当那老妇颤巍巍地把称好的土豆装袋递过来，赵云生惊呆了，原来是初中班主任贺先珍，事发突然，他叫了声贺老师，快速递给她一百元钱，转身就走了，老师应该还没认出他是谁。这件事一直梗在心里，于是他向木子说起了那次与贺老师突然相遇时的窘状。

谈起贺老师，木子面色立即凝重起来，他说初中三年，老师像母亲一样关心自己，令他终生难忘，如今老师晚景凄凉，但她拒绝学生的现金捐助，木子也只在老师生病时给她联系过医生和为其孙子读书帮忙联系过学校，这些小小的帮助，并改变不了老师家的现状。

赵云生也流露出了对老师的内疚："那次与老师碰面，没与她叙旧，现在想起来还是挺后悔的。听说老师在年轻时就吃了很多苦，你在教育系统工作，应该知道老师的情况吧。"

"是的，一次偶然接触到了老师的档案，才了解到她充满坎坷和传奇的一生。"接下来，木子向赵云生讲了贺先珍老师的故事。

贺先珍出生于银山县一个书香门第，年轻时从银山县考入省城一所高级女子中学就读，抗日战争中期投笔从戎，并随青年远征军进入缅甸与日军作战，抗战胜利后与同为老乡的一位下层军官结了婚，因不愿打内战，她和丈夫双双脱离了军队，回到了银山县，以教书为生，还生下了一个儿子。因她丈夫被政府定性为对抗性矛盾，丢了工作，而贺先珍曾去缅甸参加过抗战，被分配到柳林学校教书，为了不使儿子受牵连，她与丈夫离了婚，独自带着儿子在乡下生活。

二十世纪六十年代中期，贺先珍受到政治运动的波及，住进了学习班，接受组织的审查，几个月后结论为人民内部矛盾，被下放至紫藤大队学校任教，几年后才调回柳林中学，担任赵云生和木子这届初中生的班主任。

在以后的岁月里，年老多病的贺先珍已不能胜任教学工作，只得在学校干些打铃、帮厨等杂活，一直到退休。近年县里对她的历史问题重新下了结论：虽说加入了国民党军队，但出国参战抗击过日寇，没参加内战，属有功人员。很快贺先珍就受到了有关领导的接见，落实了政策，退休关系转到了银山县城关镇教育组，回县城居住。

本来辛劳了一辈子，贺先珍终于可以安度晚年了，但儿子家的不幸，又使她陷入困境之中。儿子年近五十岁，人很本分，四十岁才结婚，没有工作，孙子在读小学。儿子与多病的儿媳靠卖菜维持生计，贺先珍不多的退休金，都补贴了儿子，一年前儿媳因病卧床，七十多岁高龄的她，只有帮儿子去卖菜。

老师的遭遇使赵云生心中难受。他想，当年老师是热血青年，如果去了延安，晚年又会怎样？命运有时很捉弄人，他为老师感到遗憾，同时也为老师参加青年远征军抗日的那段光荣历史而自豪。

知道了贺先珍的现状，赵云生很想去看望老师，于是，这两位二十多年前的同窗好友，提着营养品前往老师位于城关礼学街的住处，去看望已是风烛残年的班主任……

<h2 style="text-align:center">11</h2>

那年的初夏，还没进伏就炎热难当。决定几百万学子命运的高考于 6 月 7 日在全国正式拉开大幕。银山县城也实行了交通管制，甚至给送考车辆轻微违章"开绿灯"，可谓一切为高考护航。考场外，前来陪考的家长那焦灼的表情里，写满了天下父母的良苦用心。这场景让人感动，发人深省，高考不仅仅是在考学生，更是在考家长、考社会。

高考的第三天，县职业中学考点铁门外，众多家长在炎炎烈日下来回走动，脸上布满倦容。

赵云生也出现在焦急的人群中，他是在等待参加高考的儿子赵圆满。旁边两位家长的小声闲聊，使他本已绷紧了的神经更加紧张。

"这两天我都不敢问儿子考得怎样，生怕他有压力，影响了他的考试。"

"我也是，这场考完就好了，再不用担惊受怕了。"

是的，这场考完就解脱了，赵云生也是这样想的，所以才在第三天来到了儿子考场外。他见四周没有认识的人，就在一个偏僻处静静地回想着三年来为儿子付出的艰辛。

儿子在县一中就读的三年时间里，学习成绩突飞猛进，连老同学木子也说考一本大学没问题，他喜在眉头笑在心里。好不容易陪儿子熬过了三年寒窗之苦，迎来了儿子的第一次人生大考，他也想像城里学生的家长那样，到县城去接送儿子参考，陪儿子度过寄托他全部希望的三天时光。儿子说学校统一安排住宿和生活，有班主任一同前往，不需要家长陪伴。赵云生只有待在家里，每日如坐针毡，心里牵挂着儿子的高考。今天已是第三天了，他起了个大早，提着昨晚下田抓的十余条黄鳝，乘车来到县城，去礼学街给贺先珍老师送去，然后找到了儿子高考的地点，来考场外默默地等待。在等待中，身旁这些陪考家长望眼欲穿的眼神，使他意识到城里人那种望子成龙的热望比乡里人更为强烈，不由得在心中感叹，这真是各人的孩子各人爱，可怜天下父母心……

考场内，当考试结束铃声响起，考生们立即放下手中的笔，将试卷按顺序放在考桌上，然后离开考场，从学校的铁大门中涌了出来，大部分学生完全是一副脱离了苦海的欢欣神情。挤在门外等待孩子人群中的赵云生，与众多家长一样用双眼盯着从铁门处走出的每位考生，生怕一走眼，儿子就走过去了。

"爸,您怎么来了!"还是赵圆满眼尖,一出铁门就见到赵云生,立即快步来到了父亲身边。

赵云生一把搂住儿子,急忙问:"考得怎么样?"此时高考已结束,他再也不怕如此询问对儿子有什么压力了。

"反正所有的题都做了,应该能过一本线。"赵圆满肯定地说。

听了儿子的回答,赵云生眼眶里充满了喜悦的泪水,他用力拍了下儿子的肩膀说:"我们赶快回家,把这个喜讯告诉你妈。"

此刻,这对父子像中了状元一样,沉浸在满满的幸福中……

不久,高考分数出来了,赵圆满的总成绩是 580 分,远远超过了一本大学录取线。这个分数在银山县整个考生中虽说不高,但在柳林乡却是零的突破,赵圆满理所当然地成了乡里的高考"状元"。当天,柳林乡中学就敲锣打鼓地来到田家大湾,把喜报贴在了赵云生家里的旧墙壁上,引来了村民们羡慕的眼光。

如何填写高考志愿?农村考生大多都会征求班主任意见,赵圆满想报沿海的珠江大学,选择金融专业,班主任见赵圆满考分高出去年该校在本省录取线二十多分,也支持他将该校定为第一志愿。

虽说对儿子填高考志愿拿不出意见,有班主任和自己的老同学木子把关,赵云生心中也是踏实的。其实,赵圆满去木子那里征求意见时,木子就有一种潜在的担忧,因他发现赵圆满的分数比去年该校金融专业录取线只高出两分,于是要赵圆满在志愿表里一定要注明服从专业调剂。

等待通知的日子,对赵云生和赵圆满来说,完全是一种折磨,现实的残酷一下子击碎了父子俩的美梦,他们等来的是春海大学浦江分校的录取通知,这是一所二本学校,查询后得知,今年本省上档考生第一志愿填珠江大学的特别多,赵圆满以一分之差掉档。不过，二本的春海大学分校也是赵圆满喜欢的学校，但学校高昂的收费实在把这父子俩吓坏了，赵云生找到木子，要他帮忙看看有无别的门路，不然就只有读三本了。

赵圆满第一志愿填报珠江大学"落榜"也出乎木子的意料，他谨慎地对赵云生父子谈了对浦江分校的看法，他说："这所学校虽然是二本，但其总校春海大学属 985 高校，实力强劲，与民营资本浦江分校合作办校是一种尝试，借以补偿社会教育资源的不足。在合作期间本校会对分校在教学上给予支持，这样就保证了分校的教学质量。分校少数优秀学生毕业时，可获得本校颁发的毕业证和学位证书，也可优先报考本校的研究生，像圆满这样成绩好的学生被分校录取并不吃亏。"

"这个学校怎么收费这么高，农民的孩子就是考上了也读不起啊！"赵云生说着把学校的缴费通知递给了木子。

木子哈哈一笑说："人家这是私人出资办的学校，资本是要获得利润的。"木子怕赵云生再继续问下去，于是转换话题，"我还是倾向圆满上这所大学，你手中不是有准备盖房子的六万元存款吗？够入学时的五万元，以后几年的费用，大家可帮你想想办法，等圆满毕业了，就会收到回报。"

木子的一席话说得赵云生满脸惭愧，他并不是舍不得手中的钱，攒钱还不就是为了儿子上大学，只不过这所学校收费对于一个农民来说实在太高了，自己年纪大了，出外打工找不到事做，又不愿动用女儿寄回的钱，往后几年的学费怎么办？如果读个公立大学，手里的六万存款就完全够了。现在经木子这么一点拨，也就明白了，毕竟儿子的前程重要，赵云生拿定了主意，儿子就上这所学校，至于往后的学费，慢慢来，车到山前必有路！

刚得知儿子高考分数过一本线时，赵云生打算办一场升学谢师宴热闹一番，这不仅源于农民的憨厚朴实，也夹杂着农民的那种原始狡黠和炫耀心理。而现在，民营大学高额的学费使赵云生打消了办宴席的念头，不过，他对外只称儿子考上的是春海大学，绝不提分校二字。

赵圆满十分懂事，为了减轻父母的经济负担，整个暑期都在朱铁蛋的建筑工地打工，到开学时，浑身被太阳晒得黝黑。赵云生夫妻也日夜忙着地里的农活，盼着有个好收成。

考上这么好的大学，赵云生不办升学宴，还让儿子去打工，有人说他是个"铁公鸡"一毛不拔，也有人赞他行事低调。赵云生全然不管别人怎么说，他发愁的是儿子上学高额的费用。

时至九月中旬，"秋老虎"仍无退却的迹象，人走在烈日下，不一会儿就是一身汗。开学的这一天，赵云生送儿子上大学，坐上了赴春海市的列车。在一天一夜的车程中，车厢里的嘈杂和炎热使人疲惫，为了省钱，腹中饥饿时，他们也只吃点自带的干粮，但父子俩兴奋异常，因为列车到达地春海市，将是他们圆梦的地方。

一下车，大都市的热闹繁华，使从乡下来的父子俩犹如刘姥姥进了大观园，分不清东西南北，好在学校有接站的上届学生，十分热情地把他俩带向迎接新生的大巴，不过，身穿农民装，扛着红色木箱子的赵云生却显得很另类，路人不时投来好奇的眼光。

到学校后，报到流程中的第一项，就是缴纳费用。赵云生父子找到财务处时，几个窗口前都排着长队，交费的家长大多是支票转账，偶有交现金者，从随身带的手提箱里拿出的都是连号新钞。当赵云生来到窗口，用颤抖的双手打开牛皮纸包，从中拿出用橡皮筋紧扎的几沓现金时，引来了身旁同是交费者异样的眼光，这场景犹如尖针深深扎痛了赵圆满的心。

　　按整个报到流程办理完毕后，就到了吃午饭的时间。学生食堂环境很好，卖饭菜的窗口很多，里面菜肴品种多样。赵云生父子点了两份最便宜的饭菜，坐在餐厅一角默默吃着。

　　赵圆满想到父亲一生辛苦，从来没来过春海，于是说道："爸，新生报到后，就没什么事了，好不容易来了趟春海，您就在这里玩两天，下午我陪您逛外滩。"

　　赵云生摇了摇头，没有答应。对儿子的孝道，赵云生心中十分满意，此刻他也想开开眼界，观赏春海这个国际化大都市的美丽风光。但带来的六万元钱，交了学费和留下儿子生活费后，只剩回家的路费，如果多待两天，开销就大，最低也得花儿子半个月生活费。

　　"您不用担心我的生活费，我可以去做家教，再说对困难学生学校也有助学金。"赵圆满似乎看出了父亲的心思，连忙说道。

　　"我不是这个意思，主要是担心地里收割庄稼，你妈忙不过来，得赶回去帮忙。"赵云生怕影响儿子心情，没有告诉他自己的真实想法。

　　下午，赵圆满送父亲到春海火车站乘车返回银山县，他知道，为了节约，父亲舍不得买车上十元钱一盒的盒饭，会饿着肚子硬扛着到家，于是在车站购物厅，他花了三十元钱买了几袋点心要父亲在车上吃。

　　火车鸣着笛，缓慢驶出了春海站，站台上的赵圆满仍没放下与父亲告别时挥起的手臂，望着渐行渐远的列车，他脑海中浮现出了这些年父母艰辛劳作的身影、报到时别人对他们父子异样的眼神，还有父亲上车时满脸的疲倦和鬓角的白发，父亲尚不到五十岁，看上去像六十多岁的老人，一阵心酸涌上心头，他在心中发誓，一定要使父母过上好日子……

12

随着改革开放的深入，国家对农村的各项政策更加宽松，直接取消了农业税，也就是说农民再不用交公粮了，这是中华五千年历史上从来没有过的壮举，全国八亿农民真正得到了实惠。

在这样的背景下，田家大湾村民田大发家代销店的生意也兴隆起来了。田大发是原生产队老队长田福的侄子，分田单干那会儿，大队更改为村，属集体经济所有的代销店也随之消失，村民买点油盐酱醋等生活必需物品，还得去六里开外的柳林集贸市场，十分不方便。田大发夫妻在田福建议下，在湾里开了一家代销店，代销一些生活物品，方便了乡邻，自己也能赚钱。

村里没有电视机，文化生活匮乏，一些年轻人除了到柳林街去看录像，就聚集在代销店谈天说地，胡吹海夸。田大发看出了其中的商机，买了一台电视机，在屋顶架设了天线锅，可全天候收到电视节目，这样一来，他家就成了全湾人活动的中心，生意自然就好多了。

免征农业税，农民不用交公粮，种田积极性更加高涨，家庭粮食收入也增加了，在外打工的儿女也时不时寄些钱回来，除盖房娶媳妇者外，这些人手里的闲钱就没地方花，闲暇时三个一群，四个一伙聚在一起，带彩打一种名为"拳打脚踢"的麻将，这种打牌方式很刺激，一玩就上瘾，时间一久，田家大湾成了有名的"麻将村"。

打麻将的风气初兴起时，田大发的麻将馆就应运而开，他把两间房全部摆上了麻将桌，包间里安放的是自动麻将机，还代办了电话业务，像城里人那样，对客人包管饭，一条龙服务，按开始牌局赢盘次数提取服务费，这样的收费方式，赢家和输家都能接受。逢年过节期间，一些从外面打工回来的年轻人，百无聊赖，为了寻找刺激，在麻将馆一待就是几天几夜，一个人的消费能抵平时代销店一个月的利润。

半年下来，田大发赚得盆满钵满。于是，他停了利润低微，又辛劳的油盐酱醋代销，专心经营一本万利的麻将馆。这样一来，一些生活必需品，又得上柳林街买，给村民日常生活带来了影响。

此时的赵云生却感到了生活的艰难。为了儿子的学费，他也曾外出找事做，但因年纪大了，屡屡碰壁。随着外地商贩收购蒜薹量减少，他精心种植的大蒜，也卖不出好价钱，虽说不用交公粮了，卖粮款也只够家庭日常开支，儿子明年的学费还没有着落，赵云生在家经常长吁短叹。

一天，周凤英在家炒菜时，突然发现盐罐里没有盐，就叫丈夫赶快去田大发代销店买盐。赵云生却碰了钉子，女主人说他们家开了麻将馆，忙不过来，已停了代销店的生意，不卖盐了。

这个信息，给了赵云生意外的惊喜。其实，自送儿子去春海上大学回来后，赵云生就想开个代销店，但顾及难免会与田家发生竞争，老队长田福又刚去世，想到往日老人家的那份情，赵云生就放弃了此念头。如今，田大发主动停止经营，自己何不开个代销店？赚点利润，也好方便乡邻。

赵云生回家后与妻子一合计，动手修理了靠院门的两间破厢房，周氏杂货店就挂牌开张了。他们家本来在湾里就颇有人缘，开代销店服务态度又好，日常生活物品齐全，加之价格低廉，很受乡邻欢迎，一时间生意兴旺。

虽说赵云生夫妻十分辛苦，小本生意利润又低，但日积月累，也小有积蓄，照这个态势下去，加上种田的收入，还有圆满做家教挣的钱，下一年的学费也基本够了，所以他们感到很满足。

形势的变化，有时难以预料，一年后，在市场经济体制下，农药化肥，还有种子大幅度涨价，种粮成本增高，粮价却没有上涨，一亩田的收成略有盈余或仅能够保本，有些人开始不愿种田。虽说国家出台了相应的种田补助政策，仍无济于事，加之外面精彩世界的吸引，年轻人几乎都带着发财的梦想，踏上了外出打工之路，农村一下子就萧条起来了。

打工人员增多，工厂劳动力充足，老板给打工者开的工资就低，他们寄回家的钱减少，农村留守人员手中无闲钱，田大发的麻将馆就没有了生意，只得关闭。于是，他又重新挂起了代销店的牌子，捡起了之前看不上眼的小本生意。

由于田家先前的势利，伤了村民的感情，他们仍去村头赵云生的商店购买物品，田大发门前冷冷清清。面对这糟糕的局面，田大发不从自身找原因，反而认为是赵云生抢了他的生意，在心中产生了怨恨。

一天晚上，田大发夫妻提着几包点心来到了赵云生家，田大发一把鼻子一把泪地说，自麻将馆关闭以来，代销店就一直没有生意，现在一大家子生活完全没了着落，要赵云生看在已故叔叔田福面子上，让他一家开店，救他们全家出苦海。他认为赵家儿子在读名牌大学，还有两年就毕业了，不开店到时家里也不会缺钱花。

赵云生完全没想到田大发会提出这样一个荒诞的要求，靠勤劳致富是天经地义，怎能轻易让出？但赵云生是个重情义的人，他始终记着老队长田福当年的知遇之恩；同时又天生具有吃软不怕硬的性格，见田大发夫妻这么一哭穷，心肠就软下来了，于是答应了田大发的请求，关闭自己的代销店，另寻出路。见此行目的已达到，田大发夫妻俩才千恩万谢地离开了赵家。

周凤英对丈夫的决定颇有意见，碍于情面没有当场反对，待这夫妻俩一离开，就与赵云生争吵起来。

"就你心软，他们这么一说，你就同意关店，往后的日子怎么过？"

"我是心软，还念着旧情。不过，现在村里人少，如果开两家商店，都会没有生意。"

"他们家已关闭了原先的店，我们才捡起来开的商店，现在凭什么让给他家？"

"如果坚持开店，就会进入恶性竞争，两家结怨，对谁也没好处……"

最后，赵云生说服了妻子，但真正关闭了代销店，他还是有种深深的失落感，那些天，他几乎天天去柳林集市溜达，幻想着能找个适合自己赚钱的活路，真是天遂人愿，机会终于来了。

耕牛犁田，是我国农民最古老最传统的耕耘方式，持续时间长久，千百年来农民用牛耕作，养活了整个中华民族大家庭，一代接一代，繁衍生息。从某种意义上讲，耕牛是农民的命根子，大多数家庭就是一贫如洗，也会尽力喂养一头耕田的水牛，我国法律为了保护农民利益，也对盗窃耕牛者以重罪论处。

近年来，随着种田成本增高，加之大量年轻劳力外出打工，农村出现了田地荒废现象，私人拖拉机低价出租促使种田一条龙服务项目兴起，耕牛就逐渐失去了其应用价值，农户只有将曾相依为命的耕牛廉价卖给个体宰牛老板，柳林集市也就出现了专做耕牛买卖交易的牛行。

一天，从浙江来的一位商人刘老板，找到来牛行帮忙乡邻卖牛谈价的赵云生，诚恳地说："你人很热情仗义，我们合伙做生意怎样？"原来他看中了这里耕牛价格低廉，因为有固定高利润销路，想以明显高于本地牛贩子收购价的优势，占领牛行市场。通过观察，他认准了赵云生，提出让赵云生去乡下帮忙收购耕牛，先将收到的耕牛在家喂养，待十天左右来验牛付款，每收购一头牛赵云生也可获得五百到一千元的利润。

面对刘老板提出的条件，赵云生盘算着，一头牛农民卖给个体屠宰户不到三千元钱，现由他下乡代购，每头牛价值四千元开外，并且不用农户将牛牵到牛行交易，还节省了一百元的手续费，这对于农民是不亏的；虽然要垫资，下乡代购的水牛还要喂养几天，承担着生病和发生意外的风险，但这种风险是小概率的，每个月可收购两三头牛，每头牛获得的利润很可观，这简直就是天上掉下的馅饼，经过权衡，赵云生同意与刘老板合作。

虽然这项合作让赵云生兴奋无比，实施起来却困难重重。首先手中没有垫资款，也不好意思向亲戚朋友借，在这种情况下妻子提出先用两个女儿在南方打工寄回的钱。女儿那么小年纪就辍学打工，赵云生一直心存歉意，无论如何他是不愿动用女儿寄回的钱。

"你真是个笨脑筋，开始只用女儿的钱周转几天，几个月后就可用赚的钱做资金周转。"在妻子开导下，赵云生终于答应先试试。

接下来赵云生在屋旁搭了个牛棚，夫妻俩就开始到外村代买耕牛，见他出这么高的价，有好多村民当场就有卖牛的意向，因是第一次收购，赵云生心中没底，只象征性地买了一头水牛，牵回家喂养。

当年分田单干，赵云生与别人共分得一头水牛，虽说以后他见那家乡邻田地多，让出了对耕牛的所有权，但他们夫妻对养牛有着丰富的经验，只几天的时间，就把这头从外村代购的水牛喂养得油光水滑。

一周时间过去了，已到与刘老板约定相见的日子，赵云生一大早就赶着水牛来到了集市上的牛行。刘老板见赵云生并未食言，脸上堆满了笑容，他让牛行老板对这头水牛做了初步评估，填写了交易证书，与赵云生各付了行里一百元手续费后，就手眼并用地对这头牛进行了检查。他不愧为行家，竟摸出牛大腿皮毛处有两小片溃疡，因要过检疫关，提出既然此牛皮肤发现了问题，就需要兽医下个结论。于是牛行老板请来了乡里的兽医，本乡兽医也拿不准此牛是否有问题，只有向县畜牧局上报，上面很重视，派来了高级兽医师，结论是普通的皮肤病，可以食用。

虽说不是严重的病，但有合约在先，就是收的水牛外观没有病态，包括可见的皮肤病，刘老板人虽豪爽，但执行合约是严格的，他向赵云生委婉讲明了不能收下这头水牛的原因，也向赵云生做出了在以后生意来往中会让他得到实惠的承诺。

突然的变故，使赵云生一下子陷入困境，生意刚开始就亏了四千元钱，实在难以承受。但又能怨谁呢？只怪自己大意了，购牛时没有仔细检查。牛行老板见赵云生损失太大，出于同情，动员熟悉的屠宰个体户以两千元的价格买下了这头牛，这样处理，就给买卖三方留了个顺水人情。

虽然经过牛行老板调停，处理了这头牛，赵云生仍亏了两千元钱，他不敢将实情告诉妻子，谎称已将所得五千元卖牛款顺手存在了乡信用社。

尽管赵云生十分看好这桩生意的前景，但下趟去乡下买牛手上没有资金怎么办？他想起了哥哥春生和弟弟冬生家耕牛还没卖，动员哥哥和弟弟卖牛，他们可得到一笔大收入，自己也不用为垫资发愁，就是牛达不到收购标准，从牛行赶回就是了，相互间也没有任何损失。

赵春生和赵冬生得知这个消息，自然十分高兴，一致同意卖牛。在与刘老板相见之前，赵云生吸取了上次教训，把两头牛全身摸了个透，确认无问题，才让哥哥和弟弟把牛牵进了牛行。这次交易很成功，赵云生没赚取差额费用，赵春生和赵冬生各得到刘老板付给的五千元现款，欢天喜地地回去了。

赵云生也把这个喜讯告诉了妻子，同时也向妻子坦白了上次失利，亏了两千元钱的经过。周凤英没有怪罪，只笑着说他是个老实"驼子"，怎么不回家说一声？

有了这次成功经验，赵云生收购水牛的劲头更足了。几年下来，由于夫妻俩非常勤劳，收购水牛出的价格高，深得村民信任，都愿把牛卖给他。赵云生因此在附近几个乡村享有了"牛精气"的盛名，每年也有了几万元的收入，儿子上大学的费用自然不用发愁了，他与刘老板的合作直至三年后将当地所有的耕牛收购完才结束。

13

赵云生和妻子周凤英搬入银山县城已好几年了，仍难完全融入城里人的生活圈子。只有当夜幕降临街灯亮起时，周凤英加入银河公园里广场舞队伍的那一刻，赵云生才感觉到老伴像个城里人。此时，他会静静地坐在旁边，边看老伴跳舞，边欣赏公园的夜景。

那年，赵圆满以优异成绩大学毕业后，入职于广州市一家上市公司，由于业绩突出，工作不到五年，晋升为公司高管，相继买车买房，结婚生子，前途一片光明。他见两个姐姐已出嫁，父母老了在农村无人照顾，特地把二老接到广州市与自己同住。哪知，父母因水土不服及环境不适应，总嚷着要回老家，赵圆满只有在银山县城一个新建小区买了套房子，让他们居住，好在大姐夫在城里开了家小公司，大姐招娣可随时去看望父母，也让赵圆满省心了许多。

赵云生在农村辛劳了一辈子，很不适应城里闲暇的生活，于是就到处找适宜老年人的事做，他看过学校大门，扫过大街，也在超市当过门卫。虽然因外出做工多次遭到儿子的强烈反对和大女儿的阻拦，但他置若罔闻，一直到年过六十五岁找不到事做才歇了下来。

往后的日子，赵云生感到了深深的孤独，在城区他没有新的朋友，偶尔朱铁蛋会提着两瓶好酒来看他，因其兼任着建筑装修公司总经理，也是来也匆匆去也匆匆，根本没有时间与他叙旧。赵云生只有去老同学木子那里说说心里话，木子也经常来看望他们夫妻。

木子已经退休，他没有去大城市私立教育培训机构"发挥余热"，而是在家写回忆录。赵云生和木子的每次见面，都是两人最轻松的时刻，可以毫无顾忌地谈论已逝的岁月，沉浸于被人生路痕淹没的往事之中。

为了排解赵云生心中的忧闷，周凤英经常清晨带领赵云生去小区旁的银河公园散步，那里风景秀丽，空气新鲜，有很多晨练的老年人，赵云生也就结识到了新的朋友。

赵云生和妻子在一栋烂尾楼旁开出了一块菜地，路人见到废墟旁长出了绿油油的蔬菜时，都感到惊讶，邻居们也露出了羡慕的眼神，这时夫妻俩就会把新鲜蔬菜分给小区邻居尝鲜，邻里关系也更加和谐了。

每当傍晚，周凤英忙完杂事，就会换上儿媳给她买的衣服，甚至偶尔化个淡妆，去公园和穿着鲜艳的大妈们跳广场舞。这时，赵云生嘴上会对妻子说"都六十多岁的人了，怎么化妆也不像城里人"，心里却美滋滋的，似乎当年那个扎着一对长辫子，有着一双大眼睛，清纯朴实的姑娘又浮现在眼前……

人年纪大了，怀旧是常态，赵云生怕见物伤感，搬来县城就没有回过田家大湾，但生他养他的家乡在脑海里的记忆怎能忘怀？他从三弟冬生电话中得知了许多家乡的事，大多是不好的消息，更增添了不尽的思念。如曾经叱咤风云的二多哥，自从妻子夏火莲患癌症逝世后，所开的农家乐就随之倒闭，与女儿相依为命，日子过得艰难，后来又突然中风，半身不遂住进了乡里的养老院，晚景凄凉；清芳婶的过世，使他想起那年陪伴老人家去广西祭奠大鹏哥的情景。田家大湾里留守的人本来就不多，现在全部搬迁到了公路边新农村示范房居住，留下的是残墙旧壁，一片荒凉……

老家人和物的变故，着实让赵云生悲伤。他想百年后落叶归根，作为人生最后一站的老屋，在他心中尤为重要，叮嘱三弟冬生一定要常去田家大湾自己的老宅看看。

朱铁蛋因突发急性心肌梗死过世，更是让赵云生陷入深深悲切之中。在灵堂上，当他见到过度伤悲的夏小青和从部队赶回为叔叔奔丧的朱盼盼时，脑海中浮现出了与铁蛋弟相处的岁月，不觉潸然泪下。朱铁蛋的后事安排，遵循了赵云生的建议，遗体运回老家安葬，代替牺牲了的兄长朱大鹏陪伴九泉之下的父母，也算成就了他们兄弟为国尽忠、为父母尽孝的美名。

这年的冬季来得早，第一场雪就下得很大，赵云生担心老家闲置的几间旧房子会被雪压塌，天气一放晴，积雪还没融化，他就火急火燎地给三弟冬生打电话，要侄子耀华开车来接他回乡下看房子。

朱二多夫妻的农家乐山庄倒闭后，赵冬生在好友谭天彪资助下，又在村里重新开办"移动饭店"，慢慢地有了资本，就来柳林街买房尝试着开店，随着影响的扩大，几乎包揽了全乡红白喜事宴席的承办，在乡里站稳了脚跟。近年来，因身体欠佳，加之年纪也大了，就把饭店交给了儿子耀华打理。上午二哥来电话说想回老家看看，兄弟俩好久未见面了，赵冬生也想念哥嫂，正好雪住天初晴，店里没有生意，就嘱咐儿子耀华开车去城里接他们。

赵云生夫妻来到柳林街已是晌午，赵冬生准备了丰盛的午餐，席间老兄弟俩自然有说不完的话，周凤英和黄家娥妯娌间也十分亲热，谈到当年去湘西蓉湾村古镇的往事时，不免感慨万千……

饭后，赵云生提出到养老院看看朱二多，去赵湾看望大哥赵春生，再回田家大湾老屋。于是，赵冬生和儿子耀华陪着赵云生夫妻先去街道南边的养老院。

街道两旁房屋上的积雪已开始融化，路面上的雪已打扫干净。赵云生一群人路过一家超市时，被超市老板田大发拦住了，他没忘当年让店之恩，盛情邀请赵云生夫妻到他家吃晚饭……

再往前走，经过木子的老屋时，赵云生想起了木子的爷爷，那位慈祥的老人，与木子三年同窗期间吃住在这里，老人家给了他从未有过的温暖，此时他又有了当初的感受。

很快，一行人走到了柳林中学门前，这是赵云生的母校，也是儿子的启蒙学校，现在学校早已变样，国家投资建了教学楼和宿舍楼，有点像城里学校的样子，遗憾的是他当年的老师大多作古，心中难免有些忧伤。

乡里养老院是私人经营的，主要收留全乡孤寡五保老人，一切费用由政府包干，要求生活标准不得低于当地最低水准。在此基础上也接纳一些自费老人，生活待遇要好些。

朱二多属自费范畴，每月费用由远在外省的两个女儿通过支付宝打过来，他最大的苦恼是中风偏瘫后，行动不便，说话不清楚，与服务人员交流很困难。更使他难受的是入住养老院后，十分孤独，一些曾受过他们夫妻恩惠的人，都没来看望过他，他深深感受到了世态炎凉，人心不古，不免愤愤不平，但已是半截身子入土的人，也只有听天由命了。

在这冰天雪地的当口，半躺在床上的朱二多，面对突然来到床前看望他的赵云生夫妻，不由得一阵激动，双眼顷刻间流出了泪水。他用右手紧紧抓住赵云生的衣襟，挣扎着想说话，却又发不了声，见他十分痛苦的样子，赵云生连忙将他扶着靠在床背上，深情地说："二多哥，我看你来了，咱俩永远是兄弟，以后冬生会代我来看望你的。"虽然此时赵云生有许多话要对这位兄长讲，但怕他触景生情，情绪激动出现意外，也只尽量说了些安慰之言。

告别朱二多时，见他依依不舍，泪流满面，赵云生也不禁流下泪来，心中不禁感叹，当年能说会道的二多哥，如今却被疾病折磨得不成人形。由此想到每个人的晚年都是一场腥风血雨，别人是替代不了的。

离开养老院，上了通往马钧村的县级公路，虽说路上冰雪已融化，耀华仍小心翼翼把车开得缓慢。路两旁新挖的塘堰，一排排整齐的住房，还有经过打理的农田，使赵云生充满新鲜感。耀华说："上面拨款建设特色社会主义新农村，马钧村是试点，人口尽量集中居住，往后会联合开发利用农村荒废的田地，恢复昔日的青山绿水。"侄子对未来的农村充满信心，使赵云生感到了欣慰，但他在内心也怀念那个相对贫穷而纯朴的年代。

不一会儿，车子就来到了位于公路边的马钧村委会，赵云生决定先去赵湾看望大哥赵春生。乡间村村通道路上没有车辆通行，也少见行人，狭窄失修的路面上冰雪没有融化，一行人只有下车步行。村委会两层楼房后面的小学早已不复存在，路两旁，在城里人眼里充满浪漫的皑皑白雪下面，是无人耕种的良田，赵云生有了一种莫名的惆怅。

赵湾是赵云生出生之地，自亲生父母过世后，三弟赵冬生在柳林街买了新房，留下大哥赵春生一家守着老屋。如今，大部分村民已搬迁至位于公路边的新农村，只有赵春生等十余户村民等待着最后的搬迁。

赵春生年过七旬，老伴已过世，女儿早已出嫁，儿子是智障者，是典型的贫困户，属政府的低保对象。这次搬迁，虽然大部分费用由政府出，但身无分文的他一直难以动身，赵春生难免有些着急。今天两个弟弟踏着积雪来看望他，并愿资助他搬迁所缺的资金，这血浓于水的亲情，使赵春生激动得老泪纵横。

走出赵湾，大哥一家的现状，让赵云生心中五味杂陈，好在有政府照顾，大哥的晚年还是有保障的……边走边想，不觉间来到了田家大湾，眼前的景致让他既感到亲切也有些陌生。昔日生机勃勃的田园村庄，如今在白雪覆盖下一片寂静，处处是人去屋空破烂不堪，残檐旧瓦上那还没融化的一层白雪、湾前那片无痕的雪地、还有那几乎填塞的塘堰、枯干的水井，无不显示出久无人住的荒凉，让赵云生分外伤感。

村头赵云生家门前搭的牛棚早已拆除，里屋墙上挂满蜘蛛网，不见了当年老少聚满堂，有说有笑饭菜香的欢快场景。赵云生走进里面的厢房，这是当年修水利时妻子周凤英住的地方，两人的"谈情说爱"也是从这里开始的，触景生情，他真想立即再与妻子说几句当年的亲热话。堂屋墙上还贴着儿子考上大学时，乡里送来的喜报，尽管报喜纸已泛黄，字迹陈旧，他还是抑制不住激动的心情，又仔细看了上面的每个字。让赵云生担心的是，堂屋顶上那根檩子已被瓦上的积雪压弯，房顶随时会塌下来，他当即委托侄子耀华雪融化之后一定要找人将檩子和瓦全部翻新，因为死后回老家入祖坟还要在此"坐夜"（下葬前夕家人整夜守灵），维护好老屋也就成了他心中的头等大事。

向侄子托付完后事，赵云生如释重负，他怕这村庄、老屋引起更多的伤感，于是来到了离湾不远处的清水河边，当年大集体时代修的万工坝还在，河水已结冰。见到万工坝，赵云生想起了县里驻队干部夏笑云和他讲的马钧在田家湾的故事，似乎当年千人大会战修万工坝的场景又浮现在眼前，河堤上众人抢救三弟冬生那一幕也历历在目，他的心中又掀起了波澜。

此时，耀华指着已结冰的河水和漫山遍野的银色世界，兴奋地说："好久没回马钧，没想到冬天的景色这么美。"赵云生没有被年轻人的喜悦情绪所感染，他走进路边的农田，弯下腰去，用双手刨开面上的积雪，露出的是已发黄的枯草，面对荒废的良田，心中有种凄凉的感觉。

见赵云生面色凝重，耀华忙说："二爹不用担心，马上要进入新时代，这些废荒的田地，会以合作的形式重新利用。"他用手指了指南边不远处那片树林，继续说，"树林东边那片没有人种的山地，将被开发成'世外桃源'景区，种果树、花草及特色庄稼，供人游览，会有很高的经济价值。"

听了侄子的介绍，赵云生对即将到来的新时代和这片生他养他的土地充满憧憬，意识到树林西边是赵家的祖坟地，也是自己人生谢幕后要去的世界，而东面那个建"世外桃源"的地方，应是人间美好之地，何不先睹为快？他对冬生说："我和你嫂子去'世外桃源'看看，你们到村委会那里等我。"

于是，赵云生紧紧牵着周凤英的手，迎着夕阳，两人缓缓向南走去，渐渐地，雪地上留下了两串深深的脚印……

（黄莹绘图）

木子湾的记忆

偶　遇

　　大学毕业入职京城一家文学杂志社当编辑，一晃就十多年了，我也由当初的文学青年成了编辑部副主任。恰逢改革开放二十周年，编辑部拟重点推出农村题材的文学作品，因我刚出版的长篇农村纪实小说《大地的女儿》引起了一定反响，又曾经是知青，下乡插过队，田主任把下去组稿的任务交给了我。

　　我的家乡木县是一个山区小县，县作协方主席曾多次邀请我回家乡看看。于是，这次我们就把组稿的第一站放在了木县。

　　傍晚时分，我与编辑部的小姜上了由京城开往广州的列车。木县处在京广线上，上车睡上一觉，第二天早上就到达了目的地，对我们这些爬格子惜时如金的人来说，乘坐这趟车是很划算的。

　　这是一列普通的绿皮列车，因沿途停靠站多，起始站上车的乘客并不多，硬卧车厢里不是很嘈杂。

　　我和小姜分别是 11 号和 12 号下铺，乘中铺的看上去像是一对年轻的大学生情侣，上铺的一对中年夫妻是从外地来京进日常百货的个体经营者。各位稍事寒暄，就忙着往车厢行李架上安顿随身携带的物品。

随着一声长长的发车汽笛响起，列车缓缓驶出了车站，整个车厢也渐渐安静下来。

上铺那对中年夫妻，看上去十分疲劳，已躺在铺上休息。倒是中铺的两位年轻人十分活泼，男的五官端正，面庞英俊，年龄在二十三四岁；女的是棕色皮肤，十分漂亮，年龄在二十一二岁，他俩头朝过道方向对躺着，不时地小声叽咕，似乎有说不完的话。

小姜和我对坐在下铺床沿，他兴致勃勃地透过车窗玻璃，观赏着沿途风景。这次出差对于生在京城，没出过远门的他来说也是一次新鲜经历。

火车站围墙内一排桂树散发的芳香，还弥漫在整个车厢，让人心旷神怡，放眼窗外，夕阳余晖下，大地一片金黄的景象，使人的视觉受到震撼。很快，天边的云彩已不见，秋风习习，忙碌的人们迈着匆匆的步伐往家赶……

随着车速加快，窗外风景快速倒退，转瞬即逝，喧哗的大地渐渐地迎来了夜幕的降临。不觉间车厢过道的顶灯已亮，我的思绪也转入这次返乡的行程安排。按计划先与几位本土作家见面，提出撰稿要求；给热爱文学的青年讲授写作技巧；还要去阔别二十多年的木子湾，那里不仅是我的老家，也是当年我作为知青插队的地方，有我一直牵挂的人，想到这里，心中不由得一阵激动。

"林主任，这次回老家能否见到您小说中的人物原型？"小姜指着放在茶桌上的小说《大地的女儿》问道。我对小姜说："小说是依据卢婆婆1949年前后的经历创作的，原始素材是当年下乡插队时写楚剧《卢嫂》剧本时收集的，如果卢婆婆健在的话，应该快到九十岁了。"

显然，小说主人翁在现实中的原型，引起了小姜的极大兴趣，他缠着要我讲《大地的女儿》的构思过程，我也想在这个空闲时间给刚入职的小姜聊聊文学创作。于是，我讲述了当年卢婆婆在抗日战争时期掩护新四军负伤小战士的壮举，以及新中国成立后她和乡邻们那种翻身农民当家做主人质朴的激情，还有木子湾人自强不息的奋斗精神。我告诉小姜，木子湾那些鲜活的人物形象多年来一直在我脑海盘旋，催生了我的创作欲望，从而完成全书三十万字的写作。

小姜出生于二十世纪七十年代后期，又生长在大城市，对以前的农村不甚了解。看来，我的讲述令他有所触动，当得知我曾是下乡知青时，就迫不及待地要我讲讲知青生活的往事。

年轻人的心是相通的，当我讲述在木子湾插队的逸事时，中铺上的那位男青年也爬了下来，坐在下铺的床沿边静静地听着，两眼却紧盯着茶桌上的那本《大地的女儿》若有所思。突然，他问我："您是本书作者林汉秋吗？老家在木县木子湾？"当得到我的肯定答复后，他脸上露出了惊喜，亲热地对我喊了声"叔叔！"这下我有些诧异，列车上怎么一下子冒出了个侄子？我不认识他呀！一旁的小姜也感到迷糊。

"叔，我叫林翱翔，也住在木县木子湾，听妈妈说我的名字还是您给取的呢！"他见我发愣赶紧说道。

"你母亲叫什么名字？"我缓过神后问道。

"我妈叫柳厚兰。"他谨慎地答道。

"啊，你是厚兰嫂的儿子！"我一下子抓住他的手，仔细端详着他的面容，喃喃说道："长得太像你妈了！"林翱翔也激动地说："叔叔，只知道您在京城工作，没想到今天在车上与您意外相见，这真是缘分。"

见小姜在一旁发呆，我连忙对他说："林翱翔的妈妈是我老家的嫂子，那年插队离开木子湾时，嫂子怀胎已八个月了，她要我帮未出生的孩子取个名，图个好前程，我说如果生的是男孩，那就叫翱翔吧！哪知这一别就是二十多年，今天却碰上了翱翔，真是令人感慨！"

这样一解释，小姜才恍然大悟，他激动地说："今天的相见情景完全能写进小说。"

林翱翔指着躺在中铺上的那位姑娘对我说，她叫海蕾，泰国人，在京城读研究生，是他的女朋友。然后他向女友简单介绍了我们之间的关系，要她下来与我这位叔叔打招呼。海蕾来到下铺，大方地用不太顺溜的普通话向我问好。初次见面，面对漂亮的异国女孩，我礼节性地赞扬了她两句，内心却对这位陌生的侄子刮目相看。

接下来林翱翔讲了他的家庭情况和这些年湾子里发生的巨大变化。改革开放后，他父母勤扒苦做把他们兄妹培养成人，弟弟大学毕业刚参加工作，妹妹正在读大学，而他因高考发挥失常，与大学失之交臂，但他以顽强的毅力独闯京城，学了一门厨艺，考上了一级厨师，并通过自修拿到了本科文凭，被华京大学招聘，供职于教工食堂。因人长得帅气加上各方面都优秀，得到了来自泰国的女留学生海蕾的青睐，两人很快发展成男女朋友，这次回木子湾就是正式向父母及乡邻公开情侣关系。

听了林翱翔的讲述，我感到由衷的欣慰。一个农村的孩子，这样自强自立，还没有辜负我当初为他取名的一片苦心，我在心里替厚兰嫂骄傲。

《大地的女儿》是以卢婆婆为原型，描述她在抗日战争时期和新中国成立后的模范事迹，折射出中华儿女为了新中国的建立和建设而奋斗献身的时代精神。有读者来信询问《大地的女儿》中主人公卢嫂的结局，这次重回木子湾，除了看望老人家，我还准备写一篇采访札记，以飨读者。当翱翔告知卢婆婆已过世时，我心中顿时涌起一股悲伤。

通过翱翔的讲述，我还了解到在政府扶持下，村里开辟了乡村旅游景点，我插队时的生产队长来清叔，在村里开办了农家乐，每当木子叶变红的时节，生意异常火红；当年村里那位十分调皮的小青年木狗，现在已是县城里资产过千万的建筑老板……

人在心情舒畅的状态下，就会感觉时间过得快，不觉间已至子夜，列车将进入夜间运行模式。我决定改变计划，明天与翱翔一起去木子湾。

此时，翱翔突然改说木县本地话有求于我。原来海蕾家族在泰国是名门望族，要他和海蕾去泰国发展。而他母亲坚决不同意儿子去泰国，于是，他就带着女友赶回老家，想与母亲进一步沟通，正好在列车上碰上我这位当初给他取名字的叔叔，如见到了救星，要我一定给他母亲做工作，他坚信我能说服他母亲。当然，母亲不同意他去泰国，海蕾是不知情的，所以他用木县当地话跟我交谈。这件事能否说定，我心中没底，毕竟和厚兰嫂二十多年没有联系了，但见翱翔那哀求的眼神，我不由得点了点头，答应试试看。翱翔这才欢天喜地地爬到中铺休息。

这时，列车员走过来把车窗的遮阳帘拉拢后，车厢顶灯随之关闭，只有过道的地灯还继续亮着，列车已进入夜间模式，除感觉到车轮与车轨间摩擦带来的振动，整个车厢异常安静，旅客们渐渐进入了梦乡。

而我由于即将回到阔别多年的老家和巧遇翱翔而带来的高度兴奋，躺在铺上辗转反侧，难以入睡，当年在木子湾插队的往事又浮现在脑海中……

初到木子湾

十八岁那年，我从木县高中毕业，响应政府号召，选择去桂花公社分水大队木子湾插队落户。

木子湾是我的老家，尽管自太爷爷那辈就举家外出谋生，湾子里也没有亲戚，父亲还是倾向我去老家参加劳动锻炼，他认为亲不亲，家乡人，一笔写不出两个林字，乡邻们肯定会给予我照顾的。此时，知识青年上山下乡已呈现常态化，出发时没有敲锣打鼓热闹欢送的场面。我去县知青办公室拿到通知后，在父母相送下来到了汽车站，上车的那一瞬间，突然看见父亲平常刚毅的面庞此刻显得十分温柔，母亲眼角则挂着泪珠。

县城离桂花公社有四十公里路程，已是九月中旬，天气还有些炎热，客车上闷不透风，加上山路坑坑洼洼，车很颠簸，乘客们怨声载道。我心中却有种莫名的冲动，对前途充满憧憬，全然没想到今后的人生之路还会十分艰辛。

到公社登记后已至晌午，木子湾的老队长林来清已在院子里等待，他说离湾子还有三公里的山路，不好走，专门让大队拖拉机来接我。林来清我认识，几年前为其儿子学籍问题找过父亲帮忙，因他与父亲平辈，我叫他来清叔。

面对来清叔的热情，我怯生生地说："来清叔，给您添麻烦了！"来清叔笑了笑，指着身旁的儿子对我说："福生也从区高中毕业回乡务农，你俩正好做个伴。"

我与福生有过交往，四年前他代表区中学参加全县中学生乒乓球联赛，比赛地点在父亲任教导主任的学校，出于老一辈的感情，父亲曾接他来我家吃过饭。我俩同年，他比我月份大，虽然我晓得他学名叫林汉江，还是亲切地喊了声："福生哥！"

福生赶紧把我随身带的大提包接过来，顺手递给开拖拉机的小伙子，说道："木狗，把你汉秋哥的提包放在拖拉机后斗里，手脚轻点。"我忙说："不碍事，里面都是换洗衣裳。"木狗朝我一笑，做了个鬼脸，麻利地安顿好了那个鼓鼓的大提包。福生摇了摇头对我说："木狗不到十七岁，有些调皮，但人聪明，心肠还是很好的。"

我和来清叔、福生在车斗坐稳后，木狗就启动了手扶拖拉机。第一次乘坐这种交通工具，心里难免忐忑，但见他两手紧握扶把闸门，左突右拐，熟练地驾驶着，我也就放下了心。

不觉间车已上了山路，这时，来清叔告诉我，住处和生活用品，甚至自留菜地都安排好了，并让福生与我一起住，好互相有个照应。我知道国家对每个插队知青有一百元钱的安家费，主要是购置生活、生产用品和前期生活补助，没想到这么快就都安排好了，不由得对来清叔心生感激。

不一会儿，拖拉机翻过了一个山岗，福生指着前面不远处一片乡村土瓦房说，这就是我们第十一生产队，也叫木子湾，北边那条河是分水河，对岸是平山县的地界。

抬眼望去，在农舍与周围开阔的丘陵地带之间，散落着数株大小不等的木子树，星星点点，使这普通的村湾有一种原始的美感。

我情不自禁说道："没想到老家风景这么美丽，乌桕树长得真好看！"

"汉秋哥，乌桕树是什么树？"木狗问道。

"乌桕树就是木子树。"我答道，其实我也是去年上美术课到桐柏山写生时才知道的。

"那它为什么叫乌桕树？"木狗这样一问，我倒很茫然。福生见状笑着说："木子树，以乌鸦喜食其子而得名乌桕树。诗人林和清曾赞美'巾子峰头乌桕树，微霜未落已先红'，到深秋叶子全部转红，果子细密如雪，挂在树梢，会给人美的享受。"

听此言木狗对福生说："福生哥，你晓得的真多，难怪都叫你老先生！"

谈到林和清赋诗，来清叔要福生把林家这位诗人接来，为木子湾的木子树也写首诗，引得我和福生掩嘴而笑，福生说："人家是宋代人，怎么能来得了？"

车到了湾里，来清叔对我说："今天是你同辈分的哥哥林汉权和柳厚兰办喜事，我们一起去吃酒席。"初来乍到，来清叔就是依靠，我自然地点了点头。

湾子北边的两间土砖瓦房刷过白石灰的外墙边，靠放着迎亲时的红旗和锣鼓，以及大门上的喜字，无不告诉人们这家主人在结百年之好。

新房里喝茶闹房已近尾声。当新娘递茶时，闹房者要求新娘说"我儿的某某长辈请喝茶"，一般女方怕差扭捏着不愿这样叫，大家就越闹越起劲。平辈是闹房的主力军。见我是城里来的学生，几位自家嫂子就拉扯着要新娘端茶。

当新娘端上新茶递到我面前时，她的漂亮让我惊呆了。大大的眼睛圆圆的脸，一双长辫子齐腰际，极像当年母亲读师范时照片上的模样，顿时，我对这位嫂嫂有了一种天然的亲切感。回过神来，为了掩饰瞬间的失态，还未听清她怎么称呼，我就伸手准备接茶杯。

"称弟弟不行，非得喊请我儿子的叔叔喝茶！"旁边的牛二嫂立马拦住我的手，要新娘重新上茶。福生在旁似乎察觉到了我情绪的细微变化，连说："牛二嫂算了，外面等着开席，汉秋脸皮又薄，不会开玩笑，莫搞得新娘倒把他给难住了。"福生这么一说，大家这才不情愿地结束了闹房，准备入席。

喝茶时的意外"插曲"，使我在吃酒席期间有些分神，以至于来清叔领我去给湾里长辈们敬酒时不是那么主动，好在众人当我怯生，并未见怪。

那年月虽然物资匮乏，但由于来清叔当队长多年，抓生产有一套，湾里的分值高出公社平均数，婚礼简朴的酒席上鱼肉还是有的，入席的男女老少个个面带笑容，这大概是那个年代不多见的温馨场面。

我的"新家"在生产队仓库旁的一间厢房里，进门右边是带有烟囱的新灶，后半间放着用铺板拼成的床，床上的铺盖全是新置的，床头的条桌和吃饭用的小方桌是福生从家里搬来的，墙边撂着新买的锄头、铁锹和镰刀，还有热水瓶等生活物品，这就是我的全部家当。

把新家整理停当后，已近黄昏，我随福生来到了湾子北边分水河旁，河堤处是一块块分散的菜地，福生指了指其中已平整过的两小块，说这是分给我的。菜地周围田埂上几棵散长的木子树，叶子已呈红色，与夕阳、河水形成了一道靓丽景色，我想在这美丽的画面里种菜，应该是十分惬意的，其实这种田园浪漫只是一种想象，后来的辛劳使我根本无暇顾及种菜。

晚上在福生家吃饭，尝到了他母亲做的"裤腰粑"。我称福生母亲为"李婶"，她待我特别热情。有关我的劳动安排，来清叔说，我和福生刚下学，每个劳动日都只能记八个工分。十月份忙月已过，主要是修田埂，补塘堰，耙地种小麦等轻活路，要我慢慢适应。

回到新家，我禁不住向福生提出了心中的疑问："厚兰嫂这么漂亮，怎会嫁给大她十多岁，相貌平平又穷的汉权哥？"

"喝茶时你一时走神是为此事？"福生恍然大悟，于是他讲了柳厚兰与林汉权结合的背景。

林汉权是个孤儿，从小就染上了抹牌的坏习惯，一晃就三十四岁了，还是光棍一条。生产队十分关心他的婚事，帮他添置了家具，修整了房子，托人去向隔壁公社富农成分的柳家提亲，因有贫农成分这块金字招牌，柳家最终答应将女儿柳厚兰嫁给他。

听了福生的讲述，我愤愤不平地说："这种婚姻对厚兰嫂是极不公平的。"

"这有什么不公？她家是富农，属被管制对象，不改变这种状况，难有出头之日。"福生笑着回答。

"有人说嫂子这朵鲜花误插在汉权哥这堆牛粪上，很可惜，我不这样认为，牛粪营养丰富，花朵会更鲜艳。"福生接着说道。

"宁愿插在泥巴上枯死，也不插在牛粪上。"我情绪有点失控。

"不要激动，你将来会知道的。"

总感觉福生的这番话有些不对劲，又挑不出毛病，此时我才真正领教了这位"老先生"的厉害。

不久后的一件事，使我对林汉权仅存的一丝好感消失得无影无踪。

一天深夜，我和福生被急促的敲门声惊醒，开门见柳厚兰披头散发地站在门前，我心中一紧，立马把她让进屋里，福生也不停地安慰她。稍稍平静，她说出了事情经过。原来林汉权在外湾抹了一天一夜牌，钱输光了才回家，喊门没有应答，他就发横把门砸了，随后把屋里生活用品也打碎了，柳厚兰说了他两句，他就要她滚，惹得新媳妇半夜找人哭诉。

见柳厚兰面色不好，手抚在右肩处，我连忙问："嫂子，他打你了？"

"这倒没有，右肩膀是他砸门时，我上前护门撞了的。"她犹豫了一下答道。

于是，我对福生说："走，找他算账去。"福生知道"他"指的是林汉权，忙说："不可乱来！"

来到他们家，见两扇木门倒在地上，堂屋灯光有点暗淡，满地是水瓶、锅、盆、瓢、碗碎片，屋里一片狼藉。林汉权坐在椅子上望着满地碎片发愣，面有愧色，看来他似乎头脑清醒了些。见此状，福生对他说："哥，这就是你的不对了，嫂子这么好的人，你们能结成夫妻是上世修来的福气，你却不珍惜……"

"你别说，我知道了！"林汉权打断了福生的话。福生见他脸上是满满的悔意，又对柳厚兰说："嫂子，哥是一时糊涂，他已意识到了自己的不对，你就原谅他吧！"

"大兄弟，嫂子现在不生你哥的气了，只是这么晚劳烦你俩，嫂子过意不去，你们快回去吧。"

"两扇门损坏得比较严重，家里没大门怎么能行？我去拿修理工具，和汉秋争取在天亮前把门修好。"福生说完就回家拿修理工具去了。

此时，我更佩服"老先生"的能力，这么大的冲突，经他三言两语就化解了，还会修损坏的大门，同是高中生，他比我知道的要多，也很成熟，看来此次到农村接受锻炼太有必要了！

至五更天终于把门修好，鸡都叫了三遍，我的上眼皮和下眼皮一直在打架，看来明天又要掉工了。不过，大家没想到的是，多年后这对夫妻的长子找了一位漂亮的外国留学生为女朋友，而帮其修门的那两个高中生一位成为部队高级军官，一位成为作家，这是后话。

调演情谊

深秋，乌桕树叶已转为深红色，给宁静的木子湾增添了一抹浓浓的色彩。

这天，我简陋的房子里突然来了两位漂亮的女干部，她们是区里在分水大队的驻点干部——共青团委书记徐君秀和宣传干事胡晓红。

领导突然光临，我有点受宠若惊。短暂寒暄后，徐书记道出了此行意图，县里要搞元旦文艺调演，要求我和福生参与区里演出剧本的编写，这期间生产队照记工分。面对组织的信任，我和福生愉快地接受了这项政治任务。

调演剧目，县里有统一要求，取材以现实生活为主，要突出矛盾冲突，主角必须有生活原型。徐书记在大队驻点一年多，熟悉情况，她建议在木子湾找生活原型，剧本创作由胡干事执笔，我和福生两位高中生协助。

胡晓红，二十岁出头，性格活泼奔放，身上洋溢着青春的气息。由于年龄相仿，我们很快相熟起来，这才知道她大学中文系毕业，系首届工农兵学员，一毕业就分配在区机关搞宣传报道。

由于有来清叔提供素材，奋战三天就完成了《卖粮》剧本初稿。尽管我只参与了诸如公与私矛盾的冲突设计，心里也有一种成功后的喜悦。

徐书记得知这么快就完稿了，赶紧前来审查剧本，不过她却提出了不同意见："首先担任生产队长的主角原则性不强，是个老好人，不符合'三突出'创作原则；其次，主要矛盾是农民交公粮后又留足了口粮，多出的粮食是卖给国家还是到自由市场卖？这是公与私的问题，上升不到姓资还是姓社的道路之争；还有个短板是剧中没有反面人物。"

徐书记虽然不到三十岁，但在我和福生眼里绝对是大干部，对她的话不敢有半点异议。倒是胡干事感到委屈："领导指定要在木子湾找原型，整个生产队没有地主、富农和坏分子，叫我怎样写反面人物？"

这时，徐书记笑了笑说："正因为如此，我们需要另辟蹊径，据我所知，湾里的卢婆婆曾救过新四军战士，新中国成立后一直是县里的劳动模范，山东的红嫂给负伤的解放军战士熬鸡汤全国扬名，卢婆婆就是木县的红嫂，如果把她的事迹挖掘出来，意义重大！"

福生十分惊讶："老人家六十多岁了，只听说她过去是劳动模范，还不知道有这份光荣历史。"

关于资料来源，徐书记卖了个关子，要胡晓红去采访当事人，并去县文史馆查看《木县烽火》一书，说里面有记载。

经徐书记这样一指点，大家的不快情绪立即烟消云散。于是，胡干事去代销店买了两袋糕点，在福生带领下，我们来到了卢婆婆的住处。

卢婆婆六十多岁，住在湾南边两间独立的房子里，丈夫早年过世，没有后人，属生产队五保户，由于有腰腿痛老毛病，现在很少出门，见有这么多年轻人来看她，显得十分高兴。福生向她介绍了胡干事后，我叫了声婆婆，她记性很好，说那天吃酒席我给她敬过酒，我的太爷爷她叫叔叔。这样一来，我和婆婆的感情一下子就拉近了，从她身上仿佛看见了太爷爷那一辈的影子。

卢婆婆知道我们的来意后，说："刚解放那阵子，县里曾有人来问过此事，说要写成书，让后代永远不要忘记日本人的罪行。现在，你们要演戏，这是好事!"于是，她欣然向我们讲述了那段尘封的往事。

面对日本人的凶残，卢婆婆舍身救新四军负伤战士的壮举令我感动，特别是新中国成立后获得劳动模范称号，坚定走社会主义道路的事迹，一个农民女儿的高大形象在我脑海中清晰起来，也为我后来创作长篇小说《大地的女儿》打下了基础。

这次编剧，有当事者陈述和文史资料佐证，更有执笔者的创作热情，很快完成了《卢嫂》初稿。审查后得到了区里主要领导的肯定，我们才放下心来。

区里决定，在全区范围挑选演职人员，然后集中在木子湾，让大家边排演边体验生活。每人自交粮票，适当补贴生活费，由牛二嫂和厚兰嫂为演出队做饭。湾里空仓库为排演场，白天排演，晚上是男同志打地铺休息之地，两位女主角饰演者则陪伴卢婆婆居住，女群演分散在几位嫂子家睡觉。

挑选的演员个个都是戏精，不过，女主角年轻卢嫂的扮演者让我颇感意外。演员报到那天，我突然见人群中有个熟悉的身影。

"苏雅琴！"我向那女孩喊道。

"林汉秋，快过来帮我拿行李。"女孩边说边向我招手。

我跑上前，接过她的行李说："你怎么来了?"

苏雅琴笑了笑说："来演戏啊，怎么? 不欢迎呀!"

"那怎么会呢!"我连忙答道。苏雅琴是我高中同班同学，人很漂亮，是学校宣传队台柱子，但她户口不在区里，难道会借调?

苏雅琴见我心有疑惑，简要告诉了事情缘由。县行管局在本区设了知青点，有专人负责管理，苏雅琴父亲是县里干部，她就随县大院这批高中生集体下乡被安置在知青点。高中期间，虽说同班，男女生接触并不多，毕业后各奔东西，我自然就不知她的去向。

我们那时正处于青春期，高中毕业刚踏入社会，又突然在一个特定环境里意外相见，流露出的那种纯真同学情感染了剧组每个人。那段时光我以东道主和兄长的身份，在生活上对她尽量给予照顾。每天早上，我陪她到野外木子树下、分水河边晨练吊嗓子；上午到卢婆婆家，听老人家讲过去的经历，体验生活，到湾里最大的木子树下看地窖遗址；下午参加整体排练；晚上送她和演中年卢嫂的赵大姐去陪伴卢婆婆……

在与苏雅琴短暂相处的日子里，她犹如一道彩虹照过我的心间，这种光芒虽然转瞬即逝，却在我的记忆里定格下了最美的姿态。

那段日子我特别兴奋，参加排演时有刘姥姥进大观园——满载而归的感觉。担任导演兼唱腔音乐设计的许老师，非常注重运用细节来刻画人物，一个眼神，一个动作就能表现出人物在一定情境中的复杂性格特征及细腻的心理活动，唱腔设计优美，在排演现场就感动了我们。

很快，半个月的排练过去了，为了答谢乡亲们的热情支持，在离开木子湾前一天下午，调演队在仓库门前进行了彩演。因是农闲时光，生产队放了半天假，男女老少搬来了板凳，围坐看戏，演的又是湾里的人和事，胡琴一拉，锣鼓一响，现场十分热闹。

离别那天，全湾人依依不舍相送的场景十分动人，卢婆婆、来清叔和李婶，还有几位嫂子更是拉着徐书记、胡干事、许老师和苏雅琴等人的手不让走。

这次全县文艺调演，规模是空前的，我们的演出时间是元旦前一天晚上，第二个出场，也就是调演最后一天的最后一场。演员们都感到惴惴不安，全队压力很大。而徐书记则满面春风，她笑着说："同志们不要气馁，《卢嫂》被安排为整个调演活动的压轴戏，是对我们的信任和鼓励。其他参赛剧目的主题都与当前形势有关，人物刻画简单，而《卢嫂》则塑造了一位情感丰富，在战争年代舍命救子弟兵的英雄嫂子、和平年代献身于社会主义建设的劳动模范。所以，我有信心夺得一等奖。"

经徐书记这样一说，同志们又鼓足了信心，全身心地投入到了赛前的准备工作之中。

元旦前夜，县剧院座无虚席，楚剧现代戏《卢嫂》即将开演，我和胡干事在台下一隅观察演出效果和观众反应，心情异常紧张。

只见大幕缓缓拉起，舞台一角是棵很大的木子树，相对应的是一间破旧的农舍，背后灯光布景是广袤的田野。饰演农村少妇卢嫂的苏雅琴，在屋里给负伤的新四军小战士包扎伤口。突然，不远处响起了枪声，敌人追兵将至，见屋里无处躲藏，小战士掏出手榴弹，要与敌人同归于尽。焦急的卢嫂一段忧伤的唱腔把对亲人的情感展现了出来。台下异常安静，观众都担心着卢嫂和小战士的安危。

在危急时刻，卢嫂急忙把伤员扶到外面的木子树下，拨开旁边的地窖洞口，将伤员送至地窖内。待她上来刚遮盖好洞口，几个端着枪的日本兵，在挂着盒子炮的汉奸带领下上场了，他们拦住卢嫂审问是否发现负伤的新四军，并在小屋子里和树周围搜查。在这险要关头，卢嫂沉着与敌人周旋，终于凭机智支走了日本兵，使负伤的战士脱离了危险。这时，台下观众席爆发出热烈的掌声。

接着，舞台灯光变换，背景图为百万雄师过长江的画面。舞台上，卢嫂和姐妹们磨干粮，做军鞋，为支援前线日夜忙。再接着，背景图是社会主义新中国欣欣向荣的一派景象，舞台上中年卢嫂积极参加社会主义建设……

终场时，在观众的掌声中，演员们多次返台谢幕，还得到了与县领导合影的殊荣，我们每个人脸上布满笑容。

第二天是元旦，大家集中在驻地，等待最终评比结果。大多数人心中没底，忐忑不安。而导演许老师认为该剧从"情"字入手，在美工师协助下，完成了抗日战场、解放战场及社会主义建设宏伟背景图的时空转换，衬托出了卢嫂对子弟兵、对党、对人民和对社会主义新中国的一腔深情。特别是打破时空界限，让青年、中年两个时期的卢嫂同时表演，把1949年前后发生的事贯穿起来，塑造了一个有血有肉的妇女英雄，引起了观众的强烈共鸣。他坚信会得一等奖。

很快消息传来，《卢嫂》是唯一全体评委一致投赞成票的剧目，被授予一等奖。颁奖会后，区委书记特来看望大家，中餐还加了几个菜。同志们都很兴奋，特别是苏雅琴俨然成了真正的英雄，她和许老师忙于接受领导接见和敬酒，脸上荡漾着春风。

我有些沮丧，与苏雅琴相处一个月，就要分别了，突然有丝难舍之情，难免脸上写满了惆怅。苏雅琴似乎看穿了我的心思，微笑着走来，轻轻地对我说："汉秋同学，谢谢你的照顾！我们同在一个区，还会经常见面，我会给你写信的。"

我的参军梦

这年的冬季来得早，不经意间，木子树上的红叶已落尽，只剩空枝和雪白的树籽，它们在广袤的原野里随风起舞，呈现出婀娜多姿的骨感美。

县里调演结束回乡湾后，一直未收到苏雅琴的来信，我情绪有些低落。福生见状，就要拉我去河边观赏外乡人打木子的场景。木子树籽可以榨油，那时经常有油榨坊的师傅来用特制竹竿砸木子树上白色的果实，过程精彩，常引起湾里大人和孩子们围观。我以要去大队代销店拿报纸为由，拒绝了他的好意。其实，福生知道我是去看信件的，因公社邮递员把队里订的党报和个人信件都放在代销店，让购买物品的社员顺便带回。

一天下午，我和湾里几位年轻人在修田埂，见在大队做事的木狗兴冲冲走来，因嘱咐过他每天关注我的信件，此时强烈预感他是来送信的，不由得心中一阵激动。木狗确实送来了苏雅琴的信，信中无非是泛谈下乡感受及一些鼓励性语言，处于青春期的我却热血沸腾，当晚给苏雅琴回了封长信，畅谈了对知识青年上山下乡的感受……

不久，冬季征兵开始了。在那个年代，参军入伍是无数青年梦寐以求的，更是许多农村青年改变人生的转折点，所以报名者众多，我和福生也在其列。同时，我俩都被抽到大队部协助征兵工作。

空军某部江教导员是区里接兵最大的干部，他是分水河北岸平山县人，自然对分水大队有种亲近感。他认可了我和福生的工作能力，充分肯定了我们的参军热情，甚至高兴地说只要我俩体检合格，愿意带我们到他的部队。

很快，我就知道了知青下乡不到两年没有参军资格的征兵政策，虽然有点沮丧，但在内心深处还是更向往两年后能读大学，报名参军只是儿时的梦想。于是我向江教导员表态："请首长放心，我会正确对待，把征兵工作做好。"

江教导员笑了笑说："这样就好。不要叫我首长，我们是隔县老乡，征兵工作中的同事。"其实，我并不知道军队中哪级干部才能称为首长，只是在一个高中生眼里，营级干部就是大官。

征兵体检地点在区中心卫生院。桂花公社体检的这一天，我负责协助各科传送体检表，突然发现主检是我们家隔壁的孙阿姨，心中就有了小九九。孙阿姨是县医院内科主任，其丈夫是父亲学校办公室主任。她得知我已下乡，并参与了征兵工作，十分高兴，夸我出息了。而我则对孙阿姨说近段时间身体有些不适，又没时间回城看病，请求顺便检查一下身体。孙阿姨想了想，大概认为不违反原则就给了我一张体检表。

这样，我完成了各科的体检，见各项指标完全符合参军条件，就又有了强烈的当兵意愿。我央求孙阿姨帮忙说说情，能否以文学特长生入伍，因特招是不受知青下乡年限影响的。经不住我的软磨硬泡，孙阿姨谨慎地向江教导员转达了我的请求。

江教导员见我体检合格，又问了一些相关情况，看似动了心，他说去打电话向上级请示。此时，我感到异常紧张，孙阿姨要我做好两种思想准备。江教导员返回后表示，文学特长生必须在省报和军报发表过作品，他劝我两年后再报名参军。而两年后我考上了大学，心中的参军梦始终没有实现，这是后话。

新兵政审十分严格，特种兵必须是应届高中毕业生，审查向上追溯三代及所有旁系亲戚。福生应征的是特种兵，由公社里的一位干部和我负责政审材料取证。所有的取证材料要正楷书写，盖章要端正。好在其所有社会关系均在木县境内，我们在规定时间内完成了任务。材料汇总时我数了一下，光盖章和按的手印就多达一百零八个，可见工作强度之大。

新兵名单审定后，很快就发放了新军服。让人纳闷的是，福生发的是东北部队空军冬装，也就是说他当的不是特种兵。怎么会这样呢？我想可能是江教导员太喜欢福生把他调在了自己所在的部队吧！也有人说他是临时被替换了。不过，让人感慨的是，当年他们班十几位当普通兵的同学全部提了干，而另三位到京城当特种兵的同学，三年后都复员回家当了农民，这大概就是命运的安排吧！

新兵集结前两天，福生向我讲了一件烦心的事，原来他自小就被父母定了一门"摇窝亲"，明天亲戚们要一起给他送行，他的这位"对象"刘巧珍也要前来，他想与她做个了断，故与我商量。

"在这个节骨眼你怎能废除这门亲事？只怕你不想当兵了？"我有点埋怨福生。其实这次政审时，我去过刘巧珍家，这位姑娘长相十分俊俏，心地善良。

"那你说怎么办？"福生已没有了主意。

"我认为需从长计议。她是文盲，往后文字交流就会异常困难，你们又无感情基础，亲事也就自然不存在了。"对于这个建议，福生只得点头接受。

第二天，福生正在我的小屋清理他的物品，突然见李婶带着刘巧珍和牛二嫂、厚兰嫂来到门前。李婶笑着对我说："大侄子，家里客人多，不方便，让巧珍和福生在你这里说说话。"然后又对刘巧珍说："你在这里多待会儿，让两位嫂子陪着你。"

见状，我连忙让李婶回去招待客人。回过头来只见两位嫂子已把刘姑娘领进了屋内，然后出来关上了门，我们就在门外谈着家常。不一会儿，见福生默默走了出来，看来他俩交谈并不顺畅，我和两位嫂嫂急忙进去，见刘巧珍拿着两双手工做的棉鞋和绣花鞋垫，坐在板凳上发呆，询问后才知他们并未说话交流。

此刻刘巧珍的模样，使我想起了鲁迅与原配朱安的婚姻悲剧，现在是新社会，有着封建社会烙印的"摇窝亲"早就应该不存在了。我劝她说，可能因没走上特种兵，福生心情不好，要她不要想多了。两位嫂子也连忙上前安慰刘巧珍……

翌日，我送福生到区里集中，然后打算去知青点看看苏雅琴。全区新兵至晚六时已全部交给接兵部队，明天上午将去县城汇集。晚上，区里在高中操场放电影欢送这批新兵，我和江教导员已经很熟悉了，他同意福生离队与我叙别。见面后福生急切地对我说，在特种兵席见到了穿军装的苏雅琴，这消息使我十分惊讶。见我愣在那里，他拉着我就去见江教导员。

得知我和苏雅琴是高中同班同学，江教导员叫来了苏雅琴，示意我们可以出去走走。来不及感谢，我和苏雅琴在众人目光下一步步走向场外。我俩来到银幕背后，静静地坐在一处台阶上，谁也没有开口说话。

电影已开演，放的是电影戏曲片《朝阳沟》，从背后看上去效果与正面是一样，只不过字幕是反的。我俩都没有心思看电影，还是苏雅琴打破了沉默，讲述了她参军入伍的经过。

这次征兵，某军区文工团一位副团长到木县招文艺兵，在观看县里文艺调演的节目录像时，对卢嫂的饰演者苏雅琴印象深刻。于是，通知苏雅琴到城里现场考核，结果十分满意，有了录取意向。因其父是县里干部，政审也顺利，很快就特批入伍。苏雅琴就由区里接兵首长明天带到县里，交给文工团返回北京。

木县从来就未招过女兵，这天大的喜事落在了苏雅琴身上，我由衷地为她高兴。不过，想起自己现在的身份与她的前途无量，一下子不知说什么。她见我心事重重，动情地说："新年过后，很快农村忙月就要到来，福生也不在，你又要出工又要做饭，日子将会过得很艰难。两位嫂子是好人，实在不行可以在她们家搭伙吃饭，虽然来清叔可照顾你，但在'双抢'时节家家都忙，你力气不大不要急于犁田和挑草头，我相信你一定能够坚持下去，两年后会如愿考上自己心仪的大学。"这话怎么听都像姐姐对弟弟的叮嘱，我鼻子一酸，心中充满感激。

月光下，我突然发现穿着棉军装的苏雅琴是那么漂亮，有一股英姿飒爽的动人之美，她的笑容在清纯中透露着温柔。而这时银幕上到农村的高中生银环正在与同学栓宝闹矛盾，联想到自己的处境，我催苏雅琴赶快归队，因不适应别人异样的眼光，我没有去送，凝视着她的身影渐渐消失在银幕那边……

岁月的感悟

新年过后，县里撤区并社，分水大队没有驻点干部督促，政治理论学习也流于形式。随着惊蛰春分的到来，社员们忙着下秧，湾子里渐渐有了农忙"双抢"前的紧张气氛。

此时，我的情绪低落，几月前下乡到木子湾的轰轰烈烈，转眼间就烟消云散，留下的是不尽的思念和无边的寂寞。苏雅琴曾来过信，因现实身份的巨大反差，我没有回复，调演期间这段难忘的友谊只有珍藏在记忆里。

以前收工回来，有福生做饭，日子过得轻松，现在都得自己动手，有时火候不到烧一锅夹生饭，有时火候过旺把饭烧煳了，都得将就着吃，加之农活的辛劳，这才真正体会到了生活的艰难。

米和面等主食由生产队分配，蔬菜则是乡邻们送的，但居家过日子，大家都艰难，我决心自己尝试着种菜。种菜看起来简单，实则学问很深，要翻地，平土，下籽，浇水，施肥，需要体力和技术，也要有时间，这些我都不具备，很快就败下阵来。

一天，晚上收工回来，屋里盆朝天、碗朝地，冷冷清清。我实在不想动了，就和衣躺在床上，不知过了多久，迷糊中听见外面有敲门声，打开门后，进来的是卢婆婆、李婶、牛二嫂和厚兰嫂。牛二嫂见锅里还是中午烧煳了的剩饭，放下手中的新鲜蔬菜和一小块腊肉，挽起袖子做起了晚饭，厚兰嫂也帮忙烧火。见两位嫂子这么热心，我连声说"感谢!"并搬上条凳请卢婆婆和李婶入座。

"大侄子，见你屋顶烟囱没冒烟，放心不下，就一起过来看看你，卢婆婆也拿来了她家母鸡生的蛋让你补补身体。"李婶心疼地说。

　　对嫂嫂和长辈们的关心，我感谢不尽，怎好意思吃老人家的鸡蛋？道谢后，连忙拒绝。

　　谈话间，牛二嫂端上来一碗用腊肉和青菜做配菜的浑汤疙瘩面，我的食欲立刻大增，狼吞虎咽地连吃了两碗才有饱感。这顿饭的香甜，让我多年后仍不能忘怀。

　　见时候不早了，李婶对我说："忙月将至，你又不会做饭，这日子咋过？牛二嫂人很能干，你汉奎哥在外搞副业，家里经济也宽裕些，你就去她家搭伙，反正多个人多双筷子，你可安心出工，也不用造这个孽。"

　　这怎么能行？对李婶的建议，我自然不同意。

　　"汉秋，又不是去白吃，你有工分，有生产队分的粮食，再说嫂子家大牛快升初中，二牛在读三年级，你也可以给两个孩子补习功课，这不是两全其美吗？"厚兰嫂这样一说，我就没话说了。

　　"大兄弟，去年苏姑娘与我拉家常，就曾担心你不会做饭，如今你有难处，作为老屋的嫂子，我能不管吗？"牛二嫂动情地说。

　　这场面让人感动，而苏雅琴的善良，唤起了我心中的思念。

　　见事情定下来了，牛二嫂笑着对卢婆婆说："婆婆，您的鸡蛋也用不上了。"于是我和牛二嫂送卢婆婆回湾子南边的住屋，李婶说她陪有身孕的厚兰嫂回家。外面的天很黑，大家摸黑来回奔波都是为了我，我心中感到很愧疚。

　　清明过后，真正的忙月就开始了，要在小满前后抢割成熟的麦子，然后将空出的麦地整理出来，施肥上水，准备栽秧，这就是常说的割麦栽秧两头忙。在这个忙月，男人们主要承担下秧、犁田耙田、挑草头、挑秧头等重体力活；妇女们则要完成割麦、扯秧、插秧、人工打麦子等手上农活。

　　我参加了割麦子的队伍，开镰后别人每天可割两亩地的麦子，而我不管怎么努力，哪怕握镰刀的手掌打了血泡，每天也只能完成一亩地，禁不住向牛二嫂询问原因。

　　牛二嫂看了看我割麦的姿势后笑着说："地里麦茬低，必须弯着腰，左手搂麦，右手握镰，利用镰的斜角，向右后方割，这样速度就快了。"说完她还在麦地示范了正确的割麦操作。果然，按照这种方法，我每天割麦速度也明显增快了，得到了嫂子们的夸赞，虽说感到很劳累，心里还是蛮高兴的。

　　有了割麦子的教训，栽秧时在牛二嫂的指点下，我掌握了在不漂苗前提下浅插的技巧，这样既保证了成活率，也保持了插秧速度，这个成绩对我来说是很不容易的，不由得有点沾沾自喜。真是乐极生悲，几天后秧田里的一种虫子却让我吃了苦头。

　　那天我在一块大田栽秧，中途休息，当我赤脚走上田埂时，突然见裸露的小腿上附有两条像蚯蚓的条状虫子，虫体头部已嵌进皮肤，我十分惊慌，赶紧用手去强行牵拉其中的一条，哪知虫体突然断裂，顿时感到一阵钻心的疼痛。几位嫂子立即围上来，安慰说这是蚂蟥，不要害怕，只见厚兰嫂用手轻轻拍打另一条蚂蟥周围的肌肉，不一会儿就见这条蚂蟥头部自行脱出。众人却对断进小腿的虫体毫无办法，扶着我去了不远处的大队医务室。赤脚医生对患处进行了消毒处理，用镊子夹出了断入的半截蚂蟥，然后嘱咐说蚂蟥口周有吸盘，进入皮肤后可起到固定作用，不可强行牵拉，拍打患处周围能起到松动蚂蟥吸盘的效果。嫂子们见我已无大碍，才放下心来，牛二嫂怕我又受到别的虫子伤害，叮嘱出工打安（当地方言，意为休息）时，千万不要到木子树下乘凉，她说树上有洋辣子，随风掉下落在人身上，其毒刺毛可伤及皮肤。

插秧结束后，紧接着就是打麦子，人们看着稻场上小山状的麦堆，心里充满甜蜜，而作为队长的来清叔则在操心这堆麦子的脱粒，只有麦子入了库，才能放下心来。

这一天，木狗开着大队的拖拉机早早来到湾子里，吩咐社员们把金黄色的麦子铺在偌大的稻场上暴晒。午后，他开着拖拉机在麦秆上反复连转碾压，直至麦粒基本剥离，再由妇女们清理麦秆及少许未脱下的麦粒，然后是男人们扬场，最后由老年人把落在地上的麦子壳扫出来，将麦粒拢堆。如此循环，直至稻场那端小山似的麦垛渐渐消失，这端的麦草渐渐成堆，光溜溜的麦粒装入麻袋，已是明月当头的夜晚了。

在洒满月光和灯光的稻场上，人们脸上洋溢着丰收的喜悦。为了犒劳社员们在农忙"双抢"中的付出，生产队给湾里男女老幼提供了一餐丰盛的夜宵。在等待的间隙，孩子们在草堆旁嬉闹着，而木狗与几位同辈青年在用不太文明的话撩逗几位嫂子，嫂子们也不示弱，奋力还击，现场气氛很热闹。我和几位长辈正在叙家常，突然见木狗跑了过来，几位嫂子撵上，把他按倒在地，吓得木狗直讨饶，连说"再也不敢这样说了！"见此状，我急忙求来清叔制止这场恶作剧。来清叔却说，你放心，只是吓唬他的。果然，只见厚兰嫂在为木狗求情，嫂子们就做了顺水人情放了他一马，木狗瞬间老实多了。后来有人把这些现象归纳为特定的"稻场文化"。

不一会儿，夜宵就送来了，一盆盆冒着热气的肉、鱼透着诱人的香味，还有麦酒、饭和馒头，我知道鱼是生产队池塘喂养的，肉是生产队凭票在公社食品公司买的，人们尽情吃喝，稻场里荡漾着阵阵欢笑声……

七月，是木子树开花结籽的时节，也是收割谷子的季节。手拿镰刀的我，再也不是几个月前那弱不禁风的青年了，手掌上布满了硬茧，皮肤也晒黑了，哪怕是炎热的夏天，汗流浃背，也和嫂子们一样挥镰自如，一步不落地融入割稻谷的人群中……

过完了忙月，交了公粮，谷子入仓后，生产队劳力就不那么紧张了。此时，在外搞副业的汉奎哥捎回信儿，县里修公路，急需民工。来清叔认为这是社员们致富的途径，经过与大队协商，组成了一个二十多人的修路工程队，我和汉权哥、木狗均在其中。因怕搞副业影响两年后上大学，我未去工程队。

很快，又到了木子树叶转红的日子，从大队传来消息，为了改变几个大队在干旱时缺水的状况，公社将组织大会战，在分水河拦坝蓄水，我将被抽到指挥部负责工地宣传报道。

消息使人振奋，我暗下决心，一定要在这个舞台上锻炼自己的写作能力。哪知，几天后的一个通知，一下子把我推到了人生的十字路口。那天，公社党委书记徐君秀亲自征求我的意见，大意是县里发了通知，为了加强对知青的照顾和管理，所有插队的知青必须并入知青点，而我由于表现突出，公社党委拟培养入党，然后报批提拔为公社干部兼任分水大队党支部书记。

事发突然，心中一阵忐忑。入党、提干是许多人梦寐以求的，而我性格内向，不善言谈，根本不适合搞行政工作，何况父母也希望我能读大学，将来当上教师或医生服务于家乡。于是，我婉言谢绝了徐书记的好意，决定前往知青点报到。

离别的日子，那种依依不舍的情景，令人十分伤感。感谢半年来牛二嫂在生活上对我的精心照顾和大牛、二牛侄子给我带来的欢乐，还有全湾乡亲的帮助，否则我难以度过那段艰难寂寞的日子；感谢来清叔手把手传授农活和教我怎样做人，我才经受住了锻炼，有了健壮的体魄。与厚兰嫂话别时，她要我给未出世的孩子取名留个纪念。我想了想说："如果是男孩，就叫翱翔吧！"寓意很明确，就是希望她的儿子将来能飞出木子湾、飞向外面的世界……

卢婆婆是我最敬重的人，与卢婆婆告别是在那株高大的木子树下，她指了指树旁的地窖遗址，要我不要忘了木子湾。

此时，乌桕树挺着那遒劲的枝干，像一位年迈的老人站在田埂上，凝望着即将远行的游子，给人以前进的力量，逆光中的木子叶和枝头上由青透白的木籽，呈现出绿红黄白相间的画面，将阳光隔离出多姿多彩的光影，让人无限留恋。恍惚间，我突然看到乌桕背后卢婆婆的盈盈泪光，殷殷期待……

重返木子湾

"喂，下站就是木县啦！你们几位赶紧起来换票，准备下车。"

列车员的提醒，打断了我对木子湾的回忆，看了看手表，已是凌晨六时。换票后，洗漱完毕，天已大亮了。面对翱翔和海蕾的问候，我有一种亲切感，到底是自家老屋的侄子啊！

由于父母退休后随我在京城居住，已多年未回木县了，这次回来，原打算参加完作协的全部活动，再去木子湾看看。遇上翱翔后，我改变了主意，决定先去木子湾。好在出发时未提前与作协方主席联系，避免了更改行程后的许多麻烦。为了赶时间，我们商定出站后包车去木子湾。

木县火车站是个三等小站，上下车的旅客不多，我们一行人一出站口，不远处就有人喊"翱翔"，随即朝我们奔来，为首的一位与我年龄相仿，一身老板装束，他上前紧握着我的手，连声说：

"汉秋哥，我是来接你的。"

我认出他是木狗，惊讶地对他说："木狗，你怎么知道我回来了？"还没等木狗回话，他身后的一位穿红衣的女子，娇声娇气地说："你这人怎么这么说话。他不是狗子，是公司的林汉平董事长！"显然，这女子误解了。我打量了一下，她浓妆艳抹，比木狗小二十多岁，一时难以看出她的身份。

倒是木狗急了，忙对我说这女子是公司里的员工，并不知道他的小名，要我不要见怪。然后他回过头说："白丽娜，这是我哥，快向他道歉！"这女子大概是觉得受了委屈，再也没说话。

此时，翱翔对我说："汉平叔现在是舞龙地产公司的董事长，昨晚我发短信告诉他您今天回木县，他说来接站，要给您一个惊喜。"经翱翔这样一说，我不由得对木狗投去了感谢的目光。

对于翱翔的介绍，木狗有些不好意思，他说这都是沾了政策的光，为了回馈社会，正准备去木子湾谈投资事宜。接下来，我向他说了回木县的目的，介绍了同来的小姜。翱翔也拉着海蕾认了他这个叔叔，又指着身旁的一个高个子青年对我说，这是二牛哥，在给汉平叔开车。这时，二牛叫了我一声"叔叔"，我连忙问了他父母和哥哥的现状，这孩子自小就灵光，知道现在不是叙旧的时候，简要向我谈了家庭情况，就对站在一旁发呆的白丽娜说："白秘书，海蕾是我翱翔弟的女朋友，正好你可以陪陪她。"见有了台阶，白丽娜赶紧走过去挽起了海蕾的胳膊，显示出女孩之间的亲密无间。至此，大家高高兴兴地上了停在一旁的高档中巴。

二牛将车径直开到城南最大的早市，久违的家乡小吃，顿时引起了我的食欲。翱翔虽然是厨师，海蕾吃过他做过的很多菜，但家乡的特色小吃对她充满诱惑，当品尝色香味俱佳的鳝鱼汤时，辣得她满脸通红，急得与翱翔说起了英语，惹得众人发出了善意的笑声。

过完早后，中巴上了通往桂花乡的县级公路，虽说是山路，路面已铺上了沥青，坐在车中感觉很平稳。一路上，木狗十分兴奋，不停地回忆着我们相处时结下的友谊，我的脑海里一下子就蹦出了当年那个机灵又有点调皮的年轻人的影子。接下来他讲述了二十年来的奋斗经历，言语中充满自豪。他信誓旦旦地表示将投资兴办分水乌桕旅游发展公司，做个"先富带后富，不忘桑梓情"的带头人。如此高调，确实使我感动，但当目光触及西装革履的林董事长和他身旁那位年轻的女秘书时，我又有点怀疑他的决心。

车子到达桂花乡后，转向上了分水村的土路，偶有车辆通过，路边也有三三两两的行人往返。二牛说这些人都是去看木子树的，前面就是观景岗，那里有临时停车场，还建了两个亭子供游人休息，节假日来的人多，村民们就把土特产摆在路旁卖，这样也就有了一些收入。

三公里的路程，转眼就到了，今天不是节假日，观景岗游客较少，也没有卖土特产的村民，岗上有些冷清。在此等候的大牛见到我和翱翔的泰国女友十分惊喜。他是村主任，本来相约与林董事长商谈开发乌桕旅游发展的有关事项，我们的到来，也增添了他为乡亲们谋利益的信心。

一阵寒暄后，大牛带我们走向高处的观景平台。此时，我突然想起初来木子湾经过这道土山岗时的情景，问木狗是否记得当年开手扶拖拉机接我之事，木狗笑道："怎么不记得，那时这里是个无名岗，你和福生哥还谈到了有关木子树的诗呢！"

"两位叔叔记忆力真好，乡里为了搞开发，在这里进行了些修整，取了个名字叫观景岗。"大牛接过话头。

谈笑间，不觉已到了平台最佳观景处，向北望去，眼下尽是孤木和片植交织的木子树，茂密的树枝上布满色彩斑斓的红叶，整个木子湾的农舍掩盖在一片红色之中，其间偶露的白墙，才使人们意识到这美景深处还有人家。前面是分水河，河上通往平山县的拱桥，与周边的风景构成了一幅动人的金秋画卷。面对这么美丽的景色，小姜和海蕾兴奋不已，举起相机不停地拍照，翱翔、白丽娜、二牛也加入拍照的行列。

见我和木狗兴致很高，大牛谈了拓展木子湾旅游业，把这里打造成让游人四季有景可观的星级景区之设想。他的想法新颖，思路清晰，前景诱人，是带领乡亲们致富的好路子。不过，虽然有政府的支持，最大的困难还是资金不足，木狗前来投资，他从内心感激，但底线是共同开发，不卖土地，最低限度地保证村民的根本利益。

看来"人看从小"还是有一定道理，当年大牛升初中时，辅导他阅读《谁是最可爱的人》和《狼牙山五壮士》时他表现出的对英雄的崇拜之情令我记忆犹新，但我完全没想到如此专业的景区会是他设计的。见我存有疑惑，他说大学读的是林学院，学的是乡村绿化专业，毕业后回到家乡当了村主任，所学知识就派上了用场。

大牛指了指山下的景色说："以前空旷的田野上是零散的乌桕树，体现不了整体美。后来成片植入了木子树，统一扶持村民建白墙红瓦的新农舍，如今与远山、河流、小桥浑然一体，整个意境就出来了。"

"大牛侄子，这些年我虽回过两次木子湾，怎么就没有发现这么好的景色，看来这次回乡投资是看准了！"木狗急忙说。大牛见木狗表态投资，立马说："谢谢林董事长对家乡的支持！"木狗连说："回到老家了，不要叫董事长，喊叔叔就行了……"

在这叔侄俩说话的当口，我的目光却停留在湾子里那株最大的木子树。它高十来米，茕茕而立，远远望去像一个孤独的老人，静候远行的游子归来。我想起了卢婆婆，不免心中涌起一丝悲伤。

蓦地，见那片片红叶深处，冉冉升起了一缕炊烟，我疑惑地问大牛："现在还不到晌午，怎么有人做午饭？"

大牛笑了笑说："随着观光游客增多，村里好多人都开办了家庭饭店，为了满足客人的需要，做饭的时间就不固定了。"

说到家庭饭店，我问起了来清叔的状况，才知道来清叔和李婶五年前就打出了家庭旅馆的牌子，现在由小儿子经营，生意不错。

大牛感激地说："今天是个大喜的日子，首先汉平叔热爱家乡，来商谈投资事宜，谢谢他中午在来清爹爹家宴请乡亲们！"木狗忙说这是一点心意，不足挂齿。

接着二牛抢着说："翱翔弟带了个如花似玉的洋媳妇回来，会给全湾人一个惊喜。"只见翱翔红着脸说："二牛哥，不是媳妇是女朋友。"二牛意味深长地一笑："反正是一样。"说得众人哈哈大笑，我却想起了翱翔托我向他妈说情之事。

见时候不早了，大牛握着我的手说："叔叔，这么多年了，湾里的人很惦记你，我母亲和厚兰婶也经常提到你，等会儿见面了，她们不知会怎样高兴呢！"

"是的，我也想念两位嫂子和乡亲们，一直想回来看看，今天总算到家了。"说这话时我心中充满了期待。

当走下山岗进入林区后，大牛带领我们来到湾里最大的那株木子树下，指着树旁的地窖口说："为了纪念卢婆婆，弘扬革命精神，我们复原了当年藏过新四军伤员的地窖，供后人观光。"此时，我脑海中又浮现出了卢婆婆年轻时的形象。

旁边橱窗里面，有卢婆婆的生平事迹介绍，还有几张当年获奖的小楚剧《卢嫂》剧照。我一眼就看到了苏雅琴饰演卢婆婆的照片，心中顿时泛起了涟漪，脑海中突然冒出了李商隐的诗："此情可待成追忆，只是当时已惘然。"不过心情很快平静下来，毕竟人过中年，把那份美好留在记忆里，何尝不是一种幸福。

我叫小姜从随身包里拿出小说《大地的女儿》送给大牛，然后说："这里面写的就是木子湾和卢婆婆，可配合宣传。"我又建议把卢婆婆故居整修一下，这样就凸显出了自然景区与红色景点相融合的特色。

边走边看，眼前尽是形状各异的乌桕树，未见到记忆中的麦地和稻田，也没看到承载过全湾人欢乐和希望的稻场，不免心中有种失落感。

来到分水河边，只见一排排整齐的木子树，在平静水面映出的婆娑倒影分外妖娆。我想到了牛二嫂和厚兰嫂，当年她们能干漂亮，割麦插秧的英姿，在河边的倩影，像野生的木子树一样，构成了那个年代特有的风情。

这时，传来了吃午饭的喊声，我望了望不远处与秘书白丽娜谈兴正浓的林董事长，心想，先富带后富，这是他宴请全湾人的诚意，如果他能兑现诺言，协助政府大力开发木子湾的旅游业，使木子湾尽早达到 4A 级景点标准，真是功德无量。

展望未来，这里会是秋季观叶，娇艳似火；春夏观景，绿树成荫；冬季观形，婀娜多姿，木子湾将成为无数游客趋之若鹜的地方，也是让人住上三辈子还想的地方……

我的分水河，我的木子湾。

附：

医者情深

——读吴礼木中篇小说集《透析病房》

李之莺

医者，指千千万万在生死线上抢救千千万万生命的白衣天使们；医者，指《透析病房》里的周云南、吴巧红、江春潮、上官云慧等；医者，指作者吴礼木主任医师本人。

我曾经是一个医者，阴差阳错，后来弃医从文；吴礼木先生却说，本来他的梦想是当一名作家，命运播弄，最后成了一名医生。

我想，人世间，正是有了这种种奇妙造化，才有了偶然，有了邂逅，有了风云际会，也有了万千深意。

医患情深

作为一名从医三十几年的医生，对医学专业的情深，使得他不断进修学习，提升自己的医技医术，更好地为人民服务；对医生职业的情深，使得他在退休后不去享天伦之乐，而是选择返聘医院，继续以自己积累多年的精湛医术服务更多病人；对病人的情深，使得他多年来与许多病人结下生死情谊，记下了一个又一个催人泪下的感人故事。

我们一直说感恩白衣天使，可是我们真正了解他们吗？《透析病房》为我们展开普通病室的一幕一幕，不光让我们看到穿白大褂的人穿梭其间，开药的开药，打针的打针，还让我们看到，他们的人生轨迹，他们的所思所想。

这种种热爱和情深，渗透到作者笔端，渗透到文字中，让我一次又一次泪目。读完《透析病房》，这些名字仍在我脑海里浮现，他们美好善良又高大的形象在我眼前越来越清晰：周云南、吴巧红、卢雨晴、上官云慧……他们为什么给我留下这么深刻的印象呢？首先是医德。

文中不断出现"病人无钱透析""救济体系不完善""农村合作医疗快推行了""农村合作医疗试运行""农村合作医疗已起步"等字眼，这都是从医生嘴里说出来的，按道理，医生只要给病人看病就行了，可是他们真正为病人操心钱的问题，如果没钱维持透析，只能眼睁睁地看着一个个鲜活的生命凋谢，这是任何一个人都不愿看到的。

他们不光是操心钱的问题，还帮病人解决各种难题，比如到发廊了解秦传刚自杀事件；帮病人家属咨询法律问题；号召全院医务人员为已断经济来源的桑秀华捐款；在遇到地震时不顾个人安危，首先想到的是不能丢下一个病人；帮戴自强去火车站接不知他病情的东北女友；帮杨小玲寻找生身父母；申请连夜用军用直升机去取特效解毒药，挽救十多个老百姓的生命；开导对疾病丧失信心的病人，最终让他们重又焕发出生命的活力，在各自的生活领域里光彩照人；在新冠疫情来临之际，勇敢地战斗在最危险的地方，展现出白衣天使的英雄本色。

病人杨小玲、白小玉、盛云花、戴自强的形象也让我记忆深刻，他们知恩图报，用自己的方式表达对医护人员的感激。这些从死亡线上抢救过来的人，又用自己微弱的力量反哺社会。尤其是当得知医院正遭受疫情威胁，他们从四面八方向医院捐赠各种防护物资，为这场没有硝烟的战争出一份力，同时表达他们的感激与敬意。

这是滴水汇聚的河流，这是大爱汇成的汪洋，每一个涉足其间的人，都感受到了滋润和给养。

世间情深

读吴先生的文字，你会被渐渐吸引，其文风质朴，重在用情。字里行间，真、善、美一直贯穿始终。

小说没有曲折的情节，没有华丽的文笔，没有波澜壮阔的画面，却如小溪的涓涓细流，润入心田。

作为一名医生，他并不局限于医院题材，还广泛涉及社会生活的方方面面，但无论是什么题材，它的主题都是美好、善良和正义。

《啼血的杜鹃花》是红色文化题材，其中早逝的北京护士夏叶，以及"我"对夏叶思念的种种情愫写得很是动人，以至于我另有专门一篇《我有杜鹃花海，却自此不能开怀》的文章来呼应这种情感。当几位当年并肩战斗过的老红军战士的后代相聚，一种红色血缘，让他们止不住相拥而泣，这种情感让人深深为之动容。

《生死之间》是经商题材，主人公在经商时遭遇劫匪却临危不惧，当生命受到威胁时，依然把保护国家资金不受损失作为首要任务。最终通过自己的勇敢与智慧，在公安人员和人民群众的帮助下，共同抓获罪犯。小说读来扣人心弦。

《路痕》是农村题材，是我读过的一部真正为小人物立传的小说。主人公赵云生，作为一个与共和国同龄的农民，经历着时代浪潮的颠簸，他没有大起大落、大悲大喜，只在命运之海里沉浮，努力生存，保持善良本性。

《木子湾的记忆》严格地说应属知青题材，作品从另一个视角描述了知青生活，通过"我"的回忆，展示了木子湾二十年来的变化，特别是人物情感的细腻刻画、引人入胜的故事情节，极易获得读者的共鸣。

人生于这个世间，与周遭的人、事、物发生着千丝万缕的联系，我们的眼睛看到美，心灵感受到美，与外界交换着美，唯有情，是这千丝万缕上最稳固的媒介。

文字情深

认识吴礼木先生已有十年之久。当年网络文学正盛，各种网站论坛都是热火朝天的时候，我们同为文学版版主，这是种义工式的劳动，每天下班直到半夜都是一心扑在网站上，看文，审文，评文，看得用心，评得走心，写得也就更加热心。那个时代的网络热情，现在应该不会再有了。但我相信，对文字的热爱和执着，任岁月如何变迁，都不会有所改变。

以前只知道吴先生平时写些散文和报告文学，后来出了本集子叫《淡淡的人生》，读后我也是思绪万千，便提笔写下了我的感受——《人生何惧淡淡》。可是没想到仅隔一年，吴先生便又写出一本小说集《透析病房》。我觉得这与他平时对文字的体悟和生活的积累是分不开的。

中篇小说集《透析病房》将是吴先生写作生涯的又一个里程碑，在退休之后，他将自己的文字水平又提到了一个新的高度，向自己的文学梦又靠近了一步，实在可喜可贺。

于我，当为榜样。

2022 年 4 月 25 日于之莺阁

（李之莺，本名李秀丽，中华炎黄文化研究会会员、湖北省作家协会会员、湖北省报告文学学会会员、随县作家协会副主席，《烈山湖》杂志编辑，中国西南文学网签约作家。先后在《星星》《湖北日报》《深圳商报》《中华文学·今古传奇》《写作》等报刊发表作品）

后记：

文字是甘美的溪流

少年时代，我就梦想将来能成为一名作家，有自己的散文集和小说集出版。后来由于命运的安排，我走上了异常艰辛的从医之路，把当作家的梦想深深地埋藏在心底。作为一名长年服务于基层的执业医师，所面对的人间疾病带来的痛苦实在是太多了，这些现实中的苦难，给我以强烈的心灵震撼。医生的职责促使我在繁忙的工作之余，用文字记录下了临床实践中的点滴经验教训；而对病友们精神层面的喜怒哀惧，对一个个凄切而充满人间大爱的故事，我则落笔艰难，心有余而力不足。

十二年前的一个偶然机会，我担任了本市"广论天下"网站文学版版主，随后在网站陆续发表了多篇散文，因此有幸结交到了几位知心的文学网友，并被推荐为市作家协会理事，有了良好的文学创作环境，与文字结下了不解之缘。两年前，我的第一本散文集《淡淡的人生》公开出版，已过耳顺之年的我终于圆了自己的文学之梦。

庚子鼠年春节前后，在新冠病毒肆虐神州大地之际，已退休的我仍和科室同事坚守在抗疫的第一线。当年的三月中旬，全市新冠肺炎患者全部治愈，达到了动态清零。为了记录下这个春节的特别感受和同道们艰难的抗疫足迹，我写下了两万余字的叙事散文《我的庚子鼠年春节》。

退休后闲暇的日子里，过去四十年的从医经历中曾牵挂的众多普通人那鲜活的面容，又常常浮现在眼前，真真感觉到是他们平凡又真实的故事，给了这个时代巨大的力量。于是有了把那段岁月平常的过往记录下来，付诸文字的欲望，就有了白发不努力，万事成蹉跎的紧迫感。在去年桃花盛开的时候，我开始了中篇小说的创作。

作为一名普普通通的肾内科医生，我最熟悉的是透析病房的透析病人和医生护士，这是两个不同而又紧密相连的群体，大千世界，"人的悲喜并不相通"。透析病人的病痛容易被世人忽视，透析病房的医生护士才是维系他们生命的最后一根稻草，于是我进行了小说《透析病房》的构思。

在国家救济体系还不健全的年代，透析病人的日子十分艰难，虽然有政府和社会救济，仍难以维持长期的透析费用，师范生桑秀华的遭遇，就是透析群体当年的一个缩影。更多的透析病人和家属，尽管有道不尽的辛酸，说不尽的苦楚，为了活下去，他们坚持走进透析室，始终对明天有着美好的向往。《透析病房》中的木匠柳真坤坚持数年照顾透析的妻子杨庆芳；六十八岁的刘爱珍骑三轮车风雨无阻地接送老伴到医院透析，并抚养弱智儿子和孙子的那种不离不弃；农民杨春民夫妻愿为养女捐肾的义举；透析病人杜继林坚持在外打工挣钱支撑透析费用的困难处境……这些故事的背后，无不闪烁着人性的光芒。

中国有句古话："滴水之恩，涌泉相报。"透析病人这个特殊群体是懂得感恩的，他们对有救命之恩的医务人员、社会和政府充满感激。这种感恩故事在《透析病房》里的杨小玲、盛云花、白小玉、甄美珠等普通人身上得到了充分展现，她们回报社会的行为足以融化每个人的内心。

透析病房里的医生护士面对的是一群特殊的病人，他们是守护透析病人生命线的天使，为了让生命与生命更近些，使生命充满生机，必须耐得住寂寞，受得起委屈，用爱心承载起沉重的生命之托！周云南、吴巧红、江春潮、黎桂芳等，就是其中的典型代表。他们几乎放弃了休息，已经习惯了为病人定期排除体内毒素的特殊工作，在地震和疫情不期而至时，他们甚至不惜用自己的生命去保护透析患者的生命。当写到这些感人至深的场景时，我也不禁流下了感动的泪水。

医疗实践中，对病人治心比治病更为重要。因而在构思吴巧红护士长对误入歧途的青年秦传刚进行灵魂救赎，以及周云南主任对身患重病拒绝治疗的白小玉姑娘耐心开导的情节时，我的灵魂也得到了升华。为了调节紧张忙碌的医疗活动对读者造成的视觉疲乏，文中适当注入了优美的豫剧文化元素，并尝试着把周云南的情感生活内嵌在其凡俗的人生中，凸显在读者面前，以期增强小说的画面感。《透析病房》也对社会变革时期的医疗纠纷进行了客观描述，以求寻得更好的化解矛盾方式。因篇幅所限，没有详细向读者展示血液透析操作过程及透析时医患双方的心理活动，留下了遗憾。

如今，随着政府新型农村合作医疗政策的制定，救济体系的不断完善，透析病人的基本治疗得到了保障。《透析病房》通过对邱副市长、汪院长等领导干部正面形象的刻画，体现了国家对透析病人和医护人员的人文关怀。众多小人物的塑造，串联成了一个个动人的故事，以此达到讴歌社会主义制度优越性和人间真善美的目的。

一个人写的文字，总有他自己思想的影子。文字演绎人生，描绘生活的无奈和艰辛，也展现生活的美丽。《透析病房》《啼血的杜鹃花》《生死之间》《路痕》《木子湾的记忆》五个中篇小说，就是遵循这个规律进行创作的。

"人间四月芳菲尽，山寺桃花始盛开。"当女儿将洋洋二十万字的中篇小说集《透析病房》的电子稿编排好时，我的视线模糊了，一生的夙愿即将实现，这一刻如释重负。

在我漫长的从医生涯中，深感在时空的坐标上，生命是那样短暂，然而众多普普通通的小人物，生命的力量又是那样强大，医生正是来往于生和死之间，拉长生命长度的人。尽管学医的路十分难走，我却终生无悔。今天能以文字把我的病人和身边那些普通人之强大生命力表述出来，完全是源于心中的那份期盼。

每念及此，我总忘不了一位友人，她在我文学创作道路上给予了肯定和帮助，她就是作家、青年诗人李之莺女士。2010 年，我们在家乡论坛相识，通过文字交流成了忘年之交，她不仅对我的习作提出修改意见，还经常发文点评，使我的文字功底得到了显著提高，她深情的散文诗《我有杜鹃花海，却自此不能开怀》，与我的叙事抒情散文《杜鹃红似火，你没如约而来》相映生辉，堪称姊妹篇，引起了读者强烈反响。

"他的文风拙朴，却饱含深情。大地从不言语，却孕育四季。""文字是甘美的溪流，也是冬天的暖意。"这是李之莺在《人生何惧淡淡》一文中，对我新书《淡淡的人生》的评价，虽然拙作有愧于这个评价，我却实实在在感受到了文字的溪流带来的甜蜜。在创作《透析病房》的日子里，由于多种老年病的袭扰，后期写作几乎举笔维艰，李之莺将已成篇的章节修改后连续发表在她任副主编的公众号平台"神农文艺"上，借以征求读者意见，并对送审前的书稿做了最后校对，这种友谊尤为珍贵。

拙作能顺利出版，还得益于众多贵人的鼎力相助：广水市作家协会主席黄海卿同志和文友朱光娣、栗树山边先生提出了很好的写作建议；喜马拉雅平台主播贝西女士，将拙稿录制成音频，连续在平台演播，使更多听众对作品有了初步了解；毛丽红女士对初稿逐字逐句进行了校正；邓中山先生承担了书稿后期电脑录入编排工作；广水市第二实验小学青年教师李双喜、吕露、黄莹、周鼎翰提供了书中插图；广水市南山医院给予了大力支持……这一切的一切使我感动，在此书出版之际向他们致以深深的谢意！

有人说，人生本是一本书，页随岁月增，翻开是故事，合上是回忆。而文字则是连接人生故事的纽带，也是记忆的载体，它往往把我带到岁月深处，在万物凋零的日子去感受春暖花开，去重温人间春夏秋冬那些发生过的生老病死的故事，用悬挂于心空中的那束心香，把生命点燃。

不奢求前世的五百次回眸会换来今生的擦肩而过，唯愿以拙笨的文笔，酿成甘美的文字小溪，流进人们心田，让我的病人、我的亲朋好友、我生命中的贵人、我的读者以及今生有缘相遇的人心中充满温暖。

2022 年 4 月 28 日于应山南门医院